KB239949

서포 김만중의 어머니 해평 윤씨에게 배우는

위 대 한 母 情

서포 김만중의 어머니 해평 윤씨에게 배우는

위대한 母情

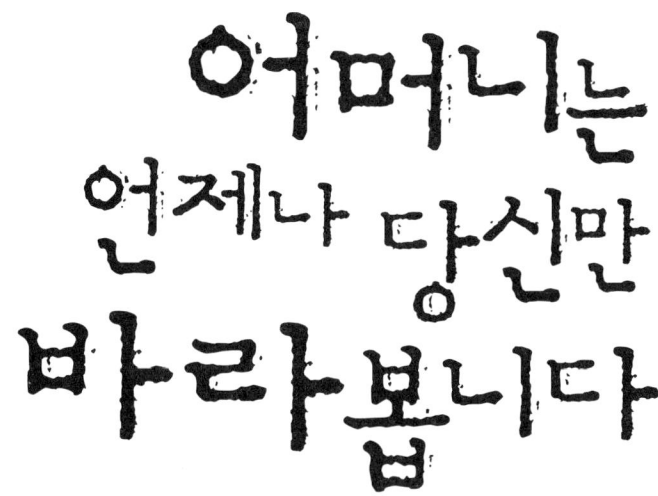

어머니는
언제나 당신만
바라봅니다

홍종화 지음

여성과 어머니의 역할이 더욱 중요한 시대이다.
이제 여성 대통령까지 나온 우리나라에서 한사람의 여성으로서,
또 자녀를 양육하는 어머니로서 가져야 할 여성의 가장 중요한 덕목은 무엇일까.

시타델 CITADEL Publishing

목차

어머니란 무엇인가. 가장 장나미 떨어지게 얘기하면 자녀를 둔 여자를 일컫는

명칭이라고 할 수 있다. 따라서 여자일지라도 자녀를 낳지 않았거나, 입양시킨 자녀라도

슬하에 두지 않는다면 우리는 그녀를 절대 어머니라고 부르지 않는다.

그녀는 단지 여자일 뿐이다. 왜냐하면 어머니와 여자 사이에는

엄청난 간극이 있기 때문이다. 한 마디로 여자는 약하지만 어머니는 강하다.

이런 의미에서 생각해보면 어머니라는 이름 속에는 알게 모르게 영웅이라는

이미지가 묻어 있는 것 같다. 하지만, 어찌 어머니라는 이름이 이것으로 족하겠는가.

인류가 탄생한 이래로 어머니라는 단어만큼 숭고한 단어가 또 있었던가.

제1장

어머니,
우리에게
어떤 의미인가.

제1장

어머니,
우리에게 어떤 의미인가.

1. 어머니의 의미

어머니란 무엇인가. 가장 정나미 떨어지게 얘기하면 자녀를 둔 여자를 일컫는 명칭이라고 할 수 있다. 따라서 여자일지라도 자녀를 낳지 않았거나, 입양시킨 자녀라도 슬하에 두지 않다면 우리는 그녀를 절대 어머니라고 부르지 않는다. 그녀는 단지 여자일 뿐이다. 왜냐하면 어머니와 여자 사이에는 엄청난 간극이 있기 때문이다. 한 마디로 여자는 약하지만 어머니는 강하다. 이런 의미에서 생각해보면 어머니라는 이름 속에는 알게 모르게 영웅이라는 이미지가 묻어 있는 것 같다. 하지만, 어찌 어머니라는 이름이 이것으로 족하겠는가. 인류가 탄생한 이래로 어머니라는 단어만큼 숭고한 단어가 또 있었던가.

어머니는 새로운 생명을 탄생시킨다는 점에서 모든 사물의 시원을 상징하는 뜻으로 쓰이기도 하며, 자녀를 위해 언제나 헌신하고 자애를 베푸는 점에서 인간관계에서의 너그럽고 인자함을 상징하는 뜻으로 쓰이기도 한다. 우리나라의 오랜 역사를 통해 드러나는 어머니의 모습은 부드러우면서도 강하고, 엄하면서도 끝없이 자애롭다.

이게 어디 우리나라뿐이겠는가. 미국이라는 나라에서 대통령을 배출시킨 사람도 그들의 어머니이다. 현재의 미국 대통령을 만든 것은 바로 스탠리 앤 던햄(Stanley Ann Dunham)이라는 여자의 결단 때문이었다. 그녀는 케냐인과 인도네시아인, 두 명의 유색인 남자를 남편으로 두었다. 그것은 고난의 시작이었다. 편견과의 싸움이었다. 하지만 그녀는 그런 편견과 시련을 이겨내어 오바마를 길러냈고, 그가 미국 역사상 최초로 흑인 대통령이 될 수 있게 한 것이다. 그는 또한 재선에 성공함으로써 다시 한 번 그의 진가를 입증하였다.

오바마는 그의 저서인 〈담대한 희망〉에서 이렇게 말하고 있다.

– 돌이켜보면 어머니의 이러한 정신들이 나에게 얼마나 깊은 영향을 주었는지 알 수 있다. 아버지가 없는 가운데서도 나를 지탱해 주었고, 순탄치 못했던 내 청소년기에 희망과 꿈의 나무를 심어주었으며, 언제나 올바른 길로 인도하여 주셨다.

9

오바마의 어머니는 흑인과의 사이에서 '혼혈아를 가진 여자'라는 주변의 시선에도 불구하고 두려워하거나 비겁해지지 않았다. 그녀는 오히려 당당하게 이들에게 인사하고 다정한 표정으로 웃어주었다. 오바마가 세계적인 지도자가 될 수 있었던 가장 큰 장점은 이 웃음이다. 매스컴에서 보았듯이 그는 항상 웃고 있다. 웃어도 억지로 웃는 것이 아니라 천성적으로 몸에 밴 순진무구한 웃음이다. 이것은 어디에서 온 것인가? 어머니에게서 물려받고 배운 것이다. 그러므로 어머니는 자식과 사회에 대한 영원한 힐링 캠프라고 할 수 있을 것이다.

교육자 페스탈로찌는 어머니에 대해서 이렇게 말했다.

- 여성에게는 본능적으로 모성애가 있다. 어머니의 자식에 대한 사랑에는 아름답고 위대한 지혜가 있다. 그러나 본능적인 사랑만으로는 자녀를 훌륭하게 키울 수가 없다. 의지의 힘을 감정과 합쳐서 모성애를 다듬어 넓은 폭을 가질 필요가 있다. 어머니 자신의 마음이 깨끗하지 않고서는 자녀들을 올바르게 인도할 수 없다. 어머니 자신이 총명하고 어질고 굳센 의지를 지니고 용감히 활동하는 힘을 드러낸다면 입으로 말하지 않아도 자녀들에게 자연스럽게 감화를 줄 수 있을 것이다. 바로 이것이 어머니의 삶이다.

10

우리나라의 역사를 보면, 원시시대에는 모권(母權) 중심의 사회가 있었던 듯도 하다.

수렵사회가 기반이었으니 이는 어쩌면 당연한 귀결이었는지도 모른다. 하지만, 농업이 기반이 된 부족사회로 들어오면서 가부장적 제도로 인하여 부권(父權)이 확립되기 시작하였다. 그 이래로 오늘날까지 여성들은 남성우위의 사회제도 아래에서 살아야 했다. 그리고 어머니들은 종속적 제도 아래에서도 묵묵히 막중한 자신들의 의무만을 성실히 수행하는 것을 천직처럼 생각해왔다.

특히 조선시대의 유교가 자리를 굳히면서 여성의 지위는 삼종지의(三從之義)에 묶이게 되었다. 출가 전에는 아버지를, 출가 후에는 남편을, 남편이 죽은 뒤에는 아들을 좇아야 하였다. 그리하여 종속적 관계에 묶여 숨을 죽이며 살아야 하였던 것이 여성의 입장이었다. 그러나 그러한 가운데에도 어머니로서의 위치는 절대적이었음을 알 수 있다.

어머니 스스로 권리주장을 한 적은 없으나, 어머니의 존재는 모든 제도를 초월하여 존경과 사랑을 받아왔던 것이다. 오늘날 조선시대를 살았던 사람들의 수많은 문집에 들어 있는 시문이나 전(傳), 그리고 제문·묘갈명(墓碣銘) 등을 보더라도 어머니를 그리는 정을 가득 담은 사연들이 그러한 사실을 대변해 주고 있다. 겉으로는 사회가 아버지, 즉 남자를 중심으로 돌아가는 것 같지만 남자들을 길러낸 것은, 그리고 남자들이

11

영향을 받는 것은 어머니라는 사실이 우리에게 어머니의 역할
이 얼마나 중요한지 깨닫게 해주는 것이다.

심지어 미국의 대통령 선거에서 어떤 흑인 여성은 그녀가 평
생 동안 공화당이었음에도 지미 카터의 어머니 때문에 민주당
에서 대통령후보로 출마한 카터에게 투표하겠다고 했다는 것
이다.

카터 대통령의 어머니였던 릴리안 고디 카터(Lillion Gordy
Carter)는 그녀의 책 고향을 떠나서(Away from home)에서 이런 말
을 하였다.

> – 내가 내 아이들에게 바라는 한 가지 소망이 있다면,
> 그건 너희들 각자가 한 인간으로서, 또 하나의 개체로서
> 커다란 의미를 갖는 인생의 목표를 향해서 대담하게, 그
> 리고 힘차게 걸어 나가서 일해 달라는 것이다. 다른 모
> 든 사람을 위해서 너희가 할 수 있는 최선을 다하기를
> 바란다.

문둥병에 걸린 더러운 아이들을 조금도 두려움 없이 손을
대고 치료를 해 줄 수 있게 된 것은 그녀의 영혼이 깨끗하게
정화되었기 때문이다. 그러한 그녀의 영혼이 한 사람의 미국
대통령을 길러낸 것이다. 그가 미국 대통령 역사에 있어서 실
패한 대통령이든 성공한 대통령이든 상관이 없다. 어쨌든 그

녀는 인간이 범접할 수 있는 가장 높은 곳, 즉 세계의 대통령이라고 일컫는 미국의 대통령을 만들었기 때문이다.

오늘 시간이 날 때, 한적한 공원 같은 데서 〈어머니의 마음〉이라는 노래를 소리 내어 불러보라. 당신의 어머니가 살아계신다면 즉시 전화해 드리고, 돌아가셨더라도 사진을 보면서 당신의 오늘이 있게 한 어머니를 생각하라.

나실제 괴로움 다 잊으시고
기를제 밤낮으로 애쓰는 마음
진자리 마른자리 갈아 뉘시며
손발이 다 닳도록 고생하시네
하늘 아래 그 무엇이 넓다 하리오
어머님의 희생은 가이없어라

어려선 안고 업고 얼려 주시고
자라선 문 기대어 기다리는 맘
앓을 사 그릇될 사 자식 생각에
고우시던 이마 위엔 주름이 가득
땅 위에 그 무엇이 높다 하리오
어머니의 정성은 지극하여라

사람의 마음속엔 온 가지 소원

어머님의 마음속엔 오직 한 가지
아낌없이 일생을 자식 위하여
살과 뼈를 깎아서 바치는 마음
이 땅에 그 무엇이 거룩하리오
어머님의 사랑은 그지없어라

　노래를 부르는 동안 가슴이 찡하거나 눈물이 난다면 당신은
진정 마음 속이든 현실에서든 어머니를 가지고 있음이 분명하
다. 그리고, 당신이 사회적으로 성공했다고 평가를 받든, 실패
했다고 평가를 받든 상관없이 당신 스스로는 위대한 어머니의
자랑스런 아들이자 딸인 것이다.
　그런 자부심으로 산다면 어떤 절망이나 두려움도 결코 당신
을 작게, 혹은 초라하게 만들지 않을 것이다.

어머니는 언제나 당신만 바라봅니다

2. 어머니의 일생과 그 역할

예나 지금이나 여성의 삶은 크게 두 단계로 나누어진다. 그 첫 단계는 친가(親家) 시절로, 친가의 부모 슬하에서 신체적인 성장과 더불어 가정교육을 받으면서 생활한다. 이 시절에는 친가부모의 사랑을 받으며 비교적 자유롭게 생활한다. 그러나 한편으로는 시집으로 가야한다는 부담 때문에 그 준비에 마음을 졸이게 된다.

우리나라의 전통적인 여성교육은 특정교육기관을 통해서 이루어진 것이 아니며, 가정단위로 이루어졌다. 따라서 가문마다 나름대로의 개성 있는 생활목표를 세워놓고 그에 맞추어 교육을 시켰다. 이 때 교과서 구실을 한 책들을 보면, 성종의 어머니인 소혜왕후 한씨가 이루어 낸 《내훈 內訓》 7편이 있다. 1475년(성종 6)에 간행되었으며, 언행·효행·혼례·모의(母儀)·돈목(敦睦)·염검(廉儉) 등을 두루 다루고 있다.

또한 선희궁 영빈 이씨는 한글로 《여범 女範》 4권을 내어 출중한 여성들의 행적과 덕목을 다루었으며, 최세진(崔世珍)이 《여사서언해 女四書諺解》를 펴냈다. 그리하여 후한 조대가의 《여계 女誡》, 당나라 송약소의 《여논어 女論語》, 명나라 인효문황후의 《내훈 內訓》, 왕절부의 《여범 女範》 등이 여성들을 위한 주요 교과서가 되었다.

여성교육에 대해 영조 때의 이덕무는 "여성의 교육으로는

≪논어≫·≪모시 毛詩≫·≪소학≫·≪여사서≫를 읽어 그 뜻을
알고, 백가성(百家姓)과 선세보계(先世譜系) 그리고 역대국호(歷
代國號)와 성현의 명자(名字)나 알면 된다."라고 하였다. 이 밖에
도 가문마다 각기 출가할 딸들을 위하여 가사(歌辭)나 훈계서
(訓戒書) 등을 지어 교육에 소홀함이 없도록 하였다.

그 대표적인 예인 우암 송시열 (宋時烈)의 ≪우암계녀서 尤菴
戒女書≫와 해평 윤씨(김만중의 어머니와는 별개의 사람임)가
부녀자들의 일상생활 중 지켜야할 행동거지와 예의범절 등을
유가(儒家)의 덕목에 비추어 기록하여 후손의 교육용으로 삼
은 〈규범(閨範)〉 등이 있다.

〈우암계녀서〉의 내용을 보면 부모 섬기는 도리, 남편 섬기는
도리, 시부모 섬기는 도리, 형제 화목 하는 도리, 자식 가르치
는 도리 등 모두 20항목으로 되어 있다. 이러한 항목들을 살
펴보면, 모두 부덕을 쌓는 수신적(修身的) 내용으로 되어 있다.

이처럼 여성은 남자에 비해서 교육적인 차별을 받아오다가
어떤 분수령을 만나는데 그게 바로 1894년 4월 팔도에 사민평
등(四民平等)의 윤음(綸音)을 내려 남녀의 인권평등을 선포한 것
이다. 이어서 그 해 6월에는 <갑오개혁령>을 내려 국법으로
조혼을 금지시키고 과부의 재혼을 허락하기에 이르렀다. 그
뒤 여성계에 온 가장 큰 변화의 한 가지는 개방적 교육의 실시
였다. 종래 폐쇄된 여건 속에서 가정단위로 이루어지던 여성
교육이 밖으로 열린사회에서 집단으로 이루어지게 된 것이다.

16

이를 기화로, 1886년 미국인 스크랜턴부인이 이화학당을 세움으로써 근대적인 여성교육의 문을 연 이래로 여기저기에 여학교가 서게 되었으며, 1908년에는 마침내 <고등여학교령>이 선포됨으로써 여성교육은 획기적인 발전의 기회를 맞게 되었다. 이로부터 여성들은 근대화의 새로운 물결 속에서 다양한 교육을 받을 수 있게 되었고, 여성교육이 오늘날과 같이 눈부신 발전을 하게 되었다. 그리하여 여성들의 활동 범위도 자연히 가정에서 사회로 그 폭이 넓어지고, 생활의식도 많이 변하게 되었다. 그러나 여성이 성년이 되면 출가하여 다른 가문에서 새로운 삶을 시작하여야 한다는 근본적인 생활양식은 크게 변하지 않았다.

한 여성이 어머니가 된다는 사실은 여성에게 주어진 임무를 어쩔 수 없이 떠맡는 것을 의미하지 않는다. 그것은 자녀에 대한 절대적인 사랑과 숭고한 자기희생의 정신이 싹트기 시작함을 의미한다. 그만큼 여성은 어머니가 되는 과정에서 헌신적인 자세를 갖추어야 한다.

여성은 유아가 태중에 있을 때부터 행동거지(行動擧止)를 함부로 하지 않는다. 그리고 음식도 태아의 성장에 영향을 미칠 것을 고려해 절제하여 먹는다. 이처럼 출산 전 태아에 대한 교육에 크게 관심을 가지는 것은 우리의 오랜 전통이기도 하다.

태아가 열 달이 되어 출산하게 되면, 어머니의 책임은 더욱 무거워진다. 그것은 유아가 성장함에 따라서 독자적 개성을

17

가지게 되고, 그 형성된 인성은 가정과 사회에 바로 커다란 영향을 미치기 때문이다. 따라서 어머니는 자녀를 유아 때부터 건강하게 길러야 함은 물론, 한 사람의 인격을 갖출 수 있도록 계속 지켜보며 교육에 힘써야 한다.

자녀교육에 대한 막중한 책임을 감안하여 과거에는 아버지와 분담하기도 하였던 것 같다. 송시열은 ≪계녀서≫에서 "딸자식은 어머니가 가르치고 아들자식은 아버지가 가르친다."라고 하였다. 그러나 그도 자녀교육에 있어서의 어머니의 비중이 크다는 사실을 부인하지 않았다.

"아들자식도 글을 배우기 전에는 어머니에게 있으니, 어렸을 때부터 속이지 말고, 너무 때리지 말고, 글을 배울 때에도 순서 없이 권하지 말고, 하루 세 번씩 권하여 읽히고, 잡된 장난을 못 하게 하고, 보는 데에서 드러눕지 말게 하고, 친구와 언약하였다고 하거든 시행하여 남과 실언하지 말게 하고, 잡된 사람과 사귀지 못하게 하고, 일가 제사에 참례하게 하고, 온갖 행실을 옛사람의 행적을 본받게 하고, 15세가 넘거든 아버지에게 전하여 잘 가르치게 하여 모든 일을 한 결 같이 가르치면 자연히 단정하고 어진 선비가 되느니라."라고 하였다.

자녀가 성장하여 혼인할 나이가 되면 어머니는 그 자녀의 장래를 위하여 다양한 구실을 하게 된다. 자녀의 배우자 선택에 있어서는 서로의 인격과 취미와 개성의 조화를 생각해야 하고, 자녀들의 장래와 가문에 미칠 영향도 생각해야 한다. 이러한 문제들을 잘 해결하기 위하여 자녀의 좋은 상담역할을 하여야 하고, 때로는 앞장서서 희생적인 노력도 아끼지 말아야 한다.

자녀가 혼인하여 가정을 이루게 되면 독립된 한 세대를 이루는 것이지만, 자녀가 한 세대로 독립이 되었다고 하여 어머니의 구실이 다 끝난 것은 아니다. 어머니는 새 세대의 건전한 출발을 위하여 끊임없이 보살피고 또한 그것을 의무라고 여기기도 한다. 그리고 자녀들이 아이를 출산하게 되면 그 손자들에게끼지도 똑같은 모정으로 애정을 쏟는다.

예로부터 한 사람의 자녀를 길러내는 데 있어 어머니가 감당해야 할 임무는 이렇게 다양하고도 큰 것이었다. 이러한 어머니의 구실은 오늘날에도 근본적으로는 별로 달라진 바 없으나, 여성의 사회적 지위와 기능이 변화함에 따라 그 외부적 양상은 많이 바뀌었다.

전통사회의 오랜 생활의식은 갑오경장 이후 변화를 거듭하여오다가 일제 치하를 벗어나 광복을 맞으면서 큰 변화를 겪게 되었다. 새로운 사조와 문화를 받아들였으며, 그에 따라서 산업사회를 맞았고 민주주의가 싹트는 것을 보게 되었다. 이러한 변화과정에서 여성들에게도 사회진출의 문이 열리기 시작했으며, 이에 따라 여성들의 임무와 어머니의 구실도 조금씩 변화하게 되었다.

과거의 여성들이 제한된 가정의 테두리 안에서 희생과 봉

19

사의 일생을 보냈다면, 현대 여성들은 개방적 활동의 자유가 주어진 대신 이중의 임무를 감당해야 하는 무거운 짐을 지고 있다. 그러나 현대 여성들은 가정의 살림을 책임지는 임무 외에도 왕성한 의욕을 갖고 사회의 일원으로 일하기를 원하고 있다.

이중의 임무를 진다는 것은 힘이 드는 일이지만, 여성들은 스스로 그 길을 택함으로써 보다 큰 삶의 보람을 찾고자 한다. 현대의 달라진 사회여건 속에서도 어머니의 역할은 지극히 큰 비중을 차지하고 있다.

과거의 어머니들이 다산의 고통을 겪고, 여러 자녀들을 키우는 데 노력하였다면, 현대의 어머니들은 산아제한 속에 적은 수의 자녀를 잘 가르쳐야 하는 임무를 안고 있다. 적은 수의 자녀를 기르는 어머니의 마음은 자칫하면 불안에 싸이게 된다. 게다가 현대의 어머니는 자녀의 교육과정을 전적으로 책임지는 입장에 있기 때문에 더한층 책임이 무거워지고 있다. 치열한 사회경쟁에서 늠름하게 살아갈 수 있는 사람을 만들기 위하여, 어머니들은 유아교육으로부터 최고학부에 이르기까지 힘을 다하여 정성을 쏟는다.

그러므로, 이런 얘기를 할 수도 있을 것이다.

　－자식은 태어나는 것이 아니라 만들어지는 것이다. 어떤 어머니를 만나느냐에 따라 자식의 미래가 결정되는

것이고, 그 사회의 미래도 결정되는 것이다. 이제, 여자들이 남자를 움직이는 시대는 지났다. 여자들이 어머니가 되어 자식과 사회의 미래를 결정하는 시대가 온 것이다.

3. 훌륭한 아들 뒤에는 훌륭한 어머니

우리나라의 역사를 살펴보면 훌륭한 역사적 인물들 뒤에는 반드시 어머니의 큰 힘이 뒷받침하고 있었음을 알 수 있다. 삼국통일의 위업을 달성하였던 신라 김유신(金庾信)의 뒤에는 남달리 자녀교육에 관심을 기울였던 어머니 만명 부인(萬明夫人)이 있었고, 고려말 절개를 지켜 만인의 귀감이 된 정몽주(鄭夢周)의 뒤에는 그의 어머니 이씨 부인의 가르침이 있었다. 이처럼 훌륭하였던 어머니들은 어느 시대에도 있었다.

조선시대를 대표하는 큰 학자 이이(李珥)가 있기까지에는 그의 어머니 신사임당(申師任堂)과 외할머니 이씨 부인의 가르침이 있었던 것이다. 이이의 외할머니는 병약하였던 남편 신씨를 위하여 헌신적인 노력을 하였던 어진 부인이었고, 딸 사임당을 출중하게 키워낸 어머니였다. 그리고 이이를 학자로 대성시키는 데 있어서도 큰 구실을 하였다.

이이는 주로 외가 쪽에서 성장하였기 때문에 자연히 외할머니의 훈도를 받게 되었다. 게다가 이씨 부인은 90세까지 장수

21

하여 딸 사임당보다 18년이나 오래 살았기 때문에, 사임당 사후에는 이이의 어머니 구실까지 해냈던 것이다.

사임당이 세상을 떠났을 때, 이이는 나이가 16세인 소년이었다. 마음의 기둥인 어머니를 잃은 그에게 외할머니는 애정을 쏟아 그 빈자리를 채워주고자 헌신하였다. 이이는 뒷날 그러한 외할머니의 사랑을 못 잊어 여러 차례 관직을 사양하고 노후의 외할머니 봉양을 자원하였던 것이다. 이이를 길러낸 사임당은 그림과 글씨 그리고 수예와 시문(詩文), 거기다가 높은 교양과 부덕을 쌓은 사람이었다.

아내로서는 남편인 이원수를 잘 받들어서 그로 하여금 학문에 정진하게 함으로써 관직으로 나아갈 길을 열게 하였고, 항상 현명한 조언으로 남편의 사회생활을 도왔다. 사임당은 또한 어머니로서도 4남 3녀의 일곱 자녀를 훌륭하게 가르쳐 이이와 같은 큰 학자와 매창 같은 현숙한 예술가, 그리고 이우 같은 인물을 길러냈던 것이다. 이이가 이루어놓은 학문적 경지의 밑바탕에는 7세 때부터 ≪논어≫·≪맹자≫ 등을 가르쳐 준 어머니 사임당의 교육의 힘이 깊게 깔려 있었다.

그리고 딸 매창의 부덕과 학문·시(詩)·서(書)·화(畵)·수예 등에 능하였던 예술적 경지나, 아들 이우의 학문과 시·서·화의 높은 수준은 모두 어머니 사임당의 영향이 결정적인 힘이 되었던 것이다. 사임당은 딸로서도 어머니 이씨 부인에게 효성을 다하였고, 아내와 어머니로서도 임무를 훌륭하게 해냈을 뿐 아니라 자신의 독자적 세계도 훌륭히 이루어냈다. 학문과 시·서·화·수예 등에서 이룬 그의 대가적 경지는 오늘에 전하는 그의 예술적 작품에서 계속 그 가치를 발하고 있다.

우리의 훌륭하였던 어머니들의 행적은 그 이야기의 끝을 찾기 어렵지만 가까운 현대의 시각에서 몇 사람의 어머니를 살펴보기로 하자.

먼저, 서울대 의대 박사 과정 중에 컴퓨터 바이러스 백신을 개발하여 1995년 안철수 바이러스 연구소(현 안랩)을 설립하였고, 현재는 국민들에게 새로운 희망을 주기 위해 그 동안의 삶을 접어버리고, 정치인이라는 새로운 길에 들어서서 고군분투하고 있는 안철수의 어머니는 자식들에게 늘 높임말을 썼다고 한다. 어디를 가면 늘 다녀오세요, 라고 말하여 다른 사람들이 혹시 형수님이 아닌가하는 오해를 하게 했다는 것이다. 그는 어머니가 가르쳐준 가르침을 다음 두 가지로 꼽았다.

하나는 사람은 어떤 환경 속에서도 항상 자신한테 주어진 일에 최선을 다하여 살아야한다고 하였다. 학생이라면 공부를 열심히 해야 하고, 군복무를 하는 군인이라면 나라를 지키는 일에 최선을 다해야한다고 말이다. 어떤 일을 하는 것이 중요한 것이 아니라 그 일을 얼마나 열심히 하느냐가 중요하다고 가르쳐주었다.

또 하나는 깨어 있는 모든 시간에 나 자신보다 남을 먼저 생각하고 배려하라고 하였다. 이외에도 자기 자랑을 하지 말

23

고, 남이 해 주는 칭찬에 우쭐하지 말아야 한다는 점도 평소
에 자주 했다고 한다.

의사 일을 접고 더욱 가치 있는 일을 찾아 고민할 때는 물
론이거니와, 회사를 세워 십여 년간 경영할 때, 그리고 교수로
서의 삶을 살아갈 때 등 무엇인가를 선택할 때 그의 삶 곳곳
에 배어 있는 소중한 원칙들은 다름 아닌 어려서부터 그의 어
머니에게서 늘 배운 것들이라는 것이다.

우리나라 탤런트의 대부로 통하는 최불암 씨는 자신의 어머
니에 대해서 이렇게 회고하였다.

– 어머니는 이 세상에 안 계신다. 하지만 어머니는 내
가 자식을 키우는 순간마다 살아 계신다. 어머니가 나에
게 해 주신 것처럼 난 자식한테 '무엇이 꼭 되어라'라는
강요보다는 아이들이 스스로 할 수 있도록 했다. 내 어
머니처럼 나도 아이들의 생각과 판단을 믿었기 때문이
다. 늘 나를 끼고 돌기보다는 자유롭게 키우며 독립심을
길러 주셨던 어머니, 어머니의 모습과 말씀은 요즘도 나
한테는 물론 내 자식한테도 큰 힘이 되고 있다. 나는 어
머니의 가르침이, 내 자식이 아이를 낳아 키울 때에도
대물림되었으면 하는 바람을 간절히 한다.

이처럼 한 인간의 삶에 있어서 어머니의 역할은 아무리 강

24

조해도 지나치지 않은 것이다.

미국의 이야기 집단(Story Corps)가 찾아낸 가슴 뭉클한 어머니들의 이야기인 〈고마워요, 엄마〉라는 책에는 어머니인 팜 피스너(54세)가 딸인 사라 피스너(25세)에게 들려주는 이야기가 실려 있는데, 여기에는 무려 다섯 쌍둥이를 기르기 위해서 하루 24시간 중 21시간을 아이를 위해 헌신한 어머니의 이야기가 나온다. 그 아이들을 키우기 위해 무려 팔 년 동안을 헌신한 어머니의 이야기는 차라리 한 인간의 기록이기보다는 신이 보낸 천사의 이야기라고 해야 더 어울릴 정도로 감동적이다.

2011년 6월21일, 192개 UN회원국 만장일치로 반기문 UN 사무총장의 재임이 확정됐다. 이 시대 청소년들이 가장 닮고 싶은 리더로 꼽히는 반 사무총장에게는 어머니 신현순씨가 있다. 그녀가 큰아들 반기문에게 공부보다 더 중요하게 가르친 것은 무엇일까. 어려운 환경에서 밤새 공부만 하는 반기문에게 어머니가 해준 것이라곤 눌어붙은 누룽지를 긁어다주고 건강 해치니 공부 좀 그만하라는 말뿐이었다.

평소 그녀는 반기문에게 이렇게 말했다.

– 달천강으로 소풍을 가면 강에 돌팔매질하지 말거라. 아카시아 잎사귀 함부로 따지 말거라. 인과응보다. 다 생명이 있는 것이니 소중히 여겨라. 착하게 살면 천신이 도와준다.

뭔가 특별한 것을 기대했던 이들에게는 자신도 모르게 웃음이 나오게 만드는 평범한 말들이다. 하지만 그녀는 몸의 언어로 아들을 가르쳤다. 그녀는 아흔을 훌쩍 넘겼다고 한다. 지금도 멀리 타국에 있는 아들을 위해 하루 두세 시간씩 불공을 드린다. 게다가 아들이 UN사무총장이어도 단 한 번도 자랑하는 법이 없다. 그녀를 수십 년째 보아온 사람들은 반기문 사무총장이 그 자리에 오를 수 있었던 것은 남을 배려하고 늘 겸손한 어머니의 인품 덕이라고 입을 모아 말한다고 한다.

가수이자 공연기획자, '기부천사'로도 잘 알려진 유명한 가수 김장훈의 어머니는 어린 시절 천식으로 숨 쉬는 것조차 힘들었던 김장훈을 오늘날의 모습으로 만들어 놓은 장본인이라고 할 수 있다. 그녀는 아픈 아들을 데리고 전시회장에 다니거나 클래식 음악을 들려주며 다양한 경험을 쌓게 했다. 그녀는 아들이 가수가 되겠다고 말하자 이렇게 말했다.

– 돈을 위해 노래 부르지 말라.

그가 기부천사가 된 것은 전적으로 어머니의 영향 때문이라는 것을 알 수 있다.

오늘날, 아이들을 훌륭하게 키운다는 명분하에 인격적인 요소를 아예 무시하고 고액과외를 시키고, 수십 개의 학원으로 내보내 아이들에게 남다른 스펙을 쌓게 하기 위해 혈안이

26

되어 있는 어머니들이 많이 있다고 한다. 그들에게, 이 사회는 준엄하게 이렇게 외치고 있지는 않을까.

  - 아들은 입으로, 돈으로 키우는 게 아니라 가슴으로, 행동으로 키워야한다.

훌륭한 아들을 만들기 위해서는 훌륭한 어머니가 되어야 한다는 사실, 어쩌면 우리에게 가장 '불편한 진실'인지도 모른다.

전쟁의 한 가운데에서도 자신의 형과 뱃속에 있는 자신을 끝까지 지켰으며,

그 후 어려운 고난 속에서도 의연함을 잃지 않고 자식들을 올바르게 교육을 한

해평 윤씨이기에 남해로 유배를 가서 외롭고 지쳐서 죽어가는 순간까지도 김만중에게 있어서

어머니는 세상의 그 어떤 존재보다도 능력이 있고 사랑스런 대상이었음에 분명하다.

그 당시 사대부 가문에서는 불교가 터부시되었는데도 개인적으로 불교에

심취해 있던 김만중은 유교와 불교의 가장 정점에서 어머니를 발견한 것이다.

이 세상에서 가장 위대한 존재, 그게 김만중에게는 모친 해평 윤씨였던 것이다.

제2장

서포(西浦)
김만중과
그의 어머니

제2장

서포(西浦)
김만중과 그의 어머니

1. 관료 및 정치인으로서의 김만중과
그의 어머니

1) 단천의 기생을 위해 시를 짓다

김만중이 벼슬을 얻어 세상으로 나오게 된 것은 현종 임금 6년 해인 1665년, 정시문과에 장원 급제한 뒤부터였다. 이때부터 그의 벼슬살이가 시작된 것이다. 이것은 또한 그의 파란만장한 생의 출발이기도 하였다. 그의 생은 그다지 평온하지 않았다. 어렸을 때부터 그의 고난은 시작되는 것처럼 보인다. 김만중이 네 살 때 할아버지 참판공 김반이 죽고, 여덟 살 때는 외할아버지 하빈공 윤지가 죽었다. 서포연보에는 이 때의 상황이 잘 나타나 있다고 한다.

참판공과 하빈공이 상(喪)을 계속해서 당하면서 윤씨 부인

30

의 생활은 더욱 가난해졌다. 어떤 때는 아침과 저녁 끼니를 잇지 못하기도 하였다. 손수 베를 짜고 수를 놓아서 어려운 형편을 타개하였고, 땔 나무가 없어서 술통을 쪼개어 조달하기도 하였다. 하지만, 항상 태연한 표정을 지으면서 근심스러운 표정을 짓지 않았다. 또한 가정의 형편을 두 아들이 알아채지 못하게 하였다. 이는 일찍이 자식들이 집안일에 신경을 쓰느라 공부하는 일에 소홀히 할까 염려하였던 것이다.

김만중의 어머니인 해평 윤씨의 훌륭한 가정교육의 태도가 여실히 나타나는 대목이라 할 수 있다. 이를 김무조는 〈서포 소설연구 : 특히 그의 양면성을 중심으로〉라는 책에서 이렇게 밝힌 바 있다.

그리고 보면 서포의 스승으로 기초 학문의 교수자는 어머니였고, 그 다음이 외조부였고, 세 번째가 백형(伯兄) 서석과 숙부 김익희였다. 다시 말하면 성리학과 역학(易學)은 숙부에게서 배웠고, 한시와 패관지설은 백형에게서 배웠다. 그러므로 일정한 계보가 있는 학통(學統)이나 스승은 없다.

김만중은 열두 살 때 이미 글 짓는 재주가 어지간히 성취되었다고 한다. 그래서 그의 어머니는 처음으로 공식적인 학교 시험이라고 할 수 있는 상시(庠試)를 보게 한다. 해평 윤씨는 김만중의 쌍상투를 몸소 매어 주고 홍단령(紅團領)을 입혀서 학교 시험에 들여보내고 종일토록 소헌(小軒)에 앉아서 눈물을 흘리며 기다렸다.

31

또한, 김만중은 열네 살 때 진사 초시에 합격하고, 복시에 추천되었으나 숙모의 장례를 앞두고 있었기 때문에 시험 보러 가지 못했다. 그 뒤 16세 되던 해 8월에 진사초기에 합격하고 9월의 복시에서 진사 일등의 다섯 번째로 합격하였다. 이 해 12월에 장가를 들었는데 부인은 연안 이씨로, 월사 이정구의 손자인 동리 이은상의 딸이었다.

18세 되던 때에 비로소 책을 짓기를 시작하였으며, 19세 되던 해에 아들 진화(鎭華)를 낳았는데 그는 뒤에 의성현감과 충주 목사를 지냈다.

20세에 별시(別試)초시에 합격했으나 5월에 둘째 할아버지 신독재 김집과 12월에 둘째 아버지 김익희가 죽었고, 그 다음 해인 김만중이 21세 때에는 외증조 할아버지 행승위 윤신지가 죽는 등 잇달아 상사(喪事)가 일어났다. 7월에는 딸이 태어났는데 그녀는 뒤에 노론(老論) 사대신(四大臣)의 한 사람으로 손꼽히는 소재 이이명(1658-1722)에게 시집갔다.

그런데 〈서포집〉에는 「정유년 구월 과거에 낙방하고 지은 시」가 있다. 여기 정유년은 바로 김만중 21세 때인 이 해를 말한다. 이즈음 김만중의 주변은 말 그대로 다사다난했으므로 과거에 실패했던 것 같다. 그리고 26세에 증광 초시에 합격을 하고 드디어 29세에 정시(庭試)에서 장원급제한다.

4월 급제 후에 김만중의 관직을 보면 다음과 같다. 5월 1일에 전적(典籍)벼슬을 제수 받는데, 전적은 성균관에 속했던 정

6품 관직으로 학생지도 담당이었다. 곧 이어 같은 달 22일에는 예조좌랑을 제수 받는다. 예조는 예악, 제사, 연회, 조빙(朝聘:신하가 조정에 나아가 임금을 만나는 일과 나라와 나라 사이에 서로 사신을 보내는 일), 학교, 과거 등에 관한 일을 담당하는 관청이었다.

6월 9일에는 사대교린(事大交隣)에 관한 문서를 맡아보던 관청 승문원에 분속된다. 12월 18일에는 홍문록에 뽑혔다. 홍문록이란 홍문관의 교리, 수찬의 선거는 먼저 7품 이하의 홍문관원이 뽑힐 만한 사람의 명단을 만들면 홍문관 부제학 이하 여러 사람이 모여 자신이 마음에 두고 있는 사람의 이름 위에 권점을 찍는 것을 가리킨다. 처음 벼슬한 해에 홍문록에 참여한 것은 신진(新進)으로서는 가장 잘 뽑힌 것이었다.

재미있는 것은 그의 벼슬살이의 초년시절에 한 정치적 행동 중의 하나가 함경도 단천(端川)의 관기 일선의 절개 있는 행실을 표창하라는 것이었다. 이때 그는 예조좌랑(禮曹左郞)이었다. 중앙에 있는 관기도 아니고 시골에 있는 관기의 절개를 표창하라고 한 것은 보통 사람의 시각에서는 참으로 힘든 일이었다. 그는 여기에서 그치지 않고, 장편서사시를 지어서 그녀의 아름다운 일대기를 형상화하였다. 여기에서 김만중의 성격 일면을 볼 수 있는데 그는 분명 페미니스트였고, 휴머니스트였다고 할 수 있다.

〈단천절부시〉는 함경도 단천의 한 기생 신분의 여성이 한

33

번의 사랑을 지키기 위해 일생을 수절한 실화를 노래한 작품이다. 김만중은 이 이야기를 오언고시체(五言古詩體)의 장편서사시로 엮었다. 그 길이는 무려 212구나 된다. 단천의 관기(官妓) 일선(逸仙)이 단천 부사의 아들 기인과 사랑하고, 이별하고, 수난당하고, 사별하고, 끝내 수절한 이야기이다.

김만중이 이처럼 시골 관기의 일로 과도하리만큼 신경을 쓴 것은 관기인 일선이 비록 여러 남자와 관계하여도 무방한 천인의 신분이지만 오직 자신에게 은덕을 끼친 낭군만을 위해 정절을 지킨 것을, 옛적에 예양이라는 이가 자신을 알아주지 아니한 범중행을 위해서는 죽지 않았으나, 자신을 알아준 지씨를 위해서 목숨을 아끼지 아니한 행실과 다름이 없다고 보았던 것이다.

이처럼 그가 절행(節行)의 여인에 대해 깊은 관심을 보이면서 칭송해 마지않는 것은 그것이 단지 여인의 문제로만 그치지 아니하고 김만중이 지향하고 있는 가장 소망스런 인간상과 일치하기 때문이다. 김만중의 뇌리에는 절행의 여인과 지조(志操)의 선비가 언제나 같은 이미지로 그려져 있었던 것이다.

결국 단천의 절행 기생이었던 일선의 표창문제는 다음과 같이 정리되었다.

효종 3년에 도신이 일선의 일을 계문(啓聞:신하가 글로 임금에게 아뢰던 일)하였는데 예조가 이를 정표(旌表:착한 행실을 세상에 드러내어 알림)하기를 청하니 그대로 따랐다고 했으나 표창에 이르지는 못했다. 현종 5년 이조판서 김수항이 함경도에서 돌아와 일선 등의 일을 표창할 것을 상소하니 그것을 비국(備局:군국의 사무를 맡아보던 비변사의 다른 이름)에 내렸다. 현종 6년에 본군에서 관기 일선의 절개 있는 행실을 적어 올렸으나 예관이 그를 천하다 하여 정문하려 하지 않자, 김만중이 정문을 주장하고 〈단천절부시〉를 지었다. 숙종 17년에 정문할 것을 명하였다. 김만중의 의자가 관철되는 순간이었다.

2) 직무범위를 벗어난 암행어사

김만중은 현종 12년(1671년) 당시 나이 35세에 홍문관 수찬을 제수 받은 후 한 달이 채 지나지 않은 9월에 암행어사로 임명받았다. 흉년이 극도로 심했던 그 해 가을의 일이었다. 그는 당시 규칙에 따라 어머니께 소식을 알리지도 못한 채 경기도 지방으로 길을 떠났다.

온 나라에 흉년이 들어 굶주리는 백성들이 도처에 널려 있었다. 이런 때일수록 고을 수령들은 백성들을 구휼하는데 온 힘을 기울여야하지만 현지 사정은 그렇게 돌아가지 않았다. 이러므로 나라에서 암행어사를 파견하여 고을 수령의 행동을 감찰하라고 보내는 것이다.

김만중이 암행어사로 명을 받은 곳은 경기도의 용인, 파주, 삭녕(경기도 연천의 북서부를 차지하고 있던 행정구역) 등이었다. 그런데 용인 현령 이건은 굶주리는 백성들에게 곡식을 제대로

35

나눠주지 않고 오히려 세금을 더 많이 거둬들이는 등 온갖 방법으로 악행을 저지르고 있었다. 초근목피(草根木皮)로 겨우 연명을 해야 하는 불쌍한 백성들은 탐욕과 자기 재산 축적에 혈안이 되어 있는 수령들 때문에 이중으로 고통을 겪고 있었다. 또 비록 지금은 새로운 수령이 부임했지만 전 파주목사 홍무에 대해서는 백성들의 원망의 소리가 가득했다.

그는 가엾은 백성들을 만나 그들의 하소연을 듣고 수령이나 향리들의 잘못을 일일이 조사했다. 대부분의 고을이 가난과 굶주림에 어려움을 겪고 있었지만 파주와 삭녕 고을의 수령들은 그 어려운 와중에도 정사를 아주 잘 돌보고 있었다. 김만중은 파주 목사 이보와 삭녕 군수 윤홍거를 임금께 추천해서 상을 내리도록 했다.

경기 지방을 두루 돌아다니며 암행 활동을 하던 김만중은 양천, 장단, 연서 지방을 지나게 되었다. 이때 김만중은 고을 주민들로부터 세 곳의 수령들에 대한 원성을 듣게 되었다. 자세히 캐묻다 보니 수령들의 범법 사실이 점점 드러났다. 즉 양천 현감 여안제, 장단 부사 정한기, 연서 찰방(察訪:각 도의 역참을 관리하던 종6품의 외관직) 안명로(安命老) 등은 백성을 종처럼 부려 원망을 사고 있었다. 이를 들은 김만중은 나지막이 한숨을 쉬었다. 다른 사람 같으면 그냥 지나치면 될 일이지만 그의 성격은 곧은 데가 있었다. 선비의 길을 생각한 것이다. 백성의 고통을 껴안아야하는 것이 진정한 선비이지 않은가. 하지만 암행어사는 직무구역이 정해져 있었다.

- 허어, 참으로 난감하게 되었다.

김만중은 잠시 망설였다.

원래 암행어사는 자기가 맡은 지역 이외의 고을에 대해서는 조사할 수 없게 되어 있었다. 그런데 양천, 장단, 연서 고을은 김만중의 활동 범위가 아니었던 것이다. 다른 어사들 같았으면 그냥 지나쳤겠지만 김만중은 차마 발길을 뗄 수 없었다. 눈앞에 뻔히 드러난 불법을 외면할 수가 없었던 것이다.

- 이대로 지나친다면 이 고을 백성들의 원성이 갈수록 더해갈 것이다.

마침내 그는 규정을 어기더라도 고을 수령들의 죄를 조사하기로 마음먹었다. 단천의 관기인 일선의 행실을 기어이 〈단천절부시〉라는 212구나 되는 장편시를 썼던 그의 성품이 그대로 드러나는 대목이었다. 그해 11월, 서울로 돌아온 김만중은 암행하며 조사한 내용을 임금님께 모두 보고했다. 보고를 다 듣고 난 현종은 짐작했던 대로 이렇게 말했다.

- 경이 조사한 것 중 양천 현감 여안제와 장단 부사 정

37

한기, 그리고 연서 찰방 안명로 등은 경의 직무범위를 벗어난 것이다. 그러니 이들의 죄를 함께 논할 수는 없다. 경기 감사로 하여금 그들을 따로 조사하도록 하라.

김만중이 조사한 것을 인정하지 않겠다는 뜻이었다.
그러자 며칠 뒤 사헌부의 이합이 현종에게 다시 건의했다.

- 어사 김만중의 보고서를 보면 장단, 양천, 연서의 수령들이 분명히 법을 어겼고 백성들을 잘 보살피지 않았다는 사실이 이미 드러났습니다. 비록 임무의 범위를 벗어나긴 했지만 암행어사가 조사하여 보고 드렸다면 마땅히 벌을 내리셔야 하옵니다.

결국 임금은 김만중이 보고를 받아들여 세 고을의 수령들을 자리에서 내쫓으라고 명령하게 되었다. 이처럼 불의와 타협할 줄 모르는 성격으로 인해 김만중은 편하게 갈 수 있는 길도 어렵고 힘들게 가야 했다.

3) 금성으로 유배를 가다

김만중이 강원도 금성(현 김화군 금성면)으로 유배를 가게 된 것은 현종 때에 벌어진 궁중의례(宮中儀禮)적용 문제를 둘러싼 서인과 남인간의 정치적인 대립인 1·2차 예송논쟁과 관련이

38

있다.

1차 예송은 1659년 효종이 죽은 후에 그의 계모인 조대비가 어떤 복(服)을 입어야하는 지에 대한 논란이었다. 조선사회의 예론(禮論)은 자식이 부모에 앞서 죽었을 때, 그 부모는 그 자식이 적장자(嫡長子)인 경우에는 3년 상을 입고, 그 이하 차자(次子)인 경우에는 1년 상을 입도록 규정했다.

그런데 인조는 첫째아들인 소현세자가 죽은 후에 그의 아들이 있었음에도 불구하고 둘째아들인 봉림대군을 세자로 책봉하여 왕통을 계승하게 하였는데 그가 바로 효종이었다. 이에 서인은 효종이 왕통 상으로는 인조의 적통을 이었지만 종법 상으로는 인조의 둘째아들이므로 당연히 종법에 따라 조대비는 1년 상을 입어야한다고 주장했다. 그러나 남인측은 왕가의 의례는 종법을 변칙적으로 적용할 수 있으므로 왕위에 오르면 차자라도 장자가 될 수 있다. 따라서 효종은 당연히 장자가 되는 것이며 조대비는 3년의 복을 입어야한다고 주장했다.

결국 경국대전에 따라 장자와 차자의 구별 없이 1년을 입게 한 규정에 따라 1년 복으로 결말이 났다. 어쨌든 서인의 승리로 끝났으나 효종의 종법상 위상은 결론이 없이 끝이 났다. 이 문제는 2차 예송으로 이어졌다.

2차 예송은 1674년(현종 15년)에 효종의 비 인선왕후가 죽자, 또 다시 조대비가 어떤 복을 입을 것인가 하는 문제로 서인과 남인 간에 논쟁이 벌어졌다. 효종을 장자로 인정한다면 인선왕후는 장자의 부인이므로 조대비는 기년복(朞年服)인 1년을 입어야하지만 효종을 차자로 볼 경우에는 대공복(大功服)인 9개월이 되기 때문이다. 이때 서인은 대공설을 주장했으니 전에 조대비의 복을 서인의 주장대로 기년으로 정해 놓았으니 전에 정한 예에 따라야 한다는 주장이었다.

그런데 대공복을 채택하는 것은 효종을 차자로 인정하는 것이므로 현종은 남인의 손을 들어주었다. 드디어 서인의 세력이 물러가고 남인의 정권이 들어서는 계기가 되었다. 이 2차 예송의 전후 기간에 김만중이 금성으로 유배를 가게 된 것이다. 정치적인 이유도 있었지만 김만중의 곧은 성격이 더 크게 작용한 유배였다. 그는 37세 되던 해인 현종 14년(1673) 9월에 홍문관 부수찬으로 대궐에 들어가 임금을 알현하고 말을 하다가 현종의 노여움을 사게 된다. 이에 대하여 현종실록 14년 9월 12일과 9월 14일 실록을 살펴보자.

부수찬 김만중이 면대를 청하여 이렇게 말했다.

- 천릉 때의 복제(服制)는 옛날의 준례를 회복하여 행해야 합니다.

이에 현종이 답했다.

- 기해년 초상 때에 이후원이 구구절절 어렵다고 하는

의논이 있었으나 한때의 말로써 곧 행할 수는 없다.

김만중이 다시 말했다.

　- 듣건대, 김우명이 민업의 집안의 일로 진달(進達:말이나 편지로 받아서 올림)하여 형조로 하여금 조사하여 규명하라는 명이 있었다고 합니다. 대개 민업이 죽었을 때 그 아들 민세익이 미친병이 있어 그 집에서 사대부 중에 예를 아는 자에게 물어서 세익의 아들 민신더러 복을 대신 입게 하였습니다. 신은 《예경》을 알지 못하지만 다만 보통 생각으로도 의심하였습니다. 그런데 뒤에 주자의 글을 보니 송나라 광종·영종 때에 주자의 상복 마련에 대한 상소가 있었습니다. 그 글에 "삼년상은 천자부터 서인까지 통용된다."는 말이 있고, 또 "적자(嫡子)가 병이 있으면 적손(嫡孫)이 대신하여 상을 치른다."고 하였는데, 그때 광종이 심질(心疾)이 있어 영종이 상을 대신 주관한 것입니다. 민신의 일이 과연 주자의 설에 부합되는지의 여부는 알 수 없지만, 이는 옛 규례를 굳게 지키려는 소치에 불과하므로 적통을 차지하려고 다투는 자와 비교할 것이 아닙니다. 신의 생각으로는 반드시 조사할 필요는 없다고 여겨집니다.

41

현종이 이에 대답하였다.

　– 주자가 사서인(士庶人)의 예를 논한 것이 상세하지만 이 같은 논의는 없었으니, 이는 필시 광종의 일만 지적한 것일 것이다.

김만중이 다시 아뢰었다.

　– 민신의 일을 조사하여 신문하는 것은 한갓 사체를 손상할 뿐입니다.

현종이 말했다.

　– 이미 조사하도록 하였는데, 어찌 그만둘 수 있겠는가. 오륜 중에 부자(父子)가 중요하니 바르게 하지 않을 수 없다.

이에 만중이 아뢰었다.

　– 허적이 당초 정승으로 뽑힌 뒤에 이미 사람들의 비난하는 말이 있었습니다. 송준길의 배척을 받게 되자 소를 올려 스스로 변명하였는데, 그 안에 '형벌을 주고 복을 주

는 권력이 상에게 있지 않다.'는 등의 말이 있었으니 이로 본다면 그 사람됨을 알 수가 있습니다. 또 금년 봄의 소를 보더라도, 결코 그가 군자가 아님을 알 수 있습니다. 오늘날 조정의 신하들 중 누가 형벌을 주고 복을 주고 있기에 그 단서만 끄집어 내놓고 전하의 뜻을 엿보아 헤아리고자 한단 말입니까. 군신(君臣)은 부자와 같은데 함정을 설치하여 임금의 마음을 떠보려고 해서야 되겠습니까.

현종이 밀했다.

　- 나는 선왕(先王)의 우레와 같은 위엄에 미치지 못하고, 요사이 조정은 전과 같지 않은 지가 오래되었다. 그리고 허적이 처음 정승에 임명되었을 때 무슨 일로 불만족스럽게 여겼는가? 우리나라는 사족(士族)만 등용하는데 다시 붕당(朋黨)으로 나누어져서 서로 공격을 하고 만일 같은 당이면 허물이 있더라도 가리고서 아뢰지 않는다.

김만중이 다시 아뢰었다.

　- 신의 말이 그를 경우 그르다고 하면 됩니다. 어찌 의심하십니까? 허적이 성상의 뜻을 엿보아 임금의 의심을 불러 일으켰으니 자고로 이 같은 군자는 없었습니다.

현종이 말했다.

　- 경이 지금 논척하는 것은 허적이 다시 정승으로 들어온 것 때문인가?

김만중이 이에 답하였다.

　- 허적의 마음씨와 태도는 이미 문자 사이에 드러났으며, 그가 한 짓은 남곤·심정과 다름이 없으므로 백관의 우두머리에 둘 수 없는데도 지금 수상(首相)이 되었기 때문에 이 같이 아뢴 것입니다.

현종이 진노하여 명했다.

　- 대신을 논핵하여 체직시키는 것을 어찌 한 사람이 독단적으로 할 수 있겠는가. 민신의 일에 대해서는 반드시 조사할 필요가 없다고 청하고, 대신에 대해서는 유독 마땅히 체직시켜야 한다고 청하니 국가의 체모가 어떻겠는가.

　그런 말을 한 뒤에 김만중을 먼저 파직한 다음 추고하도록 명하였다. 만중이 종종 걸음으로 나가자 현종이 이르기를, "만중이 필시 다른 사람의 사주를 받았을 것이니 잡아다가 심문하라."하였다. 수흥이 아뢰기를, "만중이 홀로 대신을 논핵하였으니 이는 옳지 않은 일입니다만, 이 사람이 어찌 남의 사주를 받을 자이겠습니까."하고, 그 명을 환수하라고 간청하였으나, 현종이 따르지 않았다. 이에 김만중은 조복(朝服)을 입은 채로 치죄(治罪)되었다. 현종은 바야흐로 서인들에게서 염증을 느꼈고, 또 허적이 현종의 총애를 입고 있었으므로 김만중의 말이 현종의 분노를 산 것은 당연한 일이었다.

현종은 원찬(遠竄: 먼 곳으로 귀양을 보냄)하라는 명을 내렸다가 대신들이 계속 변호하니 명을 고쳐 정배(定配:죄인을 지방이나 섬으로 정해진 기간 동안 그 지역 내에서 감시를 받으며 생활하게 하던 형벌)를 보내게 된다. 그런데 김만중을 변호하는 대계가 멈추지 않아서 정배 보내라는 전지를 내리지 못했다.

현종실록 14년 9월 14일조에 이런 내용이 실려 있다.

정언 성호징이 임금께 이렇게 아뢰었다.

— 전 수찬 김만중은 직책이 논사(論思)하는 자리에 있으므로 일에 따라 말씀 드린 것이니 그 본심을 캐보면 나라를 근심하고 임금을 사랑하는 것에 불과합니다. 그런데 말 한 마디 겨우 꺼냈다가 갑자기 감옥에 갇히게 되었으니 이 어찌 위대한 성인의 포용하는 도리이겠습니까. 만중이 경연에 출입한 지 근 10년이 되어갑니다. 전하께서도 일찍이 그의 사람됨을 익히 알고 계실 것입니다만 그가 어찌 남의 사주를 받을 자이겠습니까. 그런

45

말을 들으니 놀랍고 두려우며 뭇 사람들도 의심하고 두려워하고 있습니다. 김만중을 잡아다가 심문하라는 명을 도로 거두소서.

이 말을 임금이 따르지 않았다. 옥당 또한 상차하여 논집하였으나, 임금이 받아들이지 않았다. 김만중은 임금의 명을 여러 달 기다리다가 드디어 강원도 금성의 배소로 갔다. 이 때는 해가 바뀌어 1674년(현종 15)의 일이었다. 그의 나이 38세였다. 귀양을 갈 때 어머니인 해평 윤씨에게 절을 올리고 하직을 하면서 다음과 같이 오언절구를 지어 이별의 슬픔을 달랬다.

슬픔 삼키어 뱃속에 맺히니
길 떠나는 나그네 어머니와 헤어지는 정이로다
울어서는 안 되는 줄 참으로 알지만
공허한 웃음은 어디서 생기는가

그는 금성에서 인선왕후가 죽었다는 소식을 듣고, 정치적인 상황은 서인의 정권이 막을 내리고 조정은 허적을 중심으로 하는 남인이 잡게 된다. 그리고 4월에 정배에서 풀려났으니 금성에서 체류한 기간은 2월과 3월 두 달 남짓 되는 셈이다. 그런데 흥미로운 사실은 김만중이 풀려나는 데 결정적인 역할을 한 것이 허적이라는 사실이다.

46

현종실록 15년 4월 1일조에 이런 내용이 실려 있다.

도제조 허적이 아뢰기를,

  - 김만중의 일에 대해 신이 일찍이 말씀 드리려다가 못했습니다만, 강백년이 이왕 말을 끄집어냈으니 신 또한 소회를 말씀 드리겠습니다. 김만중이 신을 꾸짖은 말이 신에게 들어맞는지는 모르겠습니다만, 채용할 만한 말이 아닐 경우 버리면 되는데 귀양 보내기까지 하시니, 어찌 성스런 덕에 누가 되지 않겠습니까. 그리고 김만중은 그의 어미와 떨어져 있으니 정리 상 측은합니다.

이에 현종이 답했다.

  - 김만중의 말이 너무나 이상하였기 때문에 처음에는 멀리 귀양 보내려고 하였으나, 그때 대신들의 아룀으로 인해 가까운 곳에다 귀양 보냈던 것이다.

허적이 이를 받아 답했다.

  - 신이 비록 못났습니다만, 또한 하나의 늙은 신하입니다. 어떻게 감히 마음에 없는 헛된 일로 아뢸 수 있겠습니까. 이는 사실 진심에서 한 말입니다. 만일 은혜를 입

어 석방된다면 성스러운 상의 덕이 머지않아 회복될 것
이며 개인적인 신의 마음도 조금은 편해질 것입니다.

이에 현종이 말했다.

－ 경이 이처럼 말하니, 경의 뜻을 편히 해 주기 위해
석방하겠다.

4) 김(金)씨 성이 아까우니 쓰지 못하게 하라

김만중은 4월에 금성 유배지에서 풀려나와 그해 7월에 부교
리(副校理)를 제수 받았다. 부교리는 조선시대 홍문관의 종 5
품의 관직으로서 정원은 2인이었다. 세조 때에 혁파되었던 집
현전의 기능을 부활시키기 위해 예문관을 확대 개편하면서
1470년(성종1)에 설치하였다가 1479년 그 기능이 홍문관으로
분리 독립되면서 그대로 직제화되었다. 홍문관은 조선시대 최
고의 문필기관으로서 그 관원은 품계에 상관없이 핵심 청요직
(淸要職)으로 간주되었다.

부교리는 교리와 함께 왕의 교서를 제찬, 검토하는 것이 주
임무였으나, 왕의 측근에서 학문을 강론하고 역사를 기술하
며, 또한 삼사의 일원으로서 언론활동에 참여하기도 하였다.
그해 8월에 현종이 죽고 숙종이 등극하였다. 대신들이 모비(母
妃)의 수렴청정을 논의하였으나 김만중은 떳떳한 도리를 지켜

야한다는 논지를 전개하였다. 숙종 1년에 벼슬이 올라서 정 3
품 당상관에 이르렀다. 동부승지(同副承旨)에 이르러 드디어 다
시 화를 당하게 된다. 역시 그의 곧은 성품 탓이다.

동부승지는 조선시대 승정원(承政院)의 정삼품 당상관으로
정원은 1명이다. 승정원의 육승지(六承旨)중 끝자리다. 승정원
은 왕명의 출납을 담당한 국왕의 비서기관으로 육조(六曹)의
업무를 분담하였다. 도승지는 이방, 좌승지는 호방, 우승지는
예방, 좌부승지는 병방, 우부승지는 형방, 동부승지는 공방을
담당하였다. 육방의 하나인 공방은 주로 영선(營繕), 공장(工
匠), 토목 등에 관한 왕명의 출납을 맡았다.

김만중이 19일에 동부승지에 임명되었는데, 26일에 임금이
불러서 나랏일을 논하다가 엄중한 교지(敎旨)를 받았는데, 임
금은 우선 파직(罷職:벼슬에서 물러남)을 명하였다. 그리고 그 다
음날에는 삭탈(削奪:죄를 지은 자의 벼슬과 품계를 빼앗고 벼슬아치의
명부에서 그 이름을 지움)할 것을 명하였다.

이에 대한 기록을 숙종실록 1월 26일자와 27일자에서 확인
할 수 있다. 먼저 1월 26일자를 살펴보면 다음과 같다.

승지 김만중이 임금께 말하였다.

49

  - 신은 듣자오니, 윤휴가 성상께 《논어》의 주(註)를 읽을
것이 없으며, 대문(大文)도 또한 많이 읽을 것이 못되고 다
만 수 십 번만 읽으면 된다.'고 청하였다 하니, 그 말은 마

땅하지 못합니다. 대문(大文)은 성인의 경(經)이고 주(註)는 현인(賢人)의 전(傳)이니, 성인과 현인이 한 것은 모두 간격이 없습니다. 또 주는 곧 경을 해석한 글이니, 주를 읽지 않고서 어떻게 경의 뜻을 찾아 알겠습니까? 《논어》는 주자의 주석을 없앨 수는 없습니다. 중국에서는 육상산과 왕양명의 다른 학파가 있어서 주자의 주를 취하지 않기도 합니다만, 우리나라에서는 조종조로부터 한 결 같이 주자의 주 만을 취하여 수백 년 동안을 경연에서 써 왔습니다. 그런데 지금은 어찌하여 쓰지 않아도 된다는 것입니까? 또 듣자오니, 윤휴가 '다만 중요한 것만 표시하여 번역하자.'고 청하였다 합니다. 그런데 많이 읽지 않고서 어떻게 중요한지 중요하지 않은지를 알 수 있겠습니까?

이에 숙종은 얼굴에 노기(怒氣)를 띠고 답하지 않았다.
김만중이 다시 말했다.

- 낮 사이에 두 유생의 상소가 있었는데, 이구석의 소에는 '선왕(先王)의 행장(行狀)을 고쳐지어야 한다.'고 청하였습니다. 이렇게 막대한 일을 그가 감히 말하였으니, 이는 그럴 수가 없습니다. 그리고 또 당론(黨論)과 사화(士禍)의 일을 말하면서 선조조와 효종조를 광해군의 시대와 나란히 일컬어서 같이 다루었으니, 어찌 감히 두 조

정을 혼조(昏朝:임금이 혼미하여 국사를 잘 다스리지 못하는 조
정. 조선의 연산군이나 광해군 때의 조정을 말함)에 비긴단 말
입니까?

숙종이 이 말을 듣고 노해서 꾸짖으며 말했다.

  - 이구석의 소를 취하고 취하지 않는 것은 나에게 달
  려 있다. 그대가 어찌 감히 말하는가? 당론의 습성을 아
  직도 버리지 아니하였는가?

김만중이 미동도 하지 않고 거듭 말하였다.

  - 신이 듣자오니, 허목이 김종일에게 관직을 추증하기
  를 청하면서 말하기를 '김종일은 정치가 어지러워진 뒤
  로부터 관직에서 물러나 몸을 깨끗이 지켰다.'고 하였다
  합니다만, 김종일에게 무슨 추증할 만한 사적이 있습니
  까? 그가 이름 있는 벼슬을 못한 것은 실지로 효종조와
  현종조의 두 조정 때였습니다. 그런데 곧바로 정치가 어
  지러웠다고 한 것은 이치에 거슬립니다.

숙종이 이에 대답하였다.

– 김만중은 간교(奸巧)하다. 경이 일찍이 영상에게 죄를 날조하여 얽으려다가 겨우 형문을 면하고 금성으로 귀양 갔었는데, 이제 또 우참찬과 대사헌에게 죄를 얽으려 하는가?

이때 숙종은 노기(怒氣)가 심하여 거의 말을 하지 못하였다. 김석주가 말하기를, "신이 그 때 입시하였습니다. 허목은 진실로 실언을 면할 수가 없습니다."하니, 임금이 말하기를, "사람은 실언하기가 쉽다. 어찌 이것을 가지고 죄를 삼으려 하는가?"하였다. 목창명과 유명현이 말하기를, "말을 지적하여 죄를 삼을 수는 없습니다."하였다.

숙종이 김만중을 음흉하다 하여 드디어 파직을 명하니, 김만중이 급히 나갔다. 승지 송창이 입시하였는데, 송창이 나아가 말하기를, "신이 뒤바꾸어 들어오느라고 김만중이 무슨 일을 말하였으며 상교가 또한 무엇이었는지를 알지 못합니다. 듣기를 원합니다."하니, 임금이 말하기를, "초(草)한 책을 보면 알 것이다. 어찌 감히 번거롭게 청하는가?"하였다.

목창명과 유명현 등이 번갈아 가면서 송창을 한심하게 여기면서 "분의(分義)를 모른다. 전에 없던 일이다."라고 까지 말하니 임금이 더욱 노하여 떨리는 소리로 말하기를, "송창을 갈아 치우라."하니, 송창이 나갔다.

임금이 또 말하기를, "송창이 군부의 얇고 깊음을 알고자 하여 감히 귀찮게 재촉하여 물었으니, 흉악하다."하고, 곧바로 파직을 명하였다.

다음은 1월 27일자 숙종실록이다.

평안도 관찰사 민종도를 인견하였다. 하교하기를, 대례(大禮)가 이미 바로잡히고 인륜(人倫)이 이미 밝아졌는데, 김만중이 간교하고 바르지 못한 무리로서 일찍이 선조에서 영상을 모함하였다가 형문를 면하고 단지 정배만 되었으니, 그에게는 다행한 일이었다. 이제 우연히 등용되어 의기양양하게 어전에 들어와서는 잘못을 뉘우칠 생각은 하지 아니하고 전혀 돌아보고 꺼리는 바가 없어서 미세한 일을 가지고 장황하게 말을 꾸며 두 현인을 잡아 족치기에 온 힘을 기울였다.

송창은 본래 문망(文望)이 없는 자로서 승지에 임명되었는데도 감히 당돌하게 곧장 어전에 나와서 김만중의 일을 군부(君父) 앞에서 위협하듯 캐어묻기를 두 번 세 번에 이르면서 마치 벗들 사이에 말하듯 하였다. 신하된 분수로써 어찌 이럴 수가 있는가? 임금은 없고 당론에만 붙은 것이 심하였으니, 일이 매우 한심스럽다. 김만중은 관작을 삭탈하고, 송창은 더욱 중하니, 심문하여 처리하라." 하고, 또 김(金)·송(宋)의 두 글자는 지워버리고 다만 그 이름만 쓰라고 명하였다.

김만중은 관직을 삭탈한지 1년이 못되어 다시 돌려받았다. 여름에 전례를 따라 서용되어 군직을 부여받았다. 그리고 숙종 5년 예조참의에 제수 받았다. 예조참의는 정3품 당상관(堂上官)으로 위로는 예조판서(정2품)과 예조참판(종2품)이 있고, 아

53

래로는 예조정랑(정5품), 예조좌랑(종5품)이 있다. 각 조의 참판과 함께 판서를 보좌하면서도 판서와 대등한 발언권을 지니고 있었다.

이런 막강한 자리에 올라앉으니 남인들이 가만히 두지 않았다. 숙종실록 5년 12월 11일자 실록을 살펴보자.

사간원에서 헌납 박진규, 정언 남후·김정하가 예조 참의 김만중을 탄핵하기를 "그가 송시열을 존모하고, 더구나 대신을 모함하고 예론을 편 유현(儒賢)을 극력 배척하는 등, 그의 심성이 교활하고 참혹하여 선왕(先王)께서도 매우 미워하였는데, 예조 참의를 제수하시는 것은 안 됩니다. 청컨대 체차(遞差:관원을 경질하는 일)하소서."하니,

숙종이 답하기를 "말뜻이 심각하기만 하고 화평한 맛은 조금도 없으니, 이와 같이 극심한 논핵은 내가 도저히 취할 수 없다. 속히 그만 두고 번거롭게 하지 말라."하였다.

5) 선천으로 유배를 가서 구운몽을 짓다.

김만중이 51세 되던 해는 숙종 13년(1687년)이다. 이해 9월에 김만중는 주강(晝講)에 입시하여 조정의 일을 논하다가 엄중한 교지를 받고 금부(禁府)에서 명을 기다리는 신세가 된다. 바로 조사석의 일 때문이었다. 이에 대한 서포연보의 글을 살펴보자.

5월에 영상 김수항과 우상 이단하가 명을 받들어 새로 정승을 뽑을 적에 먼저 삼망(三望:관리를 선출할 때 물망에 오른 세 사

람을 왕에게 추천하여 그 중에 한 사람을 선택하게 하는 제도)에 들었던 이를 적으니 가복(加卜:천거한 정승 후보자 가운데 임금의 뜻에 맞는 사람이 없을 때에 다른 후보자를 추가하여 다시 천거함)을 명하시므로 이숙을 천거하였고, 또 가복을 명하시므로 이민서를 천거하였고, 또 가복을 명하시므로 여성제를 천거하였으나 모두 상감의 뜻에 맞지 않았다. 두 정승이 뵈올 것을 청하여 면전에서 여쭈니 상감께서는 조사석을 천거하여 드디어 제배(除拜: 이조나 병조에서 예비 관리의 명단에 삼망을 갖추어서 임금에게 올려 결재를 받아 관직을 임명하는 것)할 것을 명하였다.

이에 헌납 민진주와 대사헌 이수언이 의혹스럽다고 소를 올렸다가 엄중 문책을 받았다. 그리고 김수항과 이단하는 정승에서 물러나게 하고 엄중한 교지를 내렸다. 한편 또 여항(閭巷: 백성들의 살림집이 모여 있는 곳)에서는 사석이 정승에 임명된 것은 사사로운 지름길로 연줄이 닿아서 그렇게 됐다는 말이 자자했으므로 사석은 감히 직무를 맡지 못했다.

영상 남구만은 차(箚:간단한 서식의 상소문)를 올려 여항의 논의가 비등하여 나라 사람들이 의심스러워하고 있다는 말을 했고, 대사헌 이익은 또 소를 올려서 사석이 힘써 사퇴하는 것은 오로지 민진주와 이수언 때문만은 아니라고 말했다. 이렇게 모두들 모호하게만 말하고 능히 여항의 논의가 그리 된 까닭을 밝혀 말하지는 못하고 있었다. 드디어 김만중이 그뜻을 정직하게 고한다. 숙종실록 13년 9월 11일에 있는 기록을 보자.

 김만중은 숙종에게 총애 받는 귀인 장씨를 이용해서 관직에 진출한 조사석을 비판하였다. 다른 신하들은 자신들의 신변을 위해 아무도 왕에게 사실을 고하지 않을 때였다. 그때 김만중이 나서서 왕에게 아뢰었다.

 - 지금 전하께서도 신료(臣僚)들에게 마치 의심이 쌓여 풀리지 않으시는 것 같은데, 그렇다면 아래에서도 성상께 의심이 없을 수 없게 되는 것은 또한 당연한 일입니다. 대사헌 이익의 상소 내용에 이른바 '의아스러운 마음이 날로 생겨나고 있습니다.'라고 한 것이 바로 전하를 의심하기 때문입니다. 전하께서는 반성하시면서 더욱 수신(修身)하고 제가(齊家)하는 도리를 닦으소서.

이에 숙종이 물었다.

 - 조사석이 불안하게 된 것은 과연 무슨 일 때문이겠는가?

김만중이 이에 답하였다.

 - 후궁 장씨의 어미가 평소에 조사석의 집과 친밀했었습니다. 조사석이 영의정의 벼슬을 받은 것이 이 길에 연

줄을 댄 것이라고 온 나라 사람들이 모두 말하고 있습니다마는, 유독 전하께서만 듣지 못하신 것입니다. 임금과 신하의 사이는 마땅히 환하게 트이어 조금도 간격이 없어야 하는 것인 데다가 전하께서 물으시는데 신(臣)이 어찌 감히 숨기겠습니까?

숙종이 크게 진노하여 말했다.

　– 나와 같이 재주도 없고 덕도 박한 사람이 임금의 자리에 있으면서 이러한 말을 듣게 되니 진실로 군신(群臣)들을 대할 면목이 없다. 조사석을 이미 연줄을 대어 정승이 되었다고 했으니, 광해군 때에 값을 바치고 벼슬을 얻게 된 일과 같은 것인데, 금을 받은 것이라 여기느냐, 은을 받은 것이라 여기느냐? 분명히 말의 근거를 대라. 결코 그만두지 않겠다.

이에 김만중이 아뢰었다.

　– 전하께서 이미 신으로 하여금 말을 하도록 해놓고 또한 한 말의 근거를 물으시니, 신이 비록 불초하기는 하지만 어찌 말의 근거를 들어 말씀드릴 수 있겠습니까? 비록 형륙을 받게 되더라도 신이 진실로 달게 여기겠습니다만, 이

는 전하께서 바로 신(臣)을 형륙에 빠뜨리시려는 것입니다.

김만중의 말씨는 전혀 흔들리지 않았다. 이에 숙종이 더욱 진노하여 음성과 안색이 모두 엄해지며 다그쳐 묻기를 그만두지 않았다. 결국 김만중이 숙종에게 아뢰었다.

- 신이 감히 여기에 있을 수 없습니다. 바로 달려 나가 의금부에서 가서 전하의 처분을 기다리겠습니다.

이날 숙종이 승정원에 다음과 같이 전교(傳敎:임금이 명령을 내림)하였다.

- 승정원에서는 어찌하여 이제까지 전지를 봉입하지 않느냐? 김만중이 비록 그 자신이 지어낸 것은 아니지만 반드시 들은 데가 있을 것이기 때문에 내가 따져서 물어보고 처리하려 하는 것이다. 이를 그대로 둔다면 다만 대신이 불안하게 될 뿐만 아니라, 장차는 반드시 일마다 의심하게 되어 임금이 수족을 놀릴 데가 없어지고 단지 헛된 자리만 끼고 있게 될 것이다. 하고, 이어 승지에게 시급히 전지를 쓰도록 명하였다.

여러 신하들이 모두 아뢰기를,

– 김만중이 진달한 말은 뜬소문에서 나온 것인데, 어찌 근거를 찾을 수 있겠습니까? 하물며 대관의 논계가 나온 다음에는, 무릇 일을 그대로 거행하지 못하는 것이 본래부터 조종조의 옛 준례이므로, 결코 오늘날부터 무너뜨릴 수 없습니다."하였다.

교리 남치훈은 아뢰기를, "요사이는 당론이 지극히 해괴하고 놀랍습니다. 김만중의 그 말도 당론에서 나온 것입니다."하므로, 여러 신하들이 밤이 깊도록 논쟁하였다. 임금이 꾸짖다가 타이르다가 하면서 전지를 봉입하라고 재촉하니, 승지 유명일이 할 수 없이 붓을 가져다 장차 쓰려고 할 적에, 가주서(假注書:승정원의 정7품의 벼슬. 정원 이외의 주서로 오로지 비변사와 국청의 일을 맡아보았음) 최중태가 유명일을 돌아보며 말하기를, "생각하고 있는 바를 다시 전달해야 합니다."하였다.

임금이 화를 내어 이르기를, "주서가 어찌 감히 승지를 지휘하느냐? 즉각 파직을 명한다."하니, 최중태가 종종걸음으로 나갔다. 유명일이 붓이 없다는 핑계로 말을 하니, 임금이 사관(史官)에게 붓을 주도록 명하자, 사관 송상기는 아뢰기를, "사필(史筆)은 줄 수 없습니다."하였으나, 사관 윤성준이 아뢰기를, "사필은 진실로 중요한 것이기는 하지만 성상의 분부가 이러하신데 어찌 감히 주지 않겠습니까?"하였다. 유명일이 드디어 전지를 써 내려가 임금이 구두로 부르는 대로 쓰기를 끝내어, 즉시 김만중을 의금부에 하옥하게 된 것이다.

김만중은 며칠 전인 9월 9일에 의금부의 으뜸 벼슬인 판의금부사(判義禁府事)를 겸하는 명령을 받았다. 그러나 이제 하루 사이에 중죄인이 되어 의금부 관리 앞에 서게 된 것이다. 이를 이제는 "세상에서 영욕을 이해하기 어렵기가 이와 같을진저!"라고 한탄하였다.

어쨌든 김만중이 의금부의 아전에게 진술한 공사(供辭:죄인이 범죄사실을 진술하던 일)는 다음과 같다.

본래 어리석은 성품으로 한갓 나라를 걱정하고 임금을 사랑하는 정성만을 품고 망령되게도 의혹으로 막힌 것을 긁어내고 아랫사람의 속마음을 상감에게 잘 전달하게 하여 임금과 신하 사이의 화평한 기운을 유도하여 진작시키고자 하였더니, 그 언사가 어수선하여 더욱더 죄를 저지르고 어그러지는 줄을 깨닫지 못하였습니다. 여러 번 물으심을 받게 되자, 군부(君父)께서 물으시는데 모두 말씀드리지 않는 것은 불충이 된다고 생각하여 말 한마디를 입 밖에 내자마자 스스로 대륙(大戮:수형자의 목숨을 끊음)에 빠지고 말았으니 이것은 거의 죽을 때가 가까워지자 하늘이 그 넋을 빼앗아 간 것입니다. 언근에 있어서는 이 말이 여항간에 떠돌아다니는 말이므로 본디 가리킬만한 곳이 없으니, 이 몸이 죽은 형벌을 받더라도 실로 언근을 가리켜 밝히어 아뢸 수가 없습니다.

그러나 숙종은 떠돌아다니는 말을 굳게 감추고 있다고 하면서 다시 물으라고 명했다. 하지만 김만중은 다시 공사를 올렸는데 첫 번째 공사와 크게 달라진 내용이 없다면서 오직 형장(刑章)에 따라 처벌받기만을 바랄 뿐이라고 하였다. 이렇게 해서 밤을 지새우고 이튿날인 9월 14일에 숙종은 붕당의 무리만을 애호하고 군명(君命)을 경시한다고 다시 문초할 것을 명령했다. 이에 김만중은 세 번째 공사에서 이렇게 말했다.

몸은 검은 오랏줄에 묶인 신세가 되었고, 죄를 장차 헤아릴 수 없는 마당이니 진실로 이런 말을 붕당의 무리 사이에 물어봐서 이런 말을 지어낸 그의 이름을 아침에 듣게 되면 저녁때면 제 몸은 풀려날 수 있을 것입니다. 세상에 붕당의 무리를 자신의 목숨보다 애호하는 자가 어디 있겠습니까? 비록 자신을 아끼지는 않는다 하더라도 위로 늙고 병들어 돌아가실 날이 가까운 어머니가 있으니 또한 그 늙은이를 버리고 붕당의 무리를 따라 죽는 자가 어디에 있겠습니까? 이른바 부언(浮言)은 바람이 일고 물이 넘치는 것과 같아서 일시에 두루 퍼지게 되어 있으니 사람들이 모두 들을 수는 있어도 그 자취를 찾아낼 수는 없습니다. 비록 만 번 주륙을 당한다 해도 진실로 대답할 바를 알지 못하겠습니다.

드디어 숙종은 오늘날 나라의 기강이 비록 크게 허물어졌다고는 하나 저자가 어찌 감히 인주(人主:임금)를 경멸함이 이에 이를 수 있는가, 하고 개탄하면서 원찬하라고 명했다. 드디어 김만중은 선천으로 유배를 가게 되었다.

61

김만중은 유배지로 떠날 때 오언율시를 지어 자신의 심경을
나타냈다.

슬픔 머금은 채 어머니 이별하고
손을 흔들어 친척들과 헤어졌네
가을날 서성(西城)으로 가는 길은
산 넘고 물 건너 홀로 가는 사람일세
또 망발인 줄은 분명히 알거늘
깊으신 사랑에 어찌 보답할까
상기도 남아 있는 구구한 뜻을
이로부터 펴지 못할까 걱정이 되네

유배지로 떠날 때 윤씨 부인이 전송하면서 김만중에게 이렇
게 말했다.

- 영해(嶺海)로 귀양을 가는 것은 옛 선현들도 면하지
못했던 바이니, 가거라. 몸을 스스로 사랑하고 내 걱정일
랑 말아라.

이 말을 들은 이들이 곁에서 모두 눈물을 흘렸다.
김만중은 이미 유배지에 이르러 어머니의 생신을 맞이하게
되었다. 시를 지어 이렇게 말했다.

– 멀리 어머니께서 아들을 그리며 눈물을 흘리실 것을
생각하니 하나는 죽어서 이별(큰 아들 서석 김만기가 김만중
이 유배를 가던 해 3월에 타계했다.) 하나는 생이별이로다.

그는 글을 지어 부쳐서 해평 윤씨의 소일거리를 삼게 하였
는데, 그 글의 요지는 일체의 부귀영화가 모두 꿈이라는 것이
었으니 이는 구운몽을 지칭하는 말이다. 구운몽을 지은 근본
적인 목적이 바로 홀로 있는 자신의 어머니를 위로하기 위함
이었음을 볼 때 김만중의 효심은 대단한 것이라고 할 수 있다.
이는 귀한 가문에 태어난 귀한 지체이면서도 가난한 살림을
꾸려나가느라 고초를 겪은 어머니에 대한 각별한 마음 때문이
었으리라.

6) 남해에서 생을 마감하다.

김만중이 남해로 유배를 간 것은 당쟁사에 유명한 기사사
화(己巳士禍)와 간접적으로 연관이 된다. 1689년(숙종 15) 기사년
에 숙종이 소의(昭儀:조선시대 후궁에게 내리던 정2품 내명부의 품계)
장씨 소생의 아들을 세자로 삼으려 하자, 이에 반대한 송시열
등 서인은 이를 지지한 남인에 의해 완전히 패배하여 유배를
가거나 사사(賜死:죽일 죄인을 대우하여 임금이 독약을 내려 스스로
죽게 함)되었다.

김만중이 선천의 유배지에서 풀려나 집으로 돌아온 것은

63

1688년(숙종 14)11월이었다. 만 1년을 선천에서 유배생활을 한 것이다. 후궁 장소의의 몸에서 왕자(후의 경종)가 태어났기 때문이었다. 그러나 집에 돌아온 지 두어달 만인 이듬해 기사년에 대간의 탄핵을 받기 시작했다.

정월에 임금은 원자(元子)의 위호를 정하라고 명했다. 신하들은 인현왕후의 나이가 아직 한창이고 왕자가 태어난 지 겨우 몇 달이 지났으니 숙종의 명은 너무 급박한 것이라고 하였다. 우암 송시열은 소(疏)를 올려서 거조가 너무 급박하다고 하였다. 숙종이 이에 진노하여 말했다.

　－ 송시열이 산림(山林)의 영수로서 감히 이의를 제기하니 장수 없던 무리들이 이제야 장수를 만났다고 잇달아일어나는구나.

결국 송시열은 제주도로 유배를 가야했다. 조정이 바야흐로 남인의 세상이 되었으니 천하의 송시열도 어쩔 수 없었다. 김만중도 이런 흐름을 결코 피해갈 수 없었다. 대간(臺諫)들이 조사석이 청촉으로 정승이 되었다, 라는 말을 지어낸 자가 누구인지 언근(言根)을 캐어내자고 또 다시 야단이었다. 숙종이 드디어 명을 내렸다.

　－ 김만중은 탑전(榻前:임금의 앞)에서 말을 꺼낸 뒤 바른

64

대로 아뢰지 않고 있으니 또한 통탄스럽다. 즉시 잡아
가두고 엄중히 캐어물으라.

김만중은 이에 대해 다음과 같이 공술하였다.

　- 신(臣)의 아들 진화가 진사 이홍조를 보러 갔다가
서로 말을 주고 받던 중에 여항간에 떠도는 말이 조
정승이 정승이 된 것은 후궁의 연줄이라 하므로, 조 정
승 댁에서는 놀라움과 분함을 이기지 못하고 있다 하
는데 신의 아들이 이 말을 전하여 신이 비로소 듣게
되었습니다.

이홍조는 김만중 부인의 사촌 아우로서 조사석에게는 종질
서(從姪壻)가 되는 사람이다. 처음에는 사실대로 말하다가 나
중에는 번복하여 김만중과 그의 아들 진화를 교묘히 무함하
였다.

　- 들은 바도 없고 전한 바도 없습니다. 처음에는 진화
로부터 달램과 협박을 받고 그의 말에 따라 공사의 초
고를 작성하였으나 이것은 임금을 속이는 것이라 바른대
로 아뢰는 것입니다.

65

숙종은 진화는 곤장을 치며 심문을 하라 명했고, 이홍조
는 석방하였다. 김만중도 세 번이나 심문을 받았으나 끝내 이
홍조 이외의 다른 사람을 언근으로 끌어대지는 않았다. 그런
데 언근을 캐는 다른 라인에서는 홍치상을 지목하고 문초하
고 있었다. 홍치상이 언근을 말하지 아니하자, 숙종은 무함을
받은 자제들은 틀림없이 들은 것이 있을 것이라고 하며 조사
석의 아들 태구를 나문(拿問:죄인을 잡아다가 심문함)하라 명했다.
태구는 심권에게서 들었는데 소문의 뿌리가 이사명이 아닌가
의심스럽다고 말하자, 숙종은 당장 이사명을 들라하였다.

이에 이사명이 귀양지에서 체포되어 왔고, 이어서 국문하여
다스렸다. 이사명은 김만중의 사위인 이이명의 형인데 경신대
출척(庚申大黜陟:숙종 6년에 서인이 반대파인 남인을 몰아내고 권력을
잡았던 사건)때 공로가 있어서 보사공신(保社功臣:숙종 6년 복선군
을 추대하려던 허견을 제거한 공으로 이사명, 김익훈 등 여덟 사람에게
내린 공신의 칭호)의 첫 번째에 올랐으므로 남인들이 원수로 알
고 미워했으며, 그의 동생 이이명도 미움을 받아 귀양을 갔
었다.

이사명이 처음에는 다른 사람을 대다가 마침내 그 말을 홍
치상에게 들었고, 조 정승과는 평소 사이가 나빴으므로 그런
말을 들은 것이 잘 됐다고 생각하여 이를 김만중에게 말했다
고 진술했다. 이에 이사명은 참형에 처해졌고, 김만중은 국옥
으로 한 말에 따라 심문하였다. 이에 김만중이 진술하였다.

– 지난날에 단지 이홍조의 말을 아뢴 것은 그에게서 들은 것이 두루 갖추어져 있었기 때문입니다. 이사명이 전한 것은 이홍조보다 뒤의 일이고, 또 분명함을 결여하고 있으므로 감히 일일이 말씀드릴 수 없었습니다.

숙종은 김만중이 당초 탑전에서 끝내 실토하지 않고 이사명이 형벌에 복종하여 죽은 뒤에야 비로소 실토했으니 인신(人臣)의 도리가 어찌 이와 같을 수 있겠는가하며 통탄하면서 이렇게 명령하였다.

– 죄상으로 헤아리자면 만 번 죽여도 아까울 게 없겠지만 어찌 참작해 줄 게 없겠는가? 절도에 위리안치(圍籬安置:유배된 죄인이 거처하던 집 둘레에 가시로 울타리를 치고 그 안에 가두는 일)하라.

1689년(숙종 13) 기사년 김만중의 나이 53세 때의 일이다. 2월 7일에 탄핵되고 여러 차례의 국청(鞫廳:역적 등의 중죄인을 신문하기 위해 설치하던 임시 관아)과 국옥(鞫獄:죄를 심문하여 처벌함)을 거친 이후의 일이었다.

김만중은 이로써 남해의 유배지로 떠나게 되었다. 이때의 정경을 〈서포연보〉에서는 이렇게 묘사하고 있다.

해평 윤씨가 남성 밖 막차에서 김만중을 전송하게 되었는데 금오랑(金吾郞:의금부에 속한 도사)이 김만중에게 자기네들만 먼저 출발하겠다고 하며 이렇게 말했다.

- 들으니 대부인께서 나오셨다하니 오늘은 잠시 머무르시고 내일 아침에 따라오셔도 무방합니다.

김만중은 그렇게 하는 것이 옳지 않다 여기시고 함께 출발하자고 하였다. 해평 윤씨가 김만중에게 말했다.

- 차마 네가 길떠나는 것을 보지 못하겠으니 먼저 돌아가겠다.

해평 윤씨가 가마에 오르자 김만중이 가마 앞에서 절하여 하직하고 손수 가마의 주렴을 매어드리고 문 곁에 서서 바라보다가 길이 굽어져서 가마가 보이지 아니하자 눈물이 흘러 얼굴에 가득해져서야 비로소 자리에 들어가 앉았다. 해평 윤씨도 또한 거리가 약간 떨어진 뒤에야 가마 안에서 소리 나지 않게 울어 울음소리가 김만중의 귀에 들리지 않도록 했다.
얼마 지나지 않아 4월에는 인현왕후가 폐출되고 희빈 장씨가 왕후에 올랐다. 박태보는 항소하여 힘써 간하다가 죽고, 김수항은 유배지에서 화를 당하고, 송시열은 유배지에서 체포되어 도성으로 오다가 중도에서 화를 당했다.

　김만중의 집안도 화를 피해갈 수 없었다. 조카인 김진규와 김진구가 각각 제주와 거제에 유배되었다. 김만중은 두 조카가 유배되었다는 소식을 듣고 〈남해에서 두 조카가 외딴 섬에 유배되었다는 소식을 듣고〉라는 시를 지어 마음을 달랬다.

　　푸르고 아득하게 세 섬은 바다 구름 끝에 있고
　　방장과 봉래와 영주가 가까이 잇닿아 있어라.
　　숙부와 조카 형제 두루 나누어 차지했으니
　　사람들이 보기엔 신선 같다 할만도 하겠구나.

　김만중은 자신이 유배되어 있는 남해를 삼신산(三神山:중국 전설에 나오는 봉래산, 방장산, 영주산을 통틀어서 이르는 말. 진시황과 한무제가 불로불사약을 구하기 위해 동남동녀 수천명을 보냈다고 함) 중 방장산(方丈山)으로, 작은 조카 김진규가 있는 거제도를 봉래산(蓬萊山)으로, 큰 조카 김진구가 있는 제주도를 영주산(瀛州山)으로 상상해서, 서로 각각 나누어 가졌으니 모두들 신선이 되어 있는 셈이라는 자조 섞인 절규라 할 것이다.

　한편 김만중은 귀양지에서 어머니 해평 윤씨를 그리는 사친시(思親詩)를 지었다. 형이 죽고, 자신은 먼 곳으로 유배를 왔으니 노모에 대한 각별한 정이 솟아났을 것이다. 먼저 9월 25일 어머니의 생신날에 쓴 시를 보자.

69

오늘 아침 어머니 그립다는 말 쓰고자 하니
글자도 되기 전에 눈물 이미 흥건하다
몇 번이나 붓을 적셨다가 도로 던져 버렸던가
문집에 남해시는 응당 빠지고 없으리

　평생 동안 누구보다도 시를 좋아했던 김만중으로서는 절필(絕筆)을 얘기할 만큼 슬펐던 것이다. 그에게 있어서 어머니의 존재는 거의 모든 것이라 해도 틀리지 않았다. 다음의 시도 비슷한 감정을 토로하고 있다.

용문산 위에 있는 같은 뿌리의 나무
가지는 꺾이고 시들어 죽었는지 살았는지
산 가지는 풍상이 너그럽게 보아주지 않고
죽은 가지도 오히려 날마다 도끼가 찍어대네
생각하노니 우리 형제 탈 없던 날
색동옷 입고 재롱부리면 어머니 기뻐하셨지
어머니 나이가 여든인데 돌볼 사람 없으니
이승과 저승에서 머금은 한 어느 때나 그칠까

　용문산 위에 있는 같은 뿌리의 나무는 김만중 형제를 낳아준 어머니로 비유하고, 살아 있는 가지는 김만중을 가리키며, 죽어 꺾인 가지는 타계한 형 김만기를 비유한 것이리라. 살아 있는 이는 끊임없는 정치적 풍상에 시달리고, 죽어 돌아간 이도 온갖 비방과 험담이 도끼로 찍듯이 찍어낸다고 했으니 가히 정치적 소용돌이 한 복판에 있는 느낌이 절로 든다. 이 때가 조선시대에 가장 당쟁이 심했던 시절이니 어찌 김만중의 곧은 성품이 피해갈 수 있었을까.

남해 유배시절 두 번째 해인 1690년(숙종 16) 정월에 김만중은 어머니 해평 윤씨가 돌아가셨다는 부고를 접하게 된다. 향년 일흔 셋의 나이였다. 지난해 12월에 돌아가셨는데 이제야 비로소 소식이 이르렀던 것이다. 김만중은 대청마루에 앉아 있다가 어머니의 부음을 듣고 깜짝 놀라 부르짖으며 마루 아래로 몸을 던져 까무러쳐서 오랫동안 깨어나지 못했다. 그 후에, 살고 있는 집에 위패를 모셔놓고 매일 아침 곡을 했다.

8월에 어머니 해평 윤씨의 행장(行狀)을 지었다. 김만중은 지난 해 감옥에 있을 때 마침내 큰 화를 면하지 못하게 되면 어머니의 평소 언행이 결국 전해지지 못할까 걱정하며 남모르게 약간의 말들을 기록해 두었다. 그러나 죄가 유배에 그치므로 그 원고를 내놓지 않았다가 이 때에 이르러 행장 한 통을 지어 여러 종이에 나누어 베껴서 아들과 조카들에게 주었다. 이것이 바로 선비정경부인행장(先妣貞敬夫人行狀)이다.

남해로 유배된 지 4년 째 되던 해였다. 1692년(숙종 18)이었으니 김만중의 나이 56세였다. 3월에 가족 모두를 남해 가까운 곳에 이사시키려 했는데 이루지 못했다. 애초에 가족이 함께

71

남해로 내려오지 않은 것은 부인이 서울에 있지 않으면 어머니의 소식을 들을 수 없을 것 같아서, 아들 진화로 하여금 어머니 곁을 지키게 하면서 남해를 왕래하게 하였던 것이다.

하지만, 어머니가 돌아가시자 집안 식구들이 서울에 머물러 있으면 거취가 오히려 불편했으므로 유배지에 가까운 데를 잡아 남도(南道)로 이사할 계획을 세웠다. 진주와 단성(丹城: 경남 산청의 옛 이름) 사이를 모색하다가 남원으로 정했는데 얼마 안 있어 김만중이 세상을 하직했으므로 결국 실행하지 못했다.

이 때의 일을 서포연보는 이렇게 밝히고 있다.

김만중이 평소에 돌아가신 어머니를 몹시 그리워하느라 지나치게 마음이 상하여 병이 되었다. 게다가 남녘땅이 찌는 듯 덥고 습해서 부습(浮濕:부석부석 붓는 병)과 해수(咳嗽:기침)와 혈담(血痰:피가 섞여 나오는 가래) 등 증세가 해가 갈수록 심해졌다.

또 귀양살이하고 있는 다른 사람들이 차례로 세상을 떠났다는 소식을 잇달아 듣게 되자, 3월에 육화공에게 답장하는 편지에서 이렇게 밝히고 있다.

– 신상(身上)의 여러 증세들은 진실로 끝내 지탱해 낼 도리가 없고, 같은 시기에 쫓겨난 신하들은 모두 세상을 떠나 거의 없으니, 인생은 진실로 한바탕 꿈인가 합니다. 지난 가을 형님과 걸상을 마주하고 앉았던 일이 더욱 마음속에 또렷이 빛남을 깨닫습니다.

아마도 병상에서 일어나지 못함을 스스로 짐작하고 있었음이라. 병이 심해져서 모시고 있던 사람이 약을 바치면 물리치면서 말했다.

- 내 병이 어찌 약을 쓸 병이겠는가?

마침내 이 날 고복(皐復:초혼하고 발상하는 의식으로 죽음을 가리킴)하였다. 아들 김진화는 김만중의 부인을 보러 가서 아직 오지 않았고, 단지 동복(僮僕:사내아이 종)두어 사람만이 곁에 있었다. 섬에 함께 유배 온 이가 안타깝게 여겨 염습해주었다.

5월에 아들 진화가 급히 달려와서 다시 염습하여 널을 모시고 고향으로 돌아갔다. 사위 이이명이 당시에 영해 적소에 있다가 김만중의 뒤를 이어 남해로 유배지를 옮기게 되었다.

어떤 사람은 서포 김만중과 송강 정철이 닮은 구석이 있다고 평을 하기도 한다. 둘 다 문학에 대한 자질이 뛰어났으며, 벼슬살이에 있어서도 천당과 지옥을 오갔으며, 유배지에서 죽음을 당했으니 전혀 틀린 말은 아니다. 강직하고 타협을 모르는 두 사람은 어쩌면 비슷한 운명을 타고 났는지도 모른다. 또한, 그들 편에 있는 사람의 평과 반대편에 있는 사람의 평이 극명하게 갈리는 것도 두 사람의 공통점이다.

흔히, 요즘의 공직자를 칭할 때, 보신주의자라는 말을 자주 쓴다. 소신을 버리면 직급을 얻고, 소신을 지키면 직급을 잃

73

는다, 라는 말도 떠돈다고 한다. 하지만, 어찌 임금이나 대통령이 항상 옳을 수 있다는 말인가. 그래서 목숨을 건 한 사람의 직언이 시대를 구하기도 하는 것이다. 모두가 권력이 무서워서, 가지고 있는 것을 빼앗기기 싫어서 눈치만 보고 있을 때 굽은 것을 굽었다고 말할 수 있는 용기는 어느 시대나 필요한 것이다.

그런 의미에서 김만중의 용기를 본받아야할 것이다. 비록 반대파들에게는 아주 버릇이 없는 사람으로 비쳐지고, 자신만 옳고 다른 사람은 그르다고 판단하는 고집불통으로 비춰질지라도 자신이 옳은 것을 목숨을 걸고 얘기할 수 있는 용기는 퇴색하지 않을 것이다. 어찌, 감히 신하가 임금에게 반성하면서 수신하고 제가하는 도리를 닦으라고 말할 수 있다는 말인가. 그 용기가 참으로 가상하다.

2. 문학가로서의 김만중과 그의 어머니

1) 구운몽

김만중의 어머니에 대한 존경심은 일생 동안 계속된 것으로 보인다. 불효를 조금이나마 씻을 수 있는 방편으로 한양으로부터 멀리 떨어진 유배지 평안도 선천에서 어머니가 일찍이 권유했던 대로, 충신연주의 내용을 담은 정철의 〈사미인곡〉과 비슷한 형태의 작품을 써 보리라 다짐하고 있다가 유배의 길에 오르면서 비로소 작품화된 〈구운몽〉은 처음부터 혼자 계신 모친을 위한 것으로 알려져 있다.

서포는, 송강 정철은 선조와 임진왜란을 전후한 시기에 살면서, 서인의 우두머리로 동인 세력과의 갈등을 겪으면서 몇 차례 낙향과 유배 등으로 여러 곳에서 생활하다가 결국은 강화도에서 신산한 삶을 살다가 죽은 것과, 자신이 병자호란으로 강화도 앞 바다에 태어난 것을 숨겨진 인연이라고 믿었다. 두 사람 사이에 놓인 이런 숙명적인 고리 때문에, 자신의 모자(母子)가 송강의 가사를 평소에 그토록 좋아했고, 자신 또한 그의 가사를 변역하여 품에 지니고 다녔으며 모친 또한 그와 같은 작품을 창작하라고 권하기까지 했던 것으로 판단하였다.

그는 부친이 세상을 떠난 후에도 절대 절망하지 않고, 오히려 분발하는 가운데 가장과 내조자의 몫을 통합적으로 해내는 데 성공한 모친 해평 윤씨를 〈구운몽〉 속의 주요 인물로 형상화하였다.

어찌 보면, 자신이 곁에서 어머니를 보살펴야함에도 그러하지 못하고 멀리 유배를 떠나야했던 자신의 불효를 어떻게 갚을까하고 고민하는 과정 속에서 구운몽이 탄생했다고 봐야할 것이다. 자신이 유복자로 태어났으며, 자신이 성장하는 동안 많은 고초와 어려움을 겪었음에도 자식이 유배를 떠나는 것을 지켜봐야 했던 어머니의 마음을 어떻게든 위로하고 싶었

75

던 것이다.

〈구운몽〉은 선불계를 현실적 세계(성진의 세계)로 인간계를 꿈의 세계(양소유의 세계)로 설정하고 있다. 현실적 세계는 신비스러운 모습으로 묘사하고, 꿈의 세계는 오히려 박진감 있게 그려내어 역설의 효과를 노렸다는 생각을 가지게 한다. 이러한 이중적 구조는 현실(인간계)의 영욕(榮辱)이 다 헛된 것(꿈)이라고 표현하는 불교적 세계관을 반영하기 위한 장치이다.

꿈과 현실을 이중적인 공간으로 설정한 서포의 수법은 독자들에게 꿈과 현실을 모호하게 하여 현실을 꿈의 연장시켰다가 마지막에 각몽(覺夢)을 통해 그 현실 같던 이야기의 현실성을 뒤집고 모든 것을 공(空)으로 돌리는 작품의 구조와 조화를 이루고 있다. 이처럼 여러 가지 장치를 동원하게 된 다른 이유는 때로는 표면적인 이야기를 통해서 자연스럽게 그 마음을 전하기도 하고, 때로는 고도의 상징성을 동원하여 모자만이 느낄 수 있는 방법을 통해서 자신이 존경하고 감사하는 어머니의 형상을 〈구운몽〉에 새겨놓은 것이다.

그 대표적인 이미지가 바로 〈구운몽〉에 가장 먼저 등장하는 존재로 천상에서 내려와 형산에 좌정하고 있는 여선관인 위부인이다. 형산의 연화봉에는 자신을, 즉 성진을 가르치는 육관대사로 형상화하였다. 그래서 천하의 명산 오악 중에도 가장 성스러운 남악 형산을 어머니 해평 윤씨와 자신이 선가와 불가의 스승으로 자리 잡게 하였던 것이다.

자신의 어머니를 모델로 한 위부인은 8선녀를 비롯한 선녀들에게 〈황정경〉을 가르치고, 자신을 모델로 한 육관대사는 성진을 비롯한 5, 6백 명의 사미승들에게 〈금강경〉을 가르치는 것으로 설정하였다. 즉 김만중은 유복자로 태어난 자신과 형을 대학자로, 관직으로는 대제학에 이를 때까지 키워낸 어머니에 대한 존경심이 위부인 못지않은 존재로 인식되었기에, 신격화단계로 끌어 올렸던 것이다.

　　그는 〈구운몽〉에서 어머니 형상을 입체적 구조 위에서 두 가지 다른 인물로 투사시켰다. 성진의 현실 세계에서는 위 부인으로 형상화하였고, 성진의 1차 꿈의 세계인 양소유의 현실에서는 양소유의 모친인 유씨 부인으로 형상화하였다. 그리고 해평 윤씨에게 가장의 역할을 넘겨주고 강화도에서 순절한 부친은 동정용왕의 모델로 설정하여 부모를 형산과 동정호의 주역의 이미지로 그렸다. 거기에 자신을 모델로 한 육관대사라는 늙은 승려를 등장시켜서 형산과 동정호라는 성스러운 공간에 천축국의 육관대사가 늦게 찾아오듯이, 서포 자신이 이런 부모 밑에서 출생한 것으로 자신과 부모를 모델로 한 형산 권역들의 주역들인 위부인, 동정용왕, 육관대사를 설정하였다. 이런 구도를 제2층 위에 다시 반복하여 양처사와 유씨 부인, 그리고 양친의 자식으로 출생한 양소유를 설정하였다.

　　어찌 보면, 아버지와 다정한 대화를 단 한 마디로 나누지 못한 자신의 처지를 위로함과 동시에, 평생 가족이라는 단란

77

함 대신에 어머니라는 무거운 책임을 완수해야만 했던 어머니를 위로하기 위해 현실에서는 도저히 이루어질 수 없는 설정을 한 것이리라. 이처럼 〈구운몽〉에는 모자간의 비밀스런 대화가 숨어 있다.

소설에서 양소유의 모친 유씨 부인은 신선의 아내이다. 유씨 부인은 신선과의 인연으로 인하여 양처사와 화신한 남편과 50세까지 살고, 자식을 얻은 후에 다시 10년을 함께 살았다. 남편은 유씨 부인에게 '하늘 사람이 지상세계의 인간에 하강' 하여 용모는 옥 같고 눈빛은 샛별 같고 기질은 맑고 빼어난 지혜 있고 '너그러운 대인군자' 같은 외아들에게 맡기고 신선으로 복귀하였다. 유씨 부인은 50년 가까이를 함께 살던 양처사가 갑자기 백학을 타고 공중으로 사라지기에 한 마디 작별인사도 못하는 것으로 되어 있다.

서포가 〈구운몽〉에서 이러한 설정을 하게 된 이유가 무엇일까. 전적으로 서포가 자신의 어머니인 해평 윤씨를 모델로 하였기 때문이다. 작품 속에서 유씨 부인이 50세에 양 소유를 낳게 한 것은 해평 윤씨가 유복자로 김만중을 낳은 해가 1637년이었고, 그로부터 꼭 50년이 되는 1687년에 자신이 선천으로 유배를 가게 되었다는 사실을 고려한 것은 아닐까. 또한, 양처사가 유씨 부인과 10년을 함께 산 다음 신선으로 떠나는 것은 어머니가 아버지와 10년 미만의 짧은 결혼 생활을 접어야 했던 것을 비유한 것으로 해석할 수 있다.

1687년의 시대적인 상황은 다시 50년 전에 있었던 1637년에 해평 윤씨 가족이 겪었던 불행을 반복하는 것과 같은 상황이 되었다. 그 대표적인 사건이 해평 윤씨의 큰 아들 김만기의 죽음과 작은 아들 김만중의 선천 유배였다. 즉, 작은 아들 서포가 숙종 앞에서 직언을 하다가 언사의 변으로 선천으로 유배를 간 것이 1687년인데 이는 자신이 강화도에서 유복자로 태어난 지 꼭 50년이 되는 해이다.

다시 말하면, 자신의 부친 김익겸이 나라를 위해 순절한 지 50년이 되는 해이며, 당시의 조선국왕인 인조가 삼전도에서 청 태조에게 무릎을 꿇은 지 꼭 50년이 되는 해이다. 이 해는 곧 해평 윤씨에게는 큰 아들은 사별이요, 작은 아들은 유배라는 생이별이 되었던 것이다. 이러한 어머니의 심정을 가장 잘 알고 있는 효자 서포로서는 〈구운몽〉 속의 인물들이 구축하는 충효의 주제를 통하여 모친의 울적한 심정을 위로해 드리고 싶었던 것이다.

그것이야말로 어머니가 평생을 통해 일관되게 바라던 가정과 나라를 향한 간절한 염원이었기 때문이다. 현실에서는 그 길이 당시까지 열리기는커녕 임금께 직간한 충신의 아들 서포가 신천으로 유배를 가는 상황이지만 허구적인 작품 속에서는 모든 장벽이 무너져서 해평 윤씨의 염원이 이루어지게 그려냄으로써 어머니를 위로하고 싶었던 것이다.

소설 속에서 양 소유는 승상의 자리에 있으면서 어머니인

79

유씨를 가장 중심으로 삼는다. 그래서 거처를 정할 때에도 정당인 경복당에는 대부인을 거처하게 하고, 마주 한 데는 양소유가 거처하고, 그리고 경복당 앞에는 좌부인 영양공주, 서편에는 우부인 난양공주를 거처하게 만든다. 그 주변에는 양소유의 6첩인 진채봉, 가춘운, 계섬월, 적경홍, 심요연, 백능파가 각각 거처한다.

이 중에서 가장 주목을 받는 곳은 유씨 부인이 거처하는 경복당이다. 경복당은 인현황후가 폐비되었다가 복귀한 다음에 거처하는 공간이기도 하지만 조선의 정궁인 〈경복궁〉을 연상하게 만든다. 〈구운몽〉에서는 양소유가 궁궐에 준하는 거처를 마련하고 모친을 그 중심에 거처하게 만들면서 그 집을 경복당이라 했지만 작품을 벗어나서 김만중이 처한 현실과 관련시켜 보면 조선의 당대 현실과 교묘히 오버랩되는 곳으로 경복궁이 있다.

경복궁은 임진왜란 때 전소되어 있다가 고종 때에 이르러 흥선대원군이 세운 궁전이다. 경복이란 명칭은 조성 당시에 정도전이 〈시경〉에 나오는 군자의 만년 빛나는 복을 빈다는 뜻이 담긴 경복이라는 시구를 따서 지은 것이다. 이런 의미를 가진 궁궐 수준의 거처를 자신의 어머니를 비유한 인물인 유씨 부인의 거처 경복당으로 삼았다는 것은 김만중이 자신의 어머니를 향한 특별한 애정이 담겨 있는 것이다.

〈구운몽〉에서 유씨 부인은 아들 양승상의 모친으로서, 양승상의 8처첩의 시모로서, 또 그들 8처첩이 출산한 8명의 손자, 손녀의 조모로서 영화를 누린다. 유씨 부인의 가정에만 이런 행복을 누리는 것이 아니라, 아들 양승상이 황제를 모시고 다스리는 당나라 또한 태평하여 사방에 일이 없고 백성이 안락하고 곡식이 풍성한 태평성대를 누린다. 그리고 유씨 부인은 천하의 영웅 양승상이요, 지극한 효자인 양승상이 가무로 베푸는 잔치의 주역으로 살다가 99세의 수명을 누리고 세상을 떠난다. 그에 대한 장례 또한 전궁에서 내시를 보내어 위문하고 왕후의 예우로써 장사를 지내게 되었다.

이렇게 서술된 사건은 양소유의 애정과 권력을 통한 영웅적인 인물화에는 모친에 대한 효의 실현이 그 기저에 깔려 있음을 알 수 있다. 양 처사는 부인 유씨에게 어린 자식 양 소유를 맡겨놓고 떠났기 때문에, 유씨 부인은 남편을 대신하여 양소유를 성공시킴으로써 자신에게 맡겨진 역할을 다하였다. 이런 모친을 위하여, 그리고 가문의 창달을 위하여 양 소유는 영웅적 일생을 살아가게 된 것이다. 양소유가 접하게 되는 여자와 권력에서 획득되는 개인적인 행복은 그것이 곧 가정적인 차원에서는 효의 실천이요, 국가적인 차원에서는 충의 실현이었다.

양 소유의 삶이 지향하던 현실주의적 세계관은 시골 출신으로서 서울에 가서 장원급제를 하고, 나가서는 천하의 빼어난 장수가 되고 돌아와서는 정승이 되는 이야기로 전개되었지만, 이것을 다른 측면에서 본다는 가정적으로는 노모를 모시

81

고, 아름다운 미인인 두 처와 여섯 첩을 거느리고 자손이 번성한 가운데 화복한 가정을 만년까지 유지한 것이 되었다.

현세에 환생한 양소유가 8명의 여인과 차례로 인연을 맺으며 부귀공명을 누리는 이야기가 단순히 일부다처(一夫多妻)의 꿈을 상징화한 것만은 아닐 것이다. 그것은 양소유가 유교사회의 한 사대부로서 완성되어 가는 과정을 상징한다. 8여인을 유교적 덕목에 따라 분류하자면 난양과 영양 두 공주는 인덕(仁德)을, 진채봉은 신의(信義)를, 계섬월과 적경홍은 기예(技藝)를, 심요연과 백능파는 무용(武勇)을 상징한다. 그러므로 양소유가 이 여인들을 모두 거느리게 된다는 것은 유교적 사회가 관료들에게 요구하는 모든 덕목을 구비했다는 뜻으로 해석할 수도 있다.

어쨌든, 양 소유는 지극한 효를 실천하는 인물로 서술되었다. 즉 양처사의 아내인 유씨 부인은 아들 양소유의 지극한 효심으로 양소유가 과거 길에 올라서 천하의 영웅으로 부상될 때까지인 초년에는 집에서 자식의 성공을 기원하며 홀로 지내는 외로움의 생활을 하였지만, 중년 이후에는 성공한 외아들 양소유의 효심 발휘에 따라서 최상의 행복을 살아서 누리고 세상을 떠나는 인물로 서술되었다. 특히 유씨 부인의 행복은 황태후의 행복 이상에 해당되는 것으로 천하의 여인들 중에서 가장 행복한 여인으로 부각되었다.

이러한 내용은 작중의 인물인 유씨 부인을 통하여 자신의 어머니의 행복을 대리 충족 시켜 주는 서포의 진심어린 소망을 투영시킨 결과였다. 그뿐만이 아니라 〈구운몽〉에서는 모친에 대한 효심과 더불어 군주 숙종에 대한 충성심도 더불어 담아냈다. 그것은 작품에서 유씨 부인의 아들 양소유가 천하의 영웅으로서 활동하면서 황태후의 두 공주인 영양공주 정경패와 난양공주 이소화를 두 부인으로 맞이하였을 뿐만 아니라, 진채봉 등의 6첩도 함께 거느리며, 토번의 침공과 같은 국가적 위기를 해결하는 문무겸비한 충신으로서 활동한 것은, 작품 밖의 현실에서 작가 자신을 비롯한 중신들이 갈등 없이 군주를 잘 받들고자 하는 소망과 궁중의 비빈들간의 화목한 생활을 기원하는 충심을 은유적으로 담은 것이었다고 판단된다.

결론적으로 현실에서는 어머니에게 효도를 다하지 못하고, 벼슬살이도 정점에 오르지 못하고 중간에 꺾여서 유배를 가는 입장이었지만 〈구운몽〉이라는 소설적 공간에서는 현실에서 이루지 못한 모든 것들이 다 이루어져서 모친 해평 윤씨도 만년에는 자식들과 손자들의 존경을 받으면서 천수를 누리고, 김만중 자신도 임금과의 갈등 없이 승승장구하는 것으로 설정되어 있다.

늘 곧은 말과 직선적인 성정으로 인하여 화를 당하지만 마음 한 편으로는 어머니와 임금을 잘 모시고 싶은 김만중의 진심이 녹아 있는 소설이 바로 〈구운몽〉이라 할 것이다. 유배지

83

에서 홀로 계신 어머니를 위로하기 위해서 지었다고 하니 그
의 효심은 감히 따라올 사람이 없을 것이다. 세상에, 어느 누
가 어머니를 위로하기 위해 어머니가 중심이 되는 소설을 쓴
다는 말인가. 그것도 조선이라는 아버지 중심적인 관료사회에
서. 김만중의 특별한 효심이 빛나는 이유가 여기에 있다.

2) 선비정경부인 해평윤씨 행장

서포 김만중은 어머니가 세상을 떠난 후에, 돌아가신 모친
을 기리기 위해 해평 윤씨의 일생 동안의 행적을 기록으로 남
겨 후세의 귀감으로 삼고자 단편적인 기록들과 기억들을 종
합하여 1690년 8월에는 모친의 전기 〈선비정경부인 해평윤씨
행장〉을 지었다. 이는 남해의 유배 직전에 혹시 자신이 극형
을 받을까하는 생각에 미리 초고를 잡은 것으로 추정이 된다.
자신이 죽고 나면 어머니의 영웅적이고 헌신적인 삶의 가치관
들이 아무도 기억하지 못하고 묻힐까 두려웠던 것이다.

사회적인 분위기도 김만중이 행장을 짓게 된 원인 중의 하
나였다. 예학의 발전, 족보의 수보(修補:허름한 데를 고치고 덜 갖
춘 곳을 기움), 행장의식의 강화, 가전(家傳)의 편찬, 열녀전의
보급과 유행, 사우(祠宇:조상의 신주를 모셔놓은 집) 남설 등과 같
은 사회현상은 가문의 확립과 유지가 당대 지배사회의 강렬
한 욕망이었음을 감안할 때 서포도 이런 사회적 흐름을 따른
것이리라.

84

서포는 모친이 살면서 보여준 몇몇 사실들을 근거로 전기문 형식으로 기록한 이 행장의 집필에서는 객관적이고 겸손한 태도를 보이면서 간결한 문장으로 단편적인 사실을 중심으로 수식이나 과찬이 없는 서술을 하였다.

이 행장을 지은 동기는 서포 자신이 타고난 효행을 다하지 못한 것을 안타까워하며 유배지 남해에서 모친을 향한 지극한 효심을 드러낸 것으로, 모친의 아름다운 말씀과 덕성, 그리고 어진 행실을 적어 길이 후손에게 귀감을 삼고자 하였다. 이러한 의도는 '태부인의 아름다운 말씀과 착한 행실이 훗사람에게 전하지 못할까하여 행록 두어 벌을 지어 나누어 모든 조카에게 준다'라고 한데서 확인할 수 있다.

표제인 〈선비정경부인 해평윤씨행장〉에서는 자신의 어머니가 정경부인임을 부각시켰다. 정경부인은 문관 무관의 처 가운데 가장 높은 위치로, 외명부 가운데에서 정 1품의 문관과 무관의 부인에게 주던 작호이다.

이 행장에서는 작가 서포의 효행사상이 확연히 나타난다. 그는 소문난 효자로서, 혼정신성(昏定晨省 : 밤에는 부모의 잠자리를 봐 드리고 아침에는 밤새 부모의 안부를 묻는다는 뜻으로 지극한 정성으로 부모를 모시는 것을 뜻함)의 효행은 물론, 평생을 두고 모친의 뜻을 따랐고, 때때로 유배를 가서 효를 실천할 수 없을 때에는 문학작품으로 효심을 드러내고, 작품 속에서 모친의 고귀한 삶을 토대로 모친을 불멸의 여인상 내지 신격화된 여

85

인으로 부각시켜서 출천대효(出天大孝 : 하늘이 낸 효자라는 뜻으로 지극한 효자나 효심을 이르는 말)의 한 귀감을 보여주었다.

해평 윤씨는 어려서는 학문에 정진하고 시집간 지 5년 만에 청상과부가 되어 가난한 살림 속에서도 두 아들을 출중한 문인이자 관리로 길러내었다. 조선이란 폐쇄된 사회 속에서 자신의 영민함을 떨칠 수 없음을 절망하지 않고 어머니로서의 그녀의 역할에 최선을 다했으며, 말뿐이 아니라 몸소 인간의 도리와 선비의 길을 보여준 큰 교육자라고 할 수 있다.

또, 이 행장은 주인공의 선대 가계로부터 성장과정과 그의 인품 언행을 중심으로 그 저명한 행적을 기술하고, 임종과 그 자손의 일까지 거론함으로써 전형적인 일대기 형식을 취하고 있다. 윤씨의 조부모, 특히 조모 정혜옹주의 역할을 강조하였고, 윤씨의 시가 쪽에서는 시부인 허주공을 부각시켰다. 그리고 윤씨의 남편 충정공 김익겸이 절사함으로써 윤씨의 행동 방향이 결정적인 전환을 가져오게 되었음을 강조하였다. 그 결과 해평 윤씨는 서포 형제를 기르고 가르치는 적극적인 활동에서 성공적인 결과를 얻어내었음에 행장의 초점을 맞추고 있다.

이와 아울러, 해평 윤씨의 큰 아들 김만기, 그리고 손녀 인경왕후가 자신의 가문과 국가를 위하여 한 역할을 부각시켰다. 마지막에서 유복자로 태어난 자신이 홀로 형제를 키우느라 고생을 많이 한 어머니에게, 유배 중의 몸이 되어서 임종도 보지 못한 불효를 지어, 원통하기가 이루 표현할 수 없는 사연까지 절실하게 서술되었다.

김만중은 〈선비정경부인 해평윤씨 행장〉에서 자신의 어머니를 명문 가정에서 태어나 조선 최고의 예학의 종가로 시집을 가서, 절의를 지킨 남편을 일찍 떠나보낸 청상의 여인이지만, 불굴의 의지와 자애로운 자손들의 뒷바라지를 한 덕성의 여인으로, 사치와는 거리가 먼 근검하고 절약하는 소박한 여인상으로 서술하였다.

김만중은 역사로서의 행장과 허구로서의 소설의 거리를 잘 인식하고 있었다. 행장 이전에 모친이 살아 있을 때 창작한 소설은 〈구운몽〉, 또 모친이 세상을 떠난 이후에 집필한 행장, 다시 행장을 집필한 다음 세상을 떠난 모친을 추모하면서 창작한 소설인 〈사씨남정기〉등 모친과 연관된 세 작품의 유기적인 관계상을 잘 보여주고 있다.

늘 조용한 침묵 속에서도 그 어떤 웅변보다도 설득력이 있는 말씀을 자식들에게 실천적인 행동으로 솔선하던 모친의 절제되고 아름다운 삶을 부각시키기 위하여 선천 유배지에서 창작한 〈구운몽〉에서는 형산에 좌정하여 늘 조용한 침묵 속에서도 8선녀 등을 이끌고 있는 위부인으로 묘사하였다. 그리고 〈선비정경부인 해평 윤씨 행장〉에서는 자식들에게 실천적인 행동으로 솔선하며 절제되고 아름다운 삶을 살았던 당당한 삶과 그 다양한 모습을, 유년시절에는 정혜옹주의 손녀로

87

성장한 모습으로, 출가한 후에는 며느리 역할과 자손들에게 베푼 교육과 덕행을 실천하는 모습으로 해평 윤씨를 묘사하였다.

남해 유배지에서 창작한 〈사씨남정기〉에서는 형인 서석 김만기의 영광과 안타까운 종말로서의 죽음과 서포 김만중의 직언과 유배에서 엄습해오는 슬픔을 감내하는 해평 윤씨의 모습을 서포와 군주에 비유되는 사씨와 유한림을 구제하는 자비의 관음보살로 묘사하였다.

이런 의미에서 본다면 해평 윤씨의 삶을 일화 중심의 전기형 삽화로 엮는 〈선비정경부인 해평윤씨 행장〉은 가장 절제된 단편적인 사실 기록만으로 이루어진 행장인 셈이다. 하지만, 그 어떤 글보다도 김만중의 모친인 해평 윤씨의 삶에 대한 위대함이 잘 드러나 있다고 할 수 있다. 가장 절제된 글에서 가장 큰 감동이 오는 것, 그게 바로 〈선비정경부인 해평윤씨〉 행장인 것이다.

3) 사씨남정기

김만중은 숙종 14년인 1688년 11월 하순 쯤에 후궁 장소의의 몸에서 후에 경종이 될 왕자가 태어난 이유로 만 1년 남짓한 선천의 유배생활에서 벗어난다. 그러나 집에 돌아온 지 겨우 두어 달 만인 이듬해 숙종 15년 1689년 2월 초순부터 다시 대간들의 탄핵을 받기 시작했다.

정월에 임금은 원자, 즉 후궁 장소의의 아들의 위호를 정하라고 명했는데, 신하들은 인현왕후의 나이가 아직 젊고, 왕자가 태어난 지 몇 달 밖에 되지 않았으니 너무 급하다고 반대하였다. 그때 당시 사림의 거두였던 우암 송시열도 소를 올려 거조(擧措:말이나 행동 따위를 하는 태도)가 너무 급박하다고 하였다. 숙종은 진노하고는 "송시열이 산림의 영수로서 감히 이의를 제기하니 장수였던 무리들이 이제야 장수를 만났다고 잇달아 일어난다."고 하면서 송시열을 제주도로 귀양 보냈다.

이렇게 조정이 남인들의 세상으로 바뀌자, 대간들은 이 기회를 이용하여 언근을 밝혀서 "조사석이 청촉으로 승상이 되었다."는 말을 지어낸 자를 밝히자고 하였다. 의도적으로 김만중을 모함하기 위한 처사임에 분명하다. 자신의 이익을 위해서는 상대방의 목숨까지도 거리낌 없이 요구하는 붕당정치의 폐단. 그 정점에서 김만중은 꼭 없어져야할 정치적 거물이었던 것이다.

이에 숙종은 "김만중은 탑전에서 말을 꺼낸 뒤 바른대로 아뢰지 않고 있으니 또한 몹시 통탄스럽다. 즉시 잡아 가두고 엄중이 캐물으라."고 하였다. 김만중은 이에 공술하기를 " 신의 아들 진화가 진사 이홍조를 보러 갔다가 서로 말을 주고받던 중, 여항간에 떠도는 말이 조정승이 정승이 된 것은 후궁의 연줄이라고 해서라 하므로, 조정승 댁에서는 놀라움과 분함을 이기지 못하고 있다 하였는데, 신의 아들이 이 말을 전하

여 신이 비로소 듣게 되었습니다."하였다. 이홍조는 서포 김만
중의 부인의 사촌 아우로서 조사석의 종질서(從姪婿 : 사촌 형제
의 사위)이다.

그는 처음에는 사실대로 말하다가 나중에는 번복하여 "들
은 바도 없고 전한 바도 없습니다. 처음에는 진화로부터 달램
과 협박을 받고 그의 말에 따라 공사의 초고를 작성하였으나
이것은 임금을 속이는 것이라 하여 바른대로 아뢰는 것입니
다."하고, 김만중과 김진화를 교묘히 무함(誣陷:없는 사실을 그럴
듯하게 꾸며서 남을 어려운 지경에 빠지게 함)하였다.

숙종은 김진화에게 곤장을 쳐서 신문하라 했고 이홍조는
석방하였다. 김만중도 세 번이나 심문을 받았으나 끝내 이홍
조 이외의 다른 사람을 언근으로 끌어대지는 않았다. 이로 인
하여 김만중은 2월 7일에 탄핵되었고, 김만중을 국옥으로 옮
겨서 이사명이 한 말에 따라 신문을 하였다. 김만중은 "지난
달에 단지 이홍조의 말만을 아뢴 것은 그에게서 들은 것이 두
루 갖추어져 있기 때문이었습니다. 이사명이 전한 것은 이미
이홍조보다 뒤의 일이고 또 분명함을 결여하고 있으므로 일일
이 말씀 드릴 수 없습니다."고 하였다.

숙종은 윤 3월 7일에 김만중을 외딴 섬으로 귀양 보내고 귀
양 간 집 둘레에 가시나무 울타리를 쳐서 출입하지 못하도록
하라는 명을 내렸다. 즉 숙종은 김만중이 당초 탑전에서 끝내
실토하지 않고 이사명이 형벌에 복종하여 죽은 뒤에야 비로

소 승복하였으며, 인신의 도리가 이 지경에 이른 것을 통탄하면서 "죄상으로 헤아리자면 만 번 죽여도 아까울 게 없겠지만 어찌 참작해 줄 길이 없겠는가. 절도에 위리안치하라."고 명을 내렸던 것이다.

서포 김만중은 다시 남해로 유배를 떠나게 되었다. 이 소식을 들은 해평 윤씨는 남성 밖의 막차에서 김만중을 전송하러 나왔다. 금오랑이 김만중에게 자기네들만 먼저 출발하겠다고 하면서 "들으니 대부인께서 나오셨다 하니 오늘은 잠시 머무르고 내일 아침에 따라오셔도 무방합니다."고 하였지만 김만중은 그렇게 하는 것이 옳지 않다고 생각하고 함께 출발하자고 하였다. 해평 윤씨는 "차마 네가 길을 떠나는 것을 보지 못하겠으니 먼저 돌아가야겠다."하고 가마에 올라탔다.

김만중은 가마 앞에서 절하여 하직하고 손수 가마의 주렴을 매어드리고 문 곁에 서서 바라보다가 길이 굽어져서 가마가 보이지 아니하자 눈물이 흘러 얼굴에 가득해져 비로소 자리에 들어가 앉았다. 해평 윤씨도 거리가 약간 멀어진 뒤에야 가마 안에서 소리 나지 않게 울어 울음소리가 아들에게 들리지 않도록 하였다.

김만중이 남해에 유배된 지 얼마 되지 않아서 조카들 또한 여러 섬에 나뉘어 유배되었다. 숙종 15년인 1689년 6월 1일에 김진구는 제주도에 유배되었고, 김진규는 거제도에 유배되었다. 김만중의 남해 유배 중에도 집안의 재난과 궁궐의 위기

91

는 극한의 단계까지 달려가고 있었지만, 김만중은 주자학자로서 자신의 학문을 더욱 심화시키고 후세에 전하기 위하여 〈서포만필〉에 전하는 평론들을 지었다. 그뿐만 아니라 귀양 가던 해에 그곳 향교에서 〈주자어류〉 전질을 빌려다가 날마다 완독하며, 손수 그 요점을 초록하여 한 책을 엮어내니 이게 바로 〈주어찬요〉이다.

이처럼 김만중은 아무리 주변 상황이 어려워도 자신의 일을 흔들림 없이 하는 곧은 선비로서의 기질을 가지고 있었던 것이다.

그는 유배지에 가 있는 동안 모친이 세상을 떠났다는 소식조차 모르고 있다가 해를 넘겨 1690년 정월에 지난해 12월에 어머니가 돌아가셨다는 부음을 듣게 된다. 그 엄청난 충격에 서포는 당상에 앉아 있다가 깜짝 놀라 부르짖으며 당하로 몸을 던져 까무러쳐서 오랫동안 깨어나지 못했다고 하였다.

김만중은 팔십 노모가 돌볼 사람 없이 한을 품고 세상을 떠난 일을 슬퍼한 것을 되돌아보고, 지난달 비단옷 입고 노래 부르며 어머님을 기쁘시게 해 드렸던 일들을 생각하면서 이제는 이승과 저승으로 떨어져 있어서 노모에게 효를 다하지 못하는데 따르는 자책을 하였을 것이다. 그는 모친이 세상을 떠나기 전에 모친의 연세가 높고 병환이 많은데 받들어 모실 사람이 없었으므로 자신의 부인으로 하여금 모친을 모시게 하는 한편, 아들에게 "집을 떠나 유배지에 자주 오지 말라."고 경계하기도 하였다.

그러면서 서포는 56세 때인 1692년에는 집안 식구들을 유배지에 가까운 곳으로 이사시키기로 해 놓고 결행하지 못한 채로, 부습과 해소와 혈담 등 증세가 심해져 병석에서 일어나지 못할 것을 스스로 짐작하고 "몸의 여러 증세들은 진실로 끝내 지탱해 낼 도리가 없고 같은 시기에 쫓겨난 신하들은 모두 세상을 떠나 거의 없으니 인생은 진실로 한바탕 꿈인가 한다. 고 자조하기도 했다.

어머니가 세상을 떠나자 김만중은 슬피 울부짖으면서 살 의욕도 상실한 듯하고 거처하는 곳에 모친의 위패를 모셔놓고 소상 때까지 조석으로 곡을 하며 슬픔을 달랬다. 김만중은 자신이 남해로 유배된 것에 대해 상심하고 있었는데 조카들마저 제주도와 거제도로 유배를 가고, 반년이 지나도록 고향에서는 편지 한 장 오지 않는데 병까지 얻어서 날로 쇠약해져 갔다. 더군다나 방면되리라는 희망도 하기 어려운 처지 속에서도 서포는 자신이 일생동안 간직한 효심을 다시 발휘하며 돌아가신 모친이 관세음보살이 되어서 자신을 구제할 것이라는 소망을 품게 되었다.

이로써 〈사씨남정기〉에서는 〈구운몽〉과는 달리 적극적인 구제의 손길을 뻗어주는 모친의 이미지를 관음보살로 투사시켜 형상화하였다. 김만중은 자신의 어머니가 비록 인생의 법칙을 따라 다른 세계로 옮겨갔지만 "육신은 가도 법신은 상주

93

한다."는 법문에 따라 세상을 떠난 모친을 이비와 관음보살로 형상화시킨 것이다. 이는 이미 〈구운몽〉에서 관음보살을 주요 소재로 활용했던 선례가 있으며, 김만중의 2차 유배지인 남해군의 작은 섬인 노도의 동편에 있는 금산의 보리암은 대표적인 관음도량이었기에 가능한 일이었을 것이다.

잘 아는 대로 〈사씨남정기〉는 가문 내의 갈등을 부각시키되 후계를 둘러싼 부인들 사이의 갈등을 처첩 사이의 갈등으로 전환시켜 표현하였다. 현실에서의 민비와 장희빈을 빗댄 양처(良妻) 사정옥과 악처(惡妻) 교채란이 벌이는 갈등의 드라마가 탄생한 것이다. 김만중이 남해의 유배지에서 장희빈이 왕비로 책봉되었다는 소식을 듣고 숙종에 대해 원망하고 비판하는 마음을 담아서 아직 도래하지 않은 미래를 미리 체험 케 하는 형태로 만든 것이다. 결국 김만중의 의도대로 민비는 복원되고 장희빈은 사약을 받고 죽게 된다.

〈사씨남정기〉에서 유현의 집에서 아들 유연수의 배필을 찾으면서, 규수감으로 사씨를 지목한 후, 사씨의 품행을 점검하는 방법으로 매파를 통하여 사씨가 관음보살도에 찬시를 짓게 하는 장면에서 관음화상이 처음으로 등장한다.

두(杜)부인의 이러한 제안에 유현은 그 계책이 마땅하나 관음화상에 대한 찬시를 짓기가 심히 어려운 것이니 여자가 어찌 감당하겠느냐고 회의적인 태도를 보인다. 그러나 두부인은 어려운 글을 짓지 못하면 재녀(才女)라고 할 수 없다고 하므로,

유현은 할 수 없이 수용한다. 이에, 두부인은 사람을 우화암에 보내어 묘혜를 불러 사씨 댁에 결친(結親:사돈관계를 맺음)하려 하는데 신부의 현숙함과 현숙하지 않음은 알 길이 없으므로 관음화상을 가지고 사씨 댁에 가서 소저에게 관음화상에 대한 찬시문(讚詩文:찬미하거나 찬양하는 시나 글)을 받고자 한다는 말을 전했다.

이에 유현이 내어주는 관음화상을 묘혜가 받아가지고 사급 사댁에 가서 뵈옵기를 청하였다. 그런데 부인은 본디 부처의 경문을 좋아하였고, 묘혜 또한 그 집에 여러 번 출입한 바 있으므로 잘 맞아 주었다. 묘혜는 암자가 퇴락하여 재물을 얻어 중수하느라고 틈이 없어 오래 문안치 못하였다고 하면서 이제 역사를 마쳤으므로 와서 뵈옵고 시주를 청한다고 하였다. 부인은 불사에 쓰려 하는데 시주함을 아낄 수 없겠지만 가난한 집이라 재물이 없어 크게 시주하지 못하니 구하는 것이 무엇인지를 물어보았다.

그러자 묘혜는 암자를 중수한 후 어느 댁에서 당나라 사람의 명화인 관음화상을 시주하였는데, 오직 찬시문이 없는 것이 흠이므로 소저의 금옥 같은 친필로 찬문을 지어서 써주시면 산문의 보배가 될 거라고 말했다. 이에 부인은 자신의 딸이 비록 고금의 시문을 통하여도 그런 글은 잘 짓지 못할 것 같지만 시험해 보겠다며 소저를 불렀다. 묘혜는 모친의 부름에 응해 나온 사소저의 모습이 짐짓 관음보살이 강림한 것과 같

95

아 깜짝 놀랐다.

부인이 사소저에게 이 대사가 관음보살상에 대한 찬시문을 구하니 지을 수 있겠느냐고 물으니, 사소저는 요청을 받아들이기 어렵다고 말했다. 그러자 묘혜는 관음은 여자의 몸인 고로 꼭 여자의 문필을 받아야 한다면서 여자 중에 사소저 아니면 능히 이 글을 지을 이 없으니 물리치지 말아달라고 하였다. 그러자 부인이 재주에 맞지 못하면 말려니와 그 글은 무익한 문자와 다르니 지어보라고 하였다.

그때 묘혜는 족자 하나를 내 놓았다. 부인과 사소저가 받아서 펼쳐보니 바다물결이 도도한 외로운 섬 중에서 관음보살이 흰옷을 입고 머리도 빗지 아니하고 영락없이 한 동자와 더불어 대숲을 헤치고 앉아 있는 그림이었는데 그린 기법이 절묘하여서 짐짓 살아있는 듯했다.

사소저가 배운 바는 오직 유가의 글이며 불서에 대해서는 모르기 때문에 비록 짓고자 하지만, 대사의 존안에 들지 못할까 두렵다고 하자 묘혜는 유가와 불가가 한 뿌리이므로 유가의 글로 보살을 칭찬하면 더 좋을 거라고 답했다. 사소저가 비로소 관음찬 수 백자를 가늘게 족자에 썼다.

묘혜는 문장에 대한 식견이 높았으므로 문장과 필법을 크게 칭찬하며 무수히 사례하고 돌아왔다. 그때 유공이 두부인으로 더불어 묘혜를 기다리더니, 묘혜가 족자를 주므로 유현이 사소저의 재주와 용모가 과연 어떠한지를 물으니 묘혜는 족자 가운데 사람 같다고 하였다.

유연과 두부인은 사소저가 지은 내용의 찬시를 보고는 크게 칭찬하면서 필법과 문장이 이렇듯 기묘하니 재덕이 겸비함과 온화유순한 덕성이 글씨에 나타나므로 매파가 칭찬하던 말이 허언이 아님을 확인하고 사씨가의 허락을 얻을 방법을 강구하였다.

이때 사씨가 찬시를 부탁받고 보게 되는 관음보살도는 구체적인 묘사가 없지만, 그 보살도를 지은 찬시의 내용에서 "내 화상을 보건대 흰 옷을 입고 아이를 안았도다."라고 하였다. 이를 통해서 보면, 이 관음보살도는 유가적 분위기를 반영시킨 관세음보살도라고 할 수 있다. 이는 1637년 정축호란으로 피난할 때 뱃속에서 유복자로 낳아 어려운 여건 속에서 성장시킨 자신의 어머니를 관음화상에 접목시켜 풍랑 심한 바닷가에서 머리를 풀어 헤치고 아이를 안고 있는 열녀의 모습으로 형상화한 것으로 보여진다.

두 번째는 사씨가 교씨의 유혹에 빠진 유연수에게 축출을 당하여 남행을 한 후에, 동정호 군산에 있는 수월암에 걸린 관음화상이다. 즉, 교씨의 유혹에 빠진 유연수는 일가친척 앞에서 사씨의 죄상을 논죄하고, 사씨를 이끌어 조종의 영위에 나아가 하직하게 하였다. 사씨는 쫓겨난 후, 성동에 있는 시부모 산소를 찾아갔다. 시부모의 선영에 이르러 사씨는 초옥을 짓고 거처하면서 부모와 시부모를 생각하면서 눈물과 한숨으

97

로 지냈다.

　사씨를 축출시킨 후, 교씨는 동청과 의논하니 동청은 사씨가 유씨 묘하에 머물고 본가로 가지 않음은 지난날 옥지환을 잃은 일을 떠올리면서 유씨 집안의 자부로 자처함은 물론이며, 유씨 집안의 동정을 얻어 후일을 도모하고자 하는 것이라고 교씨를 유혹한다.

　이에, 교씨는 사씨를 죽여야겠다고 판단하였다. 그러나 교씨에게 동청은 갑자기 사씨가 죽으면 유한림이 의심할 것이므로 냉진의 첩을 삼게 하면 유한림이 절개가 꺾인 사씨에 대해 마음을 끊을 것이라고 알려주었다. 교씨 일행은 모의 끝에 사씨를 유인하기로 하였다. 그들은 거짓으로 두추관 댁에서 모시고 오라는 두부인의 편지를 보여주며 사씨를 속였다.

　그런 상황을 모른 채 사씨가 기뻐하고 있을 때, 사씨의 꿈에 유소사와 최부인이 나타나 유소사는 사씨에게 참언을 듣고 어진 부인을 어렵게 하니 마음이 편치 못하며, 두부인의 편지는 가짜임을 알려주었다. 또, 최부인은 교녀의 제사를 받아 흠향함이 슬프기도 하지만 한편으로는 현부와 이곳에서 의탁하여 즐겁게 지냈으나 이제 다시 멀리 보내게 되어 슬프다고 하였다. 사씨는 울면서 어찌 떠나겠느냐고 하자, 소사는 편지가 거짓이며, 7년 재액이 아직 남았으니 남방으로 피난해야 하므로 급히 이곳을 떠나 남방으로 수로 5천 리 떨어진 곳으로 가라고 하였다. 사씨는 울면서 여자의 몸으로 어찌 칠 년을 유리

하겠느냐고 하자, 소사는 하늘이 정한 운수라 피할 수 없으며 6년 이후 4월 15일에 배를 백빈주에 매었다가 급한 사람을 구할 것을 명심하라고 하였다.

꿈에서 깨어난 후에, 사씨는 꿈 속에서 시아버지가 한 말을 생각하면서 두부인이 보냈다는 편지를 살펴보았다. 두주관의 부친의 이름이 '강(羌)'자 이므로 평소에 '강(羌)'를 쓰지 않았는데, 그 편지에는 '강'자를 썼으므로 가짜인 줄 알게 되었다. 날이 밝자 사씨는 유모에게 시아버지께서 남방으로 수로 5천리를 가라 하였으니 장사땅은 남방이며 두부인이 가실 때에 수로로 5천리나 된다 하였으니, 두부인을 찾아가 의탁하겠다고 하였다.

이렇게 하여 사씨의 멀고도 기구한 남행은 시작되었다.

사씨가 배에 올라 남방으로 향할 때, 만경창파는 하늘에 닿은 듯하고 새벽달 찬바람 속에 오가는 장삿배의 닻 감는 소리는 수심을 자아내었다. 사씨는 규중의 여자로 누명을 입고 일신을 만경창파 속의 일엽편주에 의지하여 장사로 향하는 자기 신세를 생각하니 가슴이 무너지는 듯하여 슬퍼하고 통곡하였다. 그러자 젊은 계집종 또한 슬픔을 참지 못하여 서로를 붙들고 울었다.

유모는 울음을 그치고 위로하기를, 하늘은 높으시어 살피심이 자상하시므로 항상 어찌 매양 이러하지는 않을 것이니 옥체를 보존하고 슬픔을 진정하라고 하였다. 사씨 부인은 눈물을 거두면서 자신의 팔자가 기구하여 함께 고초를 겪고 있으니 너희들은 주인을 잘 못 만남이며, 자신이 여자의 몸으로 일신을 일엽편주에 의지하여 바다에 떴으나 두 부인이 자신을 기다린 것도 아니며, 시집에서 쫓겨 난 몸이 장사로 가는 슬픈 신세가 되었으니 몸을 창파에 던져 굴원(屈原:초나라의 정치가이자 시인으로 모함을 입어 자신의 뜻을 펴지 못하자 조국의 장래를 근심하고 회왕(懷王)을 사모하는 회사부를 남기고 멱라수에 투신자살함)의 충혼을 쫓겠다고 하였다.

그때 유모와 계집종 두 사람이 위로하여 겨우 남방 장사로 향하는데 풍랑이 크게 일어났다. 그래서 그들은 강가에 올라가 한 초가집을 찾아가니 십사오 세 되는 임씨 여인이 있었다. 후히 대접을 받고 며칠 후에 장사로 향하여 떠났다.

그 후에 다시 출행하여 장사에 도착하기 얼마 전에 홀연 풍랑이 크게 일고 배가 바람에 쫓겨 동정호로 향하더니 악양루 앞에 이르렀다. 그곳은 옛적 열국 때 초나라 땅이었다. 순임금이 나라 안을 순행하다가 창오들판에 와서 죽게 되자 두 왕비인 아황과 여영이 따라 죽지 못하여 소상강 가에서 피눈물을 흘리면서 울었다. 그때 대숲의 대에 핏방울이 튀여 아롱진 점이 박혀 소상반죽이 되었다는 것이다.

그 뒤에 초나라의 충신 굴원은 충성을 다하여 회왕을 섬기다가 간신의 참소를 만나 귀양을 그곳으로 와서 몇 간의 초옥을 짓고 있다가 멱라수에 몸을 던졌으며, 또 한나라의 가의는 낙양의 재사로서 대신에게 모함당해 장사에 내쫓기어 그곳에 이르자 제문을 지어 강물에 던지며 굴원의 충혼을 조상하였다.

이러한 까닭으로 그곳은 지나가는 사람들에게 가장 강개한 회포를 자아내게 하는 곳이 되었다. 그러므로 구의산에 구름이 끼고 소상강에 밤이 들고 동정호에 달이 밝고 황룡묘에 두견이 슬피 울 때면 비록 슬프지 아니한 사람이라도 자연 눈물을 뿌리지 않을 수 없는데, 하물며 신세가 처량한 사람이야 그 마음이 오죽 하겠는가. 더욱이 사씨 부인은 요조숙녀의 빙옥(氷玉:얼음과 옥을 아울러 이르는 말로 맑고 깨끗하여 아무 티가 없음을 비유적으로 이르는 말)같은 몸으로 사악한 여인의 참소로 가장이 내침을 받아 외롭고 약한 몸이 그곳까지 이르렀으니 자기 신세를 한탄하며 뱃전에 비겨 서서 밤이 늦도록 잠을 이루지 못하였다.

그때 옆 배의 상인들이 어진 두추관이 가고 새로 재물을 탐내는 유추관이 왔다는 말을 하므로 탐문해보니 과연 두추관은 성도로 자리를 옮겼고, 두부인도 남편을 따라 갔다고 하였다. 이에 사씨 부인은 옛 사람은 액운을 당한 자가 하나 둘이 아니었으나 자연 구해주는 사람이 있어 몸을 보전하였으나 이제 자신의 일은 그렇지 못하여 연연약질(軟娟弱質:아주 가냘프고 연약한 체질)이 위로 하늘에 오르지 못하고 아래로 땅에 들어가지 못하니 죽어서 옛 사람으로 더불어 꽃다운 이름을 나타

101

내는 것이 행복한 일이라고 하며 강물로 뛰어들려고 하였다.
유모와 차환이 울면서 천신만고 끝에 부인을 이곳까지 모셔
왔는데 죽고 살기를 한 가지로 하겠다고 하였다.

사씨 부인은 비록 자신이 죄인이므로 죽지만 두 사람은 따
라 죽을 이유가 없다면서 각각 몸을 보존하였다가 북방 사람
을 만나거든 내가 이곳에서 죽은 사실을 알리라고 하며 "사씨
정옥은 시집에서 쫓겨나 이에 이르러 물에 빠져 죽노라." 하는
글을 나무에 깎아 썼다. 그런 동안에 동천에 달이 오르니 사
면에서 귀신이 울고 황룡묘 위에 두견의 소리가 처량하고 소
상강 대숲 아래에는 원숭이가 슬피 울었다. 유모 등이 밤이
깊었으니 밤을 지내고 내일 사생을 판단하고자 하므로 사씨는
마지못해 악양루에 올랐다. 그곳에는 아로새긴 들보가 빈공
에 솟아 강물에 이르렀는데 오색 채운이 구의산으로 좇아 일
어나 악양루를 둘렀으며 달빛이 난간에 가득하였다.

사씨는 악양루에서 내려와 강가의 숲속에 이르러 눈물을
흘리며 아무리 생각하여도 강물에 몸을 던질 수밖에 없기에
강에 뛰어들려고 하였다. 유모와 젊은 계집종은 망극하여 사
씨를 붙들고 통곡하는 사이에 사씨 부인은 갑자기 기운이 쇠
잔해져서 유모의 무릎을 의지하여 잠깐 졸게 되었다. 그때 한
여동(女童)이 따라 와서 따라가자고 하므로, 따라가다 한 곳에
이르니 한 전각이 강변에 있었다. 전각 속으로 여동이 부인을
데리고 들어갔다.

102

그러다가 전상(殿上:궁궐의 위)에서 열 두 주렴 지우는 소리에 놀라 잠에서 깨어나게 되었다. 깨어난 사씨는 유모와 젊은 계집종에게 자신이 꿈속에 대 숲속으로 들어갔다 하니 믿지 아니하므로 따라오라고 하며 함께 수풀로 들어가니 황릉묘란 현판이 붙은 사당이 있었다.

　그곳은 꿈에 보던 것과 같았으나, 단청이 퇴색하고 심히 황량해진 것만 달랐다. 사씨가 전상을 바라보니 두 왕비의 화상이 완연히 꿈속에 만났던 것과 다름이 없으므로 절을 하고 나서 축원하기를 낭랑의 가르치심을 입었으니 좋은 때를 만난다면 성덕을 어찌 명심치 않겠느냐고 말했다.

　사씨는 자기들 삼인이 두루 방황하여 의지할 곳이 없자 신령이 희롱함이라고 하며 주저하는데 밤은 점점 깊어가고 달빛은 점점 몽롱하였다. 사씨는 사람이 세상에 나매 부귀빈천이 다 팔자에 있으나 여자로서 씻지 못할 누명과 허다한 고초를 겪고 마침내 이곳에 이르렀으나 의지할 바 없게 되니 죽는 것이 상책이라고 생각하였다. 하지만 거기에서 여승을 만나고 사씨는 여승의 인도에 따라 배를 타고 군산에 도착하였다.

　동정호 속에 있는 군산은 외로이 있어서 사면이 다 물이요, 여러 봉에는 대수풀이 있고 인적은 드물었다. 여승이 배에서 내려서 사씨를 붙들어 길을 따라 나아갔다. 열 걸음에 한 번씩 쉬어 암자에 들어가니 암자 이름은 수월암이라 하였다. 그곳은 가장 깊숙하고 정결하여 인간 세상 같지 아니하였다. 종

103

일 고생하였으므로 잠이 들어 아침이 오는 줄도 몰랐다. 여승이 불당을 청소하고 향을 피우고 경쇠를 치며 부인을 깨워 예불을 하라고 하므로 사씨는 계집종 등과 함께 법당에 올라가 분향하고 배례하였다.

그때 눈을 들어 살펴보다가 문득 놀라며 눈물을 머금었다. 그곳에 있는 부처는 십육 년 전에 자기가 찬을 지어서 썼던 관음화상이었기 때문이었다. 여승 묘혜는 사씨의 태도를 보고 이상히 여겨 왜 부처의 화상을 보고 슬퍼하느냐고 하였다. 사씨는 관음화상 위에 글을 쓴 것이 자기가 어린 시절에 쓴 것이라고 하면서 그 시를 여기에 와서 보게 될 줄은 몰랐다고 하면서 슬픈 감회를 감추지 못했다.

이 말에 여승은 크게 놀라서 그렇다면 부인이 신성현 사급 사댁 소저가 아니냐며, 자신이 그때 부인에게 글을 받아온 우화암 묘혜라고 하였다. 여승은 유소사의 명을 받아 부인에게 관음찬을 받아가므로 소사가 보시고 크게 기뻐하여 혼인을 정하기에 그때 머물러 혼사를 보려다가 스승이 급히 찾으므로 산으로 돌아와 스승을 따라 십 년을 수도하였다고 하였다. 스승이 돌아간 얼마 후에 이곳에 와서 유벽한 곳에 암자를 짓고 고요히 공부하며 불상을 뵐 때마다 부인의 옥설 같은 용모를 생각하였는데 부인이 어찌하여 이 지경에 이르렀느냐고 하였다.

사씨가 눈물을 흘리면서 그간 겪었던 전후의 곡절을 일일이

이야기 하니, 묘혜는 탄식하면서 세상일은 본디 이 같은 것이
니 너무 슬퍼하지 말라고 하였다. 부인이 불상을 다시 보니 외
로운 섬 가운데 앉아 기운이 생생하여 완연히 살아있는 듯하
고 찬시의 의미가 자기의 유락(流落:타향살이)함을 그린 듯하였
다. 사씨는 세상일을 다 하늘이 정한 것이니 어찌하느냐고 탄
식하면서, 이날부터 관음보살에게 분향하면서 유한림을 다시
만나기를 축원하였다.

　여승 묘혜가 조용히 부인에게 이제 여기에 계시니 복색을
어찌하겠느냐고 물으니, 사씨는 자신이 부득이하여 이곳에 있
으니 변복은 어찌하겠느냐고 하였다. 그러자 묘혜는 자신의
생각으로는 유한림이 현명한 군사이므로 한때 참언을 받아드
렸으나, 곧 깨달아 부인을 맞아갈 것이라고 하였다. 그러면서
자신이 일찍 스승에게 수도할 때 사주도 약간 배웠는데 부인
의 사주를 보면 팔자는 대길하지만 초년에는 잠깐 재앙이 있
고 나중에는 부부안락하고 자손이 영화하여 복록이 무궁할
것이라 하였다.

　한편 유한림은 금의옥식(錦衣玉食:좋은 옷에 맛있는 음식)으로
생활하다가 뜻밖에 귀양살이를 하게 되자, 그 고초가 끝이 없
고, 또 수토(水土:물과 풍토)가 사나워서 지난 일을 생각하고 사
씨가 일찍 동청을 꺼리더니 그 말이 옳았으니 지하에 들어가
면 무슨 면목으로 선조를 뵈올 것인가를 뉘우치다가 울화병
이 들어 죽을 지경에 이르렀다. 그러나 그곳은 본디 약이 없는

곳이므로 병세는 날로 깊어가고 있었다.

그러던 중에 하루는 비몽사몽간에 한 늙은 할미가 병을 가지고 들어와서 병이 위중하니 이 물을 먹으면 좋을 것이라고 하기에, 누구냐고 물으니 자신은 동정호 군산에 산다고 하였다. 그리고는 병을 뜰 가운데 놓고 가므로 다시 묻고자 하는데 문득 깨어나니 꿈이었다. 이튿날 아침에 하인이 뜰을 쓸다가 이상한 낯빛으로 들어와서 뜰에서 물이 솟아난다고 하므로 한림이 이상히 여겨 창을 열고 보니 꿈에 노파가 병을 놓은 곳과 같았다. 물을 떠오라고 하여 먹어보니 맛이 달고 시원하여 감로를 먹은 듯하고 나쁜 수토에 상한 병이 구름이 걷히듯 없어지고 원기가 되살아났다. 또 그 물은 마르지 아니하므로 수십 집이 나누어 먹으니 그곳 사람들 그 우물을 학사정이라 하였다.

한편 궁성에서는 천자가 태자를 책봉하고 온천하의 죄인을 사하여 주었다. 유한림도 사면을 받았으나 서울로 바로 가지 아니하고 친척이 무창에 있으므로 그곳으로 향하였다. 여러 날 행하여 장사지경에 이르자 때는 유월이 되었으므로 날이 대단히 덥고 몸도 피곤하므로 길가의 그늘에 앉아 내가 신령의 도움을 입어 삼년 수토에 상한 병이 없어지고, 사면되어 돌아오게 되었으니 서울에 가서 처자를 데리고 고향에 돌아가 농부가 되려고 생각하고 있었다.

그때 북쪽에서 사람의 소리 요란하며 붉은 곤장을 든 사령과 각색 깃대를 든 하급관리가 쌍쌍이 오며 길을 비키라고 하였다. 한림이 몸을 수풀에 감추고 보니 한 관원이 금안백마에 위의를 거룩하게 하고 지나가므로 자세히 보니 분명 동청이었다. 한림은 놀라서 생각하기를, 저 놈이 저렇게 높은 벼슬을 한 것은 엄숭에게 붙어서 그리되었다고 판단하였다.

그때에 한림이 길을 찾아가며 자기가 음란한 부인의 간교한 말을 듣고 현처를 멀리하고 자식까지 잃어버리고 정처 없이 떠돌게 되었으니 만고의 죄인이라 무슨 낯으로 지하에 돌아가 부인과 자식을 대하겠느냐고 한탄하면서 약주로 갔다. 그곳에 이르러 강가에 배회하면서 사람을 만나 사부인의 종적을 물었으나 모두 모르겠다고 하였다.

유한림이 또다시 한 노인을 만나 물으니 그 노인은 어제 한 부인이 두 여자를 데리고 악양루에 올라 밤을 지내고 장사로 갔는데, 그 뒷날은 알지 못한다고 하였다. 한림은 더욱 슬퍼져서 강가로 나아가서 두루 찾는데, 문득 길가에 소나무를 깎아 크게 써 놓은 글에 '모년 모일에 사씨 정옥은 이곳에서 눈물을 뿌리고 물에 빠져 죽노라.'는 글이 있었다. 이를 본 한림은 통곡하다가 기절을 하니 하인들이 허둥지둥 안정시켜 깨웠다.

깨어난 한림은 슬픔을 이기지 못하여 탄식하기를, 부인이 현숙한 덕행으로 이렇게 참혹하게 죽었으니 어찌 슬프지 아니하리오, 마땅히 제사를 지내야 한다면서 술집에 들어가 방을 빌려 제문을 쓰려 하니 마음이 아득하여 눈물이 앞을 가렸다. 그때 홀연히 밖에서 함성이 진동하므로 살펴보니 도적들이 창검을 들고 들어오며 유연수를 잡으려고 하였다.

한림이 놀라 달아나는데 큰 강이 앞을 가로막고 있으므로 처자를 무죄히 박대하였으니 어찌 천벌이 없겠느냐고 하면서 남의 손에 죽을 바에야 차라리 물에 빠져 죽겠다고 하였다. 그때 문득 배를 젓는 소리가 들려, 그곳으로 찾아가니 어떤 사람이 한림의 위급함을 구하고자 하였다.

위기에 처해 있다가 뜻밖에 구출된 한림은 묘혜의 노래를 듣고 무슨 말인 줄 모르다가 배안으로 들어가니 한 부인이 소복단장으로 앉아서 슬피 울기에 자세히 보니 사씨 부인이었다. 슬프고 반가움을 이기지 못하여 서로 붙들고 한바탕 곡을 하다가 한림이 말하기를, 배에서 상봉함은 천만 뜻밖이라며 자신이 낯을 들어 부인을 보니 부끄러움을 이기지 못하며, 무슨 말을 하겠느냐며 부인은 정신을 진정하여 자신의 불명(不明:사리에 어두움)함을 들으라고 하였다.

그리고는 부인이 집을 떠난 후 일어난 전후의 일들을 다 이르며 교녀가 정십랑과 함께 방자하던 말과 설매가 옥지환을 훔쳐서 동청을 주매 냉진을 보내어 속였던 말을 하였다. 사씨 부인은 눈물을 흘리면서 이 말씀을 아니해주셨으면 자신이 구천에 돌아간들 어찌 눈을 감을 수 있겠느냐고 하였다.

사씨가 말하기를, 자신이 선산의 묘하에 있을 때에 도적이 위조편지를 하여 위급한 화를 당하게 되었는데, 그때 시부모가 꿈에 나타나서 모년모월모일에 배를 백빈주에 매여 급한 사람을 구하라 하던 말을 상세히 전하며, 다행히 저 스님을 만나 여태껏 의지하였으며 회사정의 글은 죽으려 할 때 썼으나 저 스님이 구해주어 목숨을 보존하였는데 여기서 상공을 만날 줄이야 꿈에도 생각하지 못했다고 말했다.

한림은 우리 부부를 묘혜 스님이 구한 바 은혜가 태산 같다고 하며 묘혜를 향하여 절하고 사례하였다. 그리고 한림은 다시 스님이 본디 우화암에 있던 묘혜선사가 아니냐고 물으면서 당초에 우리 부부의 결혼을 담당하고 또 우리 부부를 죽을 땅에서 구하니 하늘이 우리 부부를 위하여 스님을 내셨다고 하였다. 그러자 묘혜는 상공과 부인의 천명이 거룩하심 때문이지 어찌 자신의 공이겠느냐고 손사래를 치면서 자신의 암자로 가자고 하였다.

한림이 성명을 감추고 행세하니 아는 자가 없었다. 한림이 가속으로 더불어 농업에 힘써 양식을 군산 수월암에 보내어 부인께 드리고 안부를 물어오라고 하니, 하인이 돌아와서 부인은 무양하시고 악주관문에 방이 붙어 상공을 찾기에 연고를 물으니 천자가 유공을 이부시랑으로 임명하고는 종적을 몰라서 각처에 방을 붙여 찾고 있다고 하였다.

또 사씨 부인은 유시랑에게 노창두가 죽었다는 말과 황룡묘를 수축하기를 원한다는 사실을 전하였다. 그러자 유시랑은 즉시 가동을 명하여 황룡묘를 중수하고 늙은 창두의 시체를

109

찾아서 관곽을 갖추어 다시 장사하게 하고, 묘혜와 임씨에게
는 금백을 후히 보내었다. 묘혜는 즉시 수월함을 중수하고 군
산 동구에 탑을 세워 이름을 부인탑이라 하였다.

〈사씨남정기〉의 중추적인 사건은 바로 사씨가 남행을 하는
것이다. 주인공 사씨는 한림의 부인이지만 첩 교씨의 모함에
의해 집을 쫓겨난다. 그러나 사씨는 친정으로 돌아가지 않고
시댁의 선영이 있는 성도의 묘하로 향하는 남정길을 시작한
다. 그 남정의 길은 성도에서부터 수로를 통하여 주로 진행된
다. 이 남행의 길은 꿈에 조상신들의 현몽을 통한 계시 중에
악인의 모함을 피해 남쪽으로 가라는 지시를 따라 시가의 친
척 두부인이 있는 장사를 향해 택하게 된 길이었다.

사씨는 풍랑에 밀려 동정호 가에 이르게 되었다. 즉, 장사에
있는 두부인을 찾아가던 중 풍랑으로 인해 뜻밖에 동정호 가
에 이르게 된 것이다. 의지할 곳이 없어 자결하려 하지만 동행
하던 유모의 만류로 뜻을 이루지 못하였다. 깊은 밤 사면에서
는 귀곡성이 요란하고 황룡묘 위에는 두견성이 처량하게 울고
있었다. 소상강 죽림에 귀신 우는 소리가 끊어지지 않는 분위
기 속에서 그날 밤을 악양루에 올라 보내게 되었다.

하룻밤을 보낸 사씨가 피곤하여 유모의 무릎을 의지하고
잠깐 조는데 비몽사몽간에 이비의 사당인 황룡묘에 올라 아
황과 여영을 비롯한 위국부인 등을 만나서 앞으로 십년 액운
이 있다. 그러나 그 이후에 남해도인, 즉 관음보살의 도움으로

액운을 면하리라는 계시를 받았지만, 사씨는 남해가 하늘 끝이라 길이 멀어 갈 길을 염려하는 데 인연이 있으면 가능하다고 하였다. 꿈을 깬 사씨는 이비의 사당인 황룡묘를 찾아보았지만 멀리 있는 남해는 찾아갈 엄두를 내지 못한 채 다시 자결하려고 물에 뛰어들려 하였을 때, 관음보살의 뜻에 따라 동정호 군산사의 승려 묘혜가 사씨를 구해주었다.

결국 사씨가 남정한 곳은 남해가 아닌 동정호 안의 군산으로, 그곳은 순임금의 두 부인인 아황과 여영이 순절한 곳으로, 열녀의 대표적 행적이 깃든 곳이다. 즉 이비묘를 비롯한 상비사 등을 세워 아황과 여영의 절의를 기리는 유가의 성지였다. 이는 결국 사씨가 남행한 곳은 동정호 속의 군산으로서 그녀의 남정 행로의 최종 목적지는 열녀의 표상이 있는 유가적 성지였다. 그러므로 이는 유가의 이비성지와 불가의 관음보살 진신이 머문 남해 성지의 이미지를 하나의 공간으로 교직시켜서 유가의 열녀담과 불가의 관음 구제담을 융합시킨 것으로 해석할 수 있을 것이다.

이처럼, 김만중은 동정호 군산에 있는 수월담의 관음보살도를 구제자의 능력을 구사하는 신격으로 등장시켜, 고행 속의 사씨와 유한림을 구제하고, 유한림의 각성과 두 사람의 귀환을 가능하게 해 주었다. 이것은 결국 김만중이 돌아가신 모친 해평 윤씨와 자신과의 관계가 끊어진 것이 아니라 모친이 관음보살로 화신하여, 남해 유배지에 있는 자신을 구제해주는

111

신으로 좌정하고 있기를 염원한 결과이며, 모친에 대한 절대적인 존경심에서 비롯된 것이다.

전쟁의 한 가운데에서도 자신의 형과 뱃속에 있는 자신을 끝까지 지켰으며, 그 후 어려운 고난 속에서도 의연함을 잃지 않고 자식들을 올바르게 교육을 한 해평 윤씨이기에 남해로 유배를 가서 외롭고 지쳐서 죽어가는 순간까지도 김만중에게 있어서 어머니는 세상의 그 어떤 존재보다도 능력이 있고 사랑스런 대상이었음에 분명하다.

그 당시 사대부 가문에서는 불교가 터부시되었는데도 개인적으로 불교에 심취해 있던 김만중은 유교와 불교의 가장 정점에서 어머니를 발견한 것이다. 이 세상에서 가장 위대한 존재, 그게 김만중에게는 모친 해평 윤씨였던 것이다.

112

그녀의 행적에서 볼 수 있는 바와 같이 인자하고 용서함이 많으며,

자손을 대함에 늘 어른으로서 어루만져 주는 대부인다운 풍모를 지니고 있었다.

그런 덕성이 있었기에 그녀 앞에 드리워진 수많은 역경에도 조금도 흔들리거나 좌절하지 않고

시대가 요구하는 이상적인 여인상을 구현한 것이리라. 스스로가 행동을 통해서 보여주는

교육이야말로 그 어떤 교육보다 효과가 있다는 사실을 감안할 때,

그녀는 이 시대의 누구보다도 뛰어난 교육자라고 할 수도 있을 것이다.

어려운
시대일수록
어머니의
역할이 중요하다

제3장

어려운 시대일수록
어머니의 역할이 중요하다

1. 김만중의 생애와 관련한 조선의 역사

1) 인조반정

　선조의 선위 교지를 받지 못하고 인목대비의 언문교지로 가까스로 왕위에 오른 광해군은 등극하자마자 곧 자신의 불안정한 입지를 강화하기 위해 일련의 왕권강화책을 썼다. 이 과정에서 임해군을 비롯하여 영창대군, 능창군 등 왕권을 위협하는 인물들과 그들을 떠받치고 있는 소북파와 서인, 남인 세력을 차례로 제거하기 시작했다. 급기야 1618년 인목대비마저 존칭을 폐하고 서궁에 유폐시키자 그동안 광해군에게 불만을 품고 역모를 도모하고 있던 세력들은 이 사건을 명분으로 무력 정변을 일으켜서 광해군을 폐위시켜 버렸다. 이것이 바로

1623년 3월 12일 밤에 일어난 인조반정이다.

인조반정을 주도했던 인물은 능양군이었다. 능양군은 광해군의 배다른 조카이자 1615년 '신경희의 옥사'가 일어났을 때 왕으로 추대되었다는 죄목으로 죽은 능창군의 친형이다. 여기서 그가 반정을 도모하게 된 직접적인 원인이 바로 광해군이 자신의 동생을 죽인 이유라는 것을 알 수 있다. 그러나 이보다 더 본질적인 원인은 광해군과 인빈 김씨의 관계에서 찾아야 할 것이다.

선조는 인빈 김씨와 그녀의 소생들을 총애했다. 그래서 한때 정철이 건저(建儲:세자를 세우는 일) 문제를 제기했을 때 선조는 광해군을 반대하고 인빈 소생인 신성군을 지목했다. 하지만 선조의 바람은 대신들의 반대로 무산되었다. 대신들은 신성군이 아직 어려서 국사를 논할 입장이 못 된다면서 인품과 학식이 뛰어난 광해군이 적임자라고 주장했다. 선조와 대신들의 이 같은 견해의 차이로 한동안 세자 책봉이 미루어지다가 임진왜란을 당하자 선조는 할 수 없이 대신들의 주장에 따라 광해군을 세자로 앉혔다. 그 당시 선조는 북쪽으로 쫓겨 가는 몸이었기 때문에 후사를 결정하지 않을 수 없었다. 또한 조정을 분리하여 비상사태에 대비해야하는 입장이어서 평양성에 머무를 때 대신들의 주청을 받아들여서 광해군을 세자로 책봉할 수 밖에 없었다.

인빈 김씨를 비롯한 그녀들의 소생은 이것이 불만이었다. 때

117

문에 광해군이 등극한 이후에도 호시탐탐 왕위를 노리게 되었는데, 광해군으로서는 당연히 인빈 소생의 아들이 부담스러울 수밖에 없었다. 신성군은 이미 죽고 없었지만 그 외에도 인빈 소생의 아들은 셋이나 더 있었다.

특히 신성군의 동복아우인 정원군(인조의 아버지)의 아들 능창군은 가장 위협적인 존재였다. 왜냐하면 능창군은 한때 선조의 총애를 받아 세자로 책봉될 뻔했던 신성군의 양자로 입적된 상태에다가 사람들로부터 군왕의 자질을 갖고 태어난 인물이라는 소리를 듣고 있었기 때문이었다. 또한, 나이가 17세였기 때문에 주변에서 그를 역모의 중심인물로 삼을만하였다.

이 같은 세인들의 평은 임해군과 영창대군을 제거하여 왕권을 도모했던 광해군과 대북파의 신경을 곤두서게 하였고, '신경희의 옥' 사건이 일어나자 능창군을 그들과 연루시켜 유배시키고 끝내는 죽여 버렸다. 신경희는 당시 수안군수로 있었는데 1615년 그가 양시우, 소문진, 김정익 등과 함께 모반을 획책하고 있다는 소명국의 말에 따라 이들에 대한 역모혐의가 씌어 졌다. 그리고 이때 이들이 추대하려고 한 사람이 바로 능창군이라는 자백을 받아내고 능창군을 유배시켜 죽여 버렸다.

이때부터 능창군의 맏형 능양군은 광해군과 대북 세력으로부터 피해를 입은 인물들과 접촉하면서 무력정변을 추진하기 시작했다. 그러다가 1618년 인목대비 유폐사건이 일어나자 이를 명분으로 역모에 대한 구체적인 작업에 착수하였다.

능양군과 함께 무력정변을 도모한 인물들은 대개 서인 세력이었다. 서인은 정치, 외교적 차원에서 철저하게 대북파와 대치했다. 그들은 특히 외교론에서 극단적인 견해 차이를 드러냈다. 대북파가 명과 후금 사이에 중립 외교노선을 걷고 있었던 반면에 서인은 철저히 대명 사대주의 노선을 고수하고 있었다. 또 서인 세력은 정치적으로 선조의 유명을 받들어 영창대군을 지지하고 인목대비를 따르고 있었다. 이는 영창대군을 죽이고 인목대비를 유폐시킨 대북파와는 완전 상반된 것이었다. 결국 대북파와 서인의 대결은 불가피한 것이었다. 광해군도 마찬가지였다. 서인의 척결이 없이는 자신의 안전을 확신할 수 없었다.

그래서 대북파는 영창대군을 폐출했던 계축옥사 때 서인의 중심인물들을 정계에서 내몰았고 이후 인목대비 유폐 사건 때에 남아 있던 대부분의 서인 세력도 사형당하거나 유배되었다. 사태가 여기에 이르자 정계에서 밀려난 서인 세력은 역모를 계획해 이미 능창군의 죽음으로 역모를 꿈꾸고 있던 능양군을 왕으로 추대하기로 결정했다. 능양군과 함께 역모를 도모한 대표적인 인물은 이귀, 김자점, 김류, 최명길, 이괄 등이었다. 이들은 모두 이이, 성혼의 문하였다.

이 역모에 군사를 동원하기로 한 사람은 이귀와 김류, 이괄 세 사람이었다. 이귀는 당시 평산부사로 재직 중이었고, 이괄

119

은 함경도병마사에서 제수되어 임지로 떠나야할 입장이었다. 그리고 김류는 강계부사를 역임한 바 있으나 대간의 탄핵을 받아 정계에서 쫓겨난 상태였다. 이들 세 사람 중 이귀와 김류는 오래 전부터 역모를 함께 도모해 온 인물이었고, 이괄은 김류와 교분이 깊던 효성령별장 신경진에 의해 거사에 합류한 상태였다.

반정을 일으키기 1년 전인 1622년 이귀는 평산부사로 있었다. 이때 평산 지방에 호랑이가 자주 출몰하여 백성들이 두려움에 떨자 이귀는 범 사냥을 하는 군사들이 경계에 구애받지 않고 무장한 채로 활동할 수 있도록 해달라는 상소를 하였다. 이는 무장한 채로 바로 도성으로 밀고 올라갈 수 있다는 계산에 따른 것이었다. 하지만 이 같은 모의는 사전에 누설되어 연기되었다. 하지만 이 때문에 정변을 일으키려한다는 소문은 파다하게 퍼졌다.

상황이 이처럼 급변하자 능양군을 비롯한 역모 세력들은 이듬해인 1623년 3월 13일 새벽에 거사를 도모하기로 확정하고 12일 밤부터 홍제원에 모여 대오를 가다듬고 군사행동 지침을 마련하고 있었다. 그런데 계획에 차질이 생기고 말았다. 이미 조정에서 그들의 거사 계획을 눈치채고 훈련도감 이확으로 하여금 역모 가담자들을 검거하라는 명령이 떨어졌던 것이다. 이 소식을 들은 이귀는 거사 시간을 앞당겨 출병을 서둘렀다.

출병 당시 반란군의 숫자는 겨우 7백명 정도였다. 반란군 대장을 맡기로 했던 김류가 늑장을 부리는 바람에 반란군은 예상 인원의 절반에도 채 미치지 못했다. 하지만 그대로 눌러 앉아 있어 봤자 결과는 진압군에게 당하는 것밖에 없었다. 이귀는 일단 이괄에게 대장직을 권유했다. 이괄은 대장직을 맡자 반란군에게 머리에 〈의(義)〉자가 쓰여진 띠를 두르도록 하고 군사를 지휘했다.

한편 김류는 거사 계획이 탄로 났다는 소리를 듣고 주저하다가 뒤늦게야 군사를 이끌고 반란군에 합류했다. 이때 이괄은 김류를 받아들이지 않으려고 했으나 이귀의 중재에 의해 합병하고 김류가 총지휘를 맡은 다음 궁궐을 향해 진격했다.

반란군이 창의문을 향해 진격했을 때, 진압군은 문을 굳게 닫고 궁을 수비했지만 반란군은 곧 창의문을 뚫고 창덕궁에 도달하였다. 창의문 안에는 이미 능양군이 자신의 수하들을 거느리고 그들을 맞기 위해서 나와 있었다. 이 장면을 목격한 훈련도감 이확은 군사를 이끌고 창의문 주위에 매복하고 있었으나 상황이 불리하게 돌아가고 있음을 알고 반란군을 공격하지 않았다.

한편 훈련대장 이흥립은 대궐 밖에 진을 치고 있었다. 그는 이미 반란군에 내응하기로 약속한 터였기에 간접적으로 반란군 진입을 돕고 있었다. 그래서 반란군은 순식간에 인정전을 지나 창덕궁 금호문에 이르렀다. 금호문 역시 수문장 박효립

121

이 내응하기로 되어 있었기에 쉽게 통과한 반란군은 돈화문에 이르러 불을 질러 승리를 알렸다. 광해군은 그제야 반란군이 대궐을 점거했음을 알고 몇 명의 수하를 거느리고 재빨리 궁을 빠져나갔다. 이렇게 해서 반란군은 쉽게 궁을 점령할 수 있었다.

반란에 성공한 능양군은 대궐을 장악하자 곧 광해군을 찾았으나 그는 이미 빠져나가고 난 다음이었다. 능양군은 먼저 서궁으로 달려가 유폐되어 있던 인목대비를 찾았다. 능양군을 맞이한 인목대비는 반란군이 일어나 광해군이 패주했다는 소식을 듣고 기뻐하면서 광해군을 폐위하고 능양군으로 하여금 왕위를 잇게 한다는 교서를 내렸다.

인목대비는 광해군을 폐위시키는 이유로 다음의 세 가지를 내세웠다.

첫째, 선왕을 독살하고 형과 아우를 죽이고 어머니인 자신을 유폐시켰다는 것, 둘째는 과도한 토목공사를 벌여 민생을 도탄에 빠지게 하여 정사를 위태롭게 했다는 것, 마지막으로 두 마음을 품어 오랑캐에게 투항했다는 것 등이었다.

이 같은 폐위 이유는 곧 반정 세력들의 거사 명분이었다. 이 거사 명분을 통해 알 수 있는 것은 그들이 반정을 합리화하기 위해 광해군의 통치를 악정으로 매도했다는 사실이다.

첫 번째 이유로 내세운 것 중에 선왕을 독살했다는 내용이 있는데 이는 인목대비가 줄곧 주장해오던 것이다. 인목대비의 이 말은 곧 그녀 자신이 서궁에 유폐되었던 결정적인 이유였다. 그리고 두 번째로 내세운 과도한 토목공사는 궁궐 재건 사업을 의미하는데 이는 악정이라고 볼 수 없는 것이었다. 오히려 광해군이 궁궐을 개축, 신축한 것은 왕권을 바로 세우고 정사를 안정시키기 위해서였다. 마지막으로 두 마음을 품었다는 것은 명과 후금 사이에 중립외교를 했다는 것을 의미한다. 이는 곧 광해군이 대명 사대를 하지 않았다는 뜻으로, 말하자면 그들 서인 세력이 자신들의 외교관과 일치하지 않았다는 이유에서 반란을 일으켰다는 것을 반증하고 있는 것이다.

사실 당시의 조선은 임진왜란의 후유증에서 겨우 벗어나 안정기로 막 접어들 순간이었다. 그래서 광해군은 명과 후금 사이에서 중립외교를 펼치며 실리외교를 취하기 위해 안간힘을 쓰고 있던 터였다. 그러나 서인 세력은 자신들을 정계에서 축출했다는 이유로 광해군이 겨우 다져놓은 안정 기반을 송두리째 흔들어버렸다. 이 사건이 바로 인조반정이 가진 의미이고, 조선 지식인 사회는 또 한 차례 거친 풍랑에 노출되는 순간이었다.

김만중의 모친인 해평 윤씨가 태어난 해가 바로 1617년이니 1608년에 왕위에 등극한 광해군이 대북파를 거점으로 서인을 몰아내는 시기의 정점이다. 조선사회 전체적으로 임진왜란에 대한 후유증을 치료하고 어느 정도 사회가 안정되기 시작한 때라고 볼 수 있으며, 광해군이 자신의 왕권을 강화하기 위하여 반대하던 세력을 거의 다 몰아내어 비로소 자신의 뜻을 펼치려 할 때이니 참으로 혼란스러운 시기임에 분명하다.

그녀가 태어난 지 다음해에 인목대비가 폐위되어 서궁에 유폐되었고, 이 과정에서 이이첨 등 강경론자들은 광해군에게 인목대비를 사사시킬 것을 간언하지만 광해군의 반대로 실천에 옮기지는 못한다. 하지만 이후에도 이이첨은 여러 차례 인목대비 살해계획을 세우지만 대신들의 반대에 부딪혀 뜻을 이루지 못한다.

그리고 그녀가 결혼하기 전까지의 동안 조선시대의 두 개의 반정 중 하나인 인조반정이 일어나고, 광해군이 강화도에 유배되는 사건이 일어난다. 조선시대 해평 윤씨(이는 김만중의 어머니인 해평 윤씨와는 별개의 인물임)가 부녀자들의 일상생활 중 지켜야할 행동거지와 예의 범절 등을 기록하여 후손의 교육용으로 삼은 규범(閨範)이라는 책에는 규(閨)를 여자가 사는 집이라 정의하고, 범(範)을 법이라고 하였으며, 사람이 금수와 다른 점은 삼강오륜이 있기 때문이라는 내용이 있다.

이를 토대로 본다면 인조가 광해군을 몰아내고 반정을 일으킨 것은 유교적인 가치관에 어긋나는 것이다. 특히나 해평 윤씨의 집안은 조선시대 대표적인 양반가문이며 특히나 예를 중시하는 집안이라고 가정할 때, 해평 윤씨도 이와 비슷한 감정적인 혼란을 겪었음에 분명하다.

또 하나 우리가 간과할 수 없는 것은 인조의 반정이 과연

나라를 위한 우국충정에서 비롯되었느냐는 것이다. 조선의 사관들은 대체로 광해군을 폭군으로 묘사하고 있다. 그러나 이것은 인조반정에 성공한 사대주의적 명분론자들이 자신들의 반란을 합리화하는 측면이 강하다. 오히려 광해군은 대명 사대주의자들에 밀려 자신의 심리적 외교론과 현실감각에 바탕을 둔 정치이론을 완전히 꽃피우지 못한 채 밀려난 불행한 왕이라고 봐야 더 어울릴 지도 모른다.

이와 같은 맥락에서 인조반정을 일으킨 세력들은 시대의 흐름에 둔감해서 대세를 읽지 못했다는 비판을 면할 수 없다. 당시 명은 이미 기울고 있는 나라였고 청은 일어서는 나라였다. 때문에 조선은 중국의 그런 세력다툼을 이용하여 개국 이후 계속되었던 중국과의 군신관계를 청산하고 대등한 위치로 격상할 수 있는 유일한 기회를 맞고 있었다. 광해군은 이 점을 읽어내고 중립 외교노선을 걸었지만 인조반정으로 정권을 잡은 자들은 계속해서 대명사대주의 길을 걸어 결국 뒷날 청에게 왕이 무릎을 꿇고 군신관계를 맺는 대치욕을 겪게 된다.

또 하나, 광해군이 영창대군을 비롯하여 능창군, 인목대비 등의 왕권 위협 세력들을 제거한 것을 폭정으로 몰아간 부분이다. 폭정이란 원래 집권층에게 행사된 정치적 행위를 가리키는 것이 아니라, 민생을 위협하는 폭력적 행위를 가리키는 것이다. 그런데 사실 광해군은 일부 왕권 위협 세력을 제거하

125

긴 했으나 민간을 위협하고 학대하는 정사를 거의 실시하지 않았다는 점에서 억울한 면이 많다. 그는 오히려 민생 구제에 주력하여 민생경제를 일으키는 데 전력을 쏟은 왕이었다.

조선 정치사를 볼 때 이른 바 성군 내지는 명군으로 일컬어지는 왕들 역시 정치적 세력 제거에는 조금도 틈을 보이지 않았다. 대표적인 사람이 태종과 세조였다. 태종은 자신의 배다른 형제를 죽였고, 동복형제도 유배시켰으며, 계모 강씨의 무덤을 일개 후궁의 무덤으로 전락시키는 행위를 자행하였으며, 심지어 장자인 양녕이 왕이 될 인물이 되지 못한다고 하여 폐세자를 시키기도 하였다.

세조는 어떠한가. 왕위를 찬탈하여 조카인 단종을 죽였으며, 형수 현덕왕후의 무덤을 파헤쳐 관을 없애기도 하였다. 게다가 자신을 반대하는 모든 신하들을 죽이거나 유배시켰으며, 왕권에 대한 도전이 두려워서 철저한 심복정치를 한 왕이기도 하였다.

이를 토대로 살펴보면 인조반정은 그야말로 반란에 불과한 사건이라고 할 수 있다. 특히 인조반정을 주도한 인물들은 한결같이 사대주의자 내지는 광해군에게 개인적인 원한관계에 있는 사람들이라는 점에서 더욱 그렇다. 이는 그들의 반정이 순수한 구국의 발로였다기보다는 개인적인 원한에서 비롯되었음을 증명하고 있기 때문이다.

2)정묘호란, 병자호란

왕 위에 오른 때의 인조의 나이는 29세였다. 그는 왕위에 오르자마자 서궁에 유폐되었던 인목대비의 존호를 복원했으며, 광해군 시절에 정권을 독점했던 정인홍, 이이첨 등을 사형시키고 나머지 대북 세력 2백여 명을 모두 숙청하였다. 그리고 인목대비 유폐를 반대하다가 여주로 유배를 간 이원익을 영의정에 앉히고 반정에 가담했던 김류, 이귀 등을 세 등급으로 분류해 정사공신에 봉했다.

그는 또한 광해군에 의해 희생된 영창대군, 임해군, 인목대비의 아버지 김제남 등을 신원하고, 나머지 희생자들도 대부분 관직을 복구시켰다. 이렇게 하여 조정은 서인이 제 1당, 남인이 제 2당이 되었다. 한편 대외적으로 친명배금 정책을 실시하여 그동안 광해군이 유지해오던 중립외교의 틀을 깨뜨렸다.

인조는 이렇듯 광해군의 세력을 축출하고 조정과 사회를 안정시켜 자신의 정치사상을 펼치려 했지만 주변의 상황은 그리 녹록하지 않았다. 반정 정권이 들어선 지 일 년도 되지 않아 또 한 차례 반란의 물결이 조선을 휩쓸었다. 이 반란은 반정에 참가했던 이괄이 일으켰다. 1624년 1월에 문회, 허통, 이우 등이 인조에게 이괄이 그의 아들 이전, 한명련, 정충신 등과 함께 반역을 꾀하고 있다는 간언을 한 것이 직접적인 원인이 되었다.

이괄의 난은 인조가 한성을 버리고 도주했을 정도로 조정에

127

치명적인 타격을 입혔다. 내부 반란으로 임금이 도성을 버리고 간 것은 조선의 역사상 처음 있는 일이어서 백성들과 조정은 한 동안 그 충격에서 벗어나지 못 했다. 또한 백성들에 대한 사찰을 강화하여 민심이 흉흉해졌다. 게다가 이괄이 북방 주력 부대를 이끌고 내려옴으로써 변방의 수비에 허점이 생겨 후금의 침략을 용이하게 했다.

호시탐탐 조선을 침략할 수 있는 기회를 노리고 있던 후금이 3년 뒤인 1627년 3만의 군사를 이끌고 조선을 침략해 정묘호란을 일으키자 후금군의 기세에 위험을 느낀 인조와 조정대신들은 강화도로 피난을 하였다. 그때 후금은 조선에 서신을 보내어 자신들의 침략 이유를 일곱 가지로 열거하면서 우선적으로 조선의 만주 영토를 후금에게 내놓을 것, 명나라 장수 모문룡을 잡아 보낼 것, 명나라 토벌에 3만의 군사를 지원할 것 등 세 가지 요구사항을 내걸었다.

이에 최명길 등이 강화 회담에 나서 명나라에 적대하지 않으면 후금과 형제관계를 맺겠다는 등의 다섯 가지 사항을 앞세워 약조를 성립시키자 후금은 철군하였다. 하지만 모든 것이 끝나지 않은 상황이었다.

1636년에 후금은 국호를 청으로 바꾼 다음 정묘조약에 설정한 형제관계를 폐지하고 새로 군신관계를 맺어서 공물과 군사 3만을 지원하라고 했다. 하지만 조선이 이 제의를 거부하자 그들은 다시 12만을 이끌고 조선을 침략하여 병자호란을 일으켰다.

대군에 밀린 조선군은 남한산성에 1만 3천의 군사로 진을 쳤지만 세력의 열세로 45일 만에 항복하고, 인조는 삼전도에 서 무릎을 꿇고 청과 군신의 관계를 맺는 한편, 소현세자와 봉림대군을 청에 볼모로 보내야했다. 이때 척화론을 펼치던 홍익환, 오달제, 윤집 등도 함께 청으로 끌려갔다.

병자호란으로 조선은 임진왜란 이후 조금이나마 수습되었 던 국가 기강과 경제 상태가 악화되어 민생은 피폐해지고 백 성들은 굶주림에 처하게 되어 전국에 걸쳐 나라에 대한 원망 의 소리가 높았다. 게다가 인조는 삼전도에서 당한 굴욕을 이 겨내지 못하고 반청의 색깔을 더욱 짙게 드러내는 한편 망해 가고 있던 명나라에 대한 사대주의 노선을 한층 강화시켰다.

인조의 그 같은 명에 대한 무조건적인 사대정책은 청에 인 질로 잡혀 있던 소현세자와는 의견이 다른 것이기 때문에 인 조는 소현세자를 불신하게 되었다. 그러던 중 후궁 조소용의 이간질에 말려들어 급기야 볼모생활을 마치고 돌아온 아들 소 현을 독살하는 극악한 일면을 드러내고 만다. 그리고 둘째 아 들인 봉림대군을 세자로 세움으로써 현종 대의 서인과 남인 사이에 치열한 정쟁으로 비화된 예송의 원인을 제공하기도 한다.

해평 윤씨가 충정공 김익겸과 혼인을 한 때는 1630년으로 정묘호란이 발발한 지 3년 째 되던 해이다. 조선의 사회가 격

129

랑에 휩쓸려서 가치관이 혼돈을 일으키고 있을 때에 한 가정이 이루어진 것이다

광해군과 그의 추종세력이었던 대북파들을 몰아내고 서인들의 시대가 열린 후에, 서인은 국제문제에 있어서 광해군의 관망적인 태도를 버리고 향명배금(向明排金)의 정책을 뚜렷이 내세웠으니 조선의 이러한 정책의 변화에 대하여, 후금은 청으로 국호를 바꾼 다음에 대대적인 침략으로 인조의 이러한 정책을 응징하였다.

1636년 12월 1일 청 태종은 청군 7만, 몽고군, 3만, 한족 군사 2만 등 도합 12만을 이끌고 직접 압록강을 건너 쳐들어왔다. 청군은 임경업이 지키고 있는 의주 백마산성을 피해 직접 한성으로 진군하였다.

청군이 압록강을 건넜다는 도원수 김자점과 의주부윤 임경업의 장계가 중앙에 도달한 것은 12일이었다. 그리고 13일 오후 늦게 청군이 이미 평양에 도착했다는 장계가 올라왔다. 청군이 그렇게 빨리 밀고 내려올 것이라고 생각하지 못했던 조정으로서는 이 장계로 극도의 혼란에 휩싸였고, 도성 내의 주민들은 피난길에 오르기 시작했다. 그리고 다음 날인 14일 개성유수의 급보로 청군이 이미 개성에 다다랐다는 것을 알게 되자, 인조는 급히 판윤 김경징을 검찰사로, 부제학 이민구를 부사로 명하고 강화유수 장신에게 주사대장을 겸직시켜 강화도 수비를 명했다.

또한 윤방과 김상용에게 명하여 종묘사직의 신주를 받들고 세자빈 강씨, 원손, 둘째아들 봉림대군, 셋째 아들인 인평대군을 인도하여 강화도로 피난하도록 하였다. 인조 자신도 그날 밤 도성을 빠져나가려고 했으나 적정을 탐색하던 군졸이 청국군이 벌써 서울 인근에 도달했으며, 강화도로 가는 길을 차단하고 있다는 보고를 하자 강화도행을 포기하고 세자와 백관들을 데리고 남한산성으로 피신하였다.

이때 성안의 식량은 약 50일 정도 버틸 분량 밖에 없었다. 청군은 12월 16일 남한산성에 당도하였고, 청 태종은 1월 1일 군사를 20만으로 늘려서 남한산성 밑에 있는 탄천에 포진하고 있었다. 이후 별다른 싸움이 없이 40일이 경과하자, 성안의 식량은 떨어지고, 군사들은 피로에 지쳐서 전의를 상실하게 되었다. 또한 남한산성으로 향하던 조선군들은 싸움에서 대패하여 패주하고, 명에 청한 원군도 내부사정으로 오지 못했다. 이리하여 남한산성은 완전히 고립무원의 절망적인 처지에 놓이고 말았다.

그러는 사이에 강화도가 함락되었다. 김만중의 아버지 김익겸은 강화도가 함락될 때, 김상용과 함께 화약에 불을 질러 스스로 산화(散華)하였다. 김익겸은 결혼한 지 몇 해 후인 1635년 9월에 증광 별시에서 생원(生員:조선시대 소과의 하나인 생원시에 합격한 사람. 이들에게는 진사와 더불어 성균관에 입학할 수 있는 자격이 부여되었다. 보통은 성균관에서 일정 기간 수확한 뒤 대과인 문과

131

를 거쳐 관직을 나가는 것이 정상이었음)과 진사(進士)를 각각 1백인 씩 선발하는 가운데, 생원시의 장원으로 뽑혔다.

그는 1636년 후금의 태종이 국호를 청으로 고쳤을 때 경축 사절로 간 이화 등이 조선을 속국으로 취급한 국서를 가지고 청의 사신 용골대와 같이 귀국했을 때 성균관 유생들과 함께 이들을 처형할 것을 주장하기도 할 만큼 절의파였다.

이때, 김만중의 할아버지 김반과 둘째 아버지 김익희는 인조를 모시고 남한산성으로 가 있었다. 그리고 김만중의 아버지인 김익겸은 할머니 서부인을 모시고 강화도에 들어가서 성중에 거처하고 있었다. 그리고 어머니 해평 윤씨도 바야흐로 김만중을 배어, 다섯 살 난 맏아들 김만기를 데리고, 그녀의 친정 할아버지 윤신지가 거처하는 바깥마을에 있었다.

검찰사 김경징은 자기 혼자서 성 안의 모든 일을 지휘·명령하려 하고, 강화유수 겸 주사대장 장신은 자기가 검찰사의 지휘, 명령을 받을 사람이 아니라고 하면서 서로 배척과 알력이 심했다. 김경징은 어쩌다 대군(大君)이나 대신(大臣)이 의견을 말하거나 충고를 하게 되면 "나라가 어떻게 될 지도 모르는 위태로운 이때 대군이 왜 잔소리를 하며, 피난 온 대신이 어찌 감히 나를 지휘하려 하느냐?"하며 방자하기가 이를 데 없었다. 또 술을 지나치게 마시고 큰소리치기를, "아버지는 체찰사요, 아들은 감찰사다. 국가의 큰일을 처리할 자가 우리 집 말고 누가 있겠느냐?"하며 오만불손한 태도를 버리지 않았다.

한편 장신은 강화도가 하늘이 낸 요새이므로 근심할 것이 없다고 하면서 민병을 모두 집에서 대기하게 하고 무기도 나누어 주지 않았다. 김경징과 장신은 적군이 쳐들어오는 길에 요격 한 번 않더니, 이미 적군이 나룻가에 도착했다는 말을 듣고서야 갑곶에 이르러 급히 포수들을 불러 탄환과 화약을 나누어 주었는데, 미처 분배가 끝나기도 전에 적군이 건너왔다. 김경징과 장신이 배를 타고 달아났고, 여러 장수들도 소문만 믿고 달아났다.

청나라 군대가 드디어 강화도에 들어왔다. 김상용 등은 문루에 올라가서 스스로 불타 죽었다. 김만중의 아버지 성균관생원 김익겸과 빙고별좌 권순장도 김상용을 따라 죽었다. 1637년(인조 15) 1월 22일의 일이었다. 이때 서부인도 거처에서 자결하였다.

그리고 2월에 김만중이 세상에 태어났다. 그는 난리 때에 태어나서 나면서부터 아버지의 얼굴을 알지 못함을 종신(終身)토록 지극한 아픔으로 여겼다. 그는 병자호란 난리통에 퇴각하던 병선(兵船)에서 태어난 유복자였다. 그래서 어릴 때의 이름이 선생(船生)이었다.

133

3) 효종의 북벌정책

소현세자와 함께 오랫동안 불모생활을 하면서 반청 감정을 강하게 키웠던 효종은 왕으로 등극하자 곧 친청 세력을 몰아내고 척화론자들을 중용하여 북벌계획을 강력하게 추진하였다. 이 같은 북벌계획은 끝내 실행에는 옮기지 못했으나 그 덕택으로 국력이 강성해져 사회 안정의 기반을 마련할 수 있게 되었다.

효종은 1619년 인렬왕후에게서 태어났으며, 이름은 호, 자는 정연이다. 1631년 12세에 장유의 딸 장씨와 결혼하였고, 1636년 병자호란이 일어나자 인조의 명으로 아우 인평대군과 함께 비빈, 종실 및 남녀 양반들을 이끌고 강화도로 피난하였으나 이듬해 강화가 성립되어 형 소현세자 및 김상헌 등과 함께 청나라에 볼모로 잡혀갔다.

그는 청나라에 머무르는 동안 형 소현세자와 함께 지내면서 그를 적극 보호하였으며, 청나라가 산해관을 공격할 때 소현세자의 동행을 강요하자 이를 극력 반대하고 자신이 대신 가게 해 달라고 고집하여 청의 요구를 막았다. 그 뒤 청이 서역 등을 공격할 때 세자와 동행하여 그를 보필하기도 했다.

8년여의 볼모생활을 하는 동안 많은 고통과 고생을 겪으면서 반청사상을 정립시킨 그는 1645년 먼저 귀국한 소현세자가 죽었다는 소식을 듣고 귀국하여 그해 9월에 세자에 책봉되고, 1649년 5월 인조가 죽자 31세의 나이로 조선 제 17대 왕으로 등극했다.

효종은 청나라에 머물면서 자신의 의지와는 상관이 없이 서쪽으로는 몽고, 남쪽으로는 산해관 등지에서 전쟁을 수행하여 명나라 패망하는 것을 직접 보았고, 동쪽으로는 철령위, 개원위 등으로 끌려다니며 온갖 고초를 다 겪었기 때문에 청나라에 대한 감정이 썩 좋지 않았다. 때문에 그는 집권 초기부터 배청 분위기를 확산시키면서 송시열의 북벌론에 근거하여 북벌계획을 추진하였다.

그는 이 계획을 추진하기 앞서 우선 친청파들을 제거하기 시작했다. 당시 대표적인 친청 세력은 김자점이었다. 그는 인조반정의 공신이라는 입지를 바탕으로 한때 정권을 장악해 권세를 누리다가 대간의 탄핵을 받아 물러났으며, 이후 김류와 제휴하면서 다시 정계에 나선 인물이었다.

김자점은 사은사로 수차에 걸쳐 청나라를 내왕하면서 청과 우호적인 관계를 형성하는 한편 인조의 총애를 받던 후궁 조소용과 결탁하여 인조의 의심을 받고 있던 소현세자를 비난하여 인조와 이간을 시키기도 하였다. 그리고 조소용이 낳은 효명옹주와 자신의 손자 세룡을 혼인시킴으로써 궁중과 유착 관계를 보다 강화시켰다.

그러다 김자점은 자신의 절대적인 후원자였던 인조가 죽고 효종이 즉위하여 김상헌, 송시열 등 반청 인사들을 중용하자 그들의 탄핵을 받아 유배당했다. 그는 유배 후에 신변의 위협을 느낀 나머지 역관 이형장을 시켜 새 왕이 구신들을 몰아내고 청나라를 치려한다고 효종을 청에 고발하였다. 그는 그 증거로 조선이 청의 연호를 쓰지 않은 문서를 보냈다.

135

이 사건으로 청나라는 군대를 압록강 근처에 배치하고 진상을 조사하기 위해 사신을 파견하였다. 하지만 이경석, 이시백, 원두표 등의 외교노력으로 사건은 무마되었고, 김자점은 다시 광양으로 유배되었다.

광양으로 유배된 김자점은 1651년 조귀인과 짜고 다시 역모를 획책한다. 아들 이익으로 하여금 수어청 군사와 수원 군대를 동원하여 원두표, 김집, 송시열, 송준길 등을 제거하고, 승선군을 추대하려고 하였다. 그러나 이 계획은 사전에 발각되어 아들과 함께 죽었으며, 그를 후원하던 인조의 후궁 조귀인도 사약을 받았고 그를 따르던 무리들도 모두 축출당했다.

김자점 역모사건으로 친청 세력을 모두 제거한 효종은 이완, 유혁연, 원두표 등의 무장을 중용하여 북벌을 위한 본격적인 군비 확충 작업에 착수했다.

1652년에는 북벌의 선봉부대인 어영청을 대폭 개편 강화하고, 임금의 호위를 맡은 금군을 기병화하는 동시에 1655년에는 모든 금군을 내삼청에 통합하고 군사도 6백여 명에서 1천여 명으로 증강시켜 왕권을 강화하였다. 또한 남한산성을 근거지로 하는 수어청을 재강화하여 한성 외곽의 방비를 보강하였고, 중앙군인 어영군을 2만, 훈련도감군을 1만으로 증강시키고자 하였으나 재정이 빈약하여 실현하지 못하였다.

한편 1654년 3월에는 지방군의 핵심인 속오군의 훈련을 강화시키기 위하여 인조 때 설치되었다가 유명무실화된 영장제도를 강화하고, 1656년에는 남방지대 속오군에 정예 인력을 보충시켜 기강을 튼튼히 하였다. 그리고 한양 외곽과 강화도 군력을 증강시켜 수도의 안전을 꾀하였다. 효종은 이러한 군비증강을 바탕으로 두 번에 걸쳐 나선(러시아)정벌을 감행하기도 하였다.

나선은 흑룡강변의 풍부한 자원을 탐내어 흑룡강 우안의 알바진 하구에 성을 쌓고 그곳을 근거지로 삼아 모피를 수집하는 등 불법적인 탈취 행위를 하였다. 그 때문에 주변의 수렵민들과 분쟁이 잦았으며, 나아가서는 청나라 군대와 충돌을 빚기도 하였다.

청은 누차에 걸쳐 나선인들의 국경을 막았지만 그들은 점차 송화강 유역까지 활동 범위를 넓혀 노략질을 일삼았다. 청나라 정부는 군사를 보내어 영고탑에서 전투를 벌여 그들을 축출하려 했지만 오히려 그들의 총포에 번번이 당하곤 하였다. 청은 별 수 없이 조선 조총군의 힘을 빌리기로 하였다.

청은 조선 조총군사 1백 명을 뽑아 회령을 경유하여 영고탑에 보내줄 것을 요구했다. 조선 조정은 심의 끝에 조총군사 1백 명과 여타 병력 50명을 파견하여 청나라 군사와 함께 나선 병력을 흑룡강 이북으로 격퇴시켰다. 이것이 1654년 4월에 있었던 1차 나선 정벌이다.

조선은 1658년 6월 청의 요청에 따라 다시 조총부대 2백 명과 초관 및 여타 병력 60여 명을 파견해 제2차 나선 정벌에 나

137

섰다. 나선 정벌에 나선 청군과 조선 조총군은 송화강과 흑룡
강이 합류하는 지점에서 적을 만났다. 이때 나선 군은 10여
척의 배에 군사를 싣고 당당한 기세로 다가왔는데, 청군은 겁
을 먹어 감히 그들을 대항할 생각을 하지 못했다. 그러나 조
선군이 화력으로 적선을 불태우자 나선군은 흩어졌고, 이후
흑룡강 부근에서 활동하던 나선군은 거의 섬멸되었다.

이 두 번의 나선 정벌은 조선군의 사기를 한껏 높여 이후에
도 나선 정벌을 핑계로 조선은 산성을 정비하고 군비를 확충
하여 북벌작업에 박차를 가했다. 또한 표류해온 네덜란드인
하멜을 훈련도감에 수용하여 조총, 화포 등의 신무기를 개량,
보충하게 하고 필요한 화약 생산을 위해 염초 생산에 매진하
였다. 하지만 이런 집념 어린 군비 확충 작업은 번번이 재정적
어려움에 부딪혀 중단되곤 하였다. 그리고 지나치게 군비확충
에만 주력한 나머지 민생을 어렵게 하는 부작용이 나타나기
도 하였다.

한편 효종의 이러한 국방 강화의 노력에도 불구하고 북벌의
기회는 좀처럼 오지 않았다. 시간이 흐를수록 청나라의 세력
이 강해졌기 때문이었다. 효종은 결국 재위 10년 만인 1659년
5월 41세를 일기로 세상을 떠났다.

효종이 재위 기간 동안 남한산성의 일을 잊지 못해서 북벌
에 힘쓰는 동안, 김만중은 효종 1년 7월에 진사 초시에 합격한
다. 이때 나이 14세 때의 일이다. 다시 효종 3년, 그의 나이 16

세 때에 8월에 진사 초시에 합격하고, 9월에는 진사 1등 제 5
인에 합격하였다. 그리고 12월에는 연안 이씨를 맞이하여 혼
례를 치른다.

1653년에 형인 김만기가 별시에 뽑혔으며, 그 이듬해인 1654
년에는 고체(古體)의 여러 시를 지었다. 1655년에는 아들 진화
가 태어났으며, 1656년 20세 되던 해에 별시 초시에 합격하였
다. 그리고 이듬해인 1657년에 딸이 태어났다.

이처럼 효종이 청의 세력을 몰아내기 위해 국력을 키우느
라 애쓰는 동안, 김만중은 정계에 진출하기 위해 초석을 다지
고 있었다. 효종이 북벌에 대한 의지가 강해서 여러 가지 노력
을 기울였지만, 끝내는 뜻을 이루지 못하고 죽었듯이 김만중
도 잇달아 일어나는 상사(喪事)로 인해 자신의 뜻을 제대로 펴
지 못했다.

4) 서인과 남인의 예론 항쟁

현종 시대는 밖으로는 외침이 일체 없었고 내적으로도 사회
가 안정을 되찾았기 때문에 비교적 평화로운 시대였다. 그러
나 현종은 집권 15년 동안 예론을 둘러싼 서인과 남인의 치열
한 정쟁 속에서 지내야 했다. 따라서 현종 시대는 한마디로 예
론정쟁시대라고 할 수 있을 것이다.

예송(禮訟)은 현종, 숙종 대에 걸쳐 효종과 효종 비에 대한
조대비(인조의 계비 장렬왕후)의 복상기간을 둘러싸고 일어난 서

인과 남인 간의 논쟁을 말한다. 이 논쟁은 표면적으로 단순한 왕실의 전례 문제인 것 같지만 내면적으로 보면 예를 최고의 덕으로 여긴 성리학의 핵심 문제이기도 하다. 또한 왕위 계승 원칙인 종법의 이해 차이에서 비롯된 율곡 학파인 서인과 퇴계 학파인 남인 간의 정권주도권을 둘러싼 이념 논쟁이었다.

또한, 이 사건은 겉으로 보기에 단순한 학문적 언쟁인 것 같지만 깊이 파고들어보면 효종의 왕위 계승에 대한 정당성을 묻는 문제이기도 하다. 따라서 당시의 선비들에게는 목숨을 건 한 바탕의 전쟁과 같은 것이었다. 이 예송에서 남인은 왕의 예는 사대부나 서민의 예와는 다르다(王者體不同士庶)는 논조를 전개하였다. 즉 비주이종설(卑主貳宗說)로 왕권을 강화하려 했지만 서인은 천하의 예가 같다(天下同體)는 주장을 하였다. 다시 말하면 주자가례에 입각한 정체설(正體設)을 통해 신권(臣權)을 강화하려고 하였다는 점에서 조선시대를 관통하는 왕권과 신권의 대립의 연장선에서 일어난 일이라고 볼 수 있다.

인조가 소현 세자가 죽자 세손이 아닌 둘째아들인 봉림 대군에게 왕위를 잇게 한 것이 문제가 되었다. 당시의 왕위계승법의 정당한 절차는 소현 세자의 아들인 석철이 왕위를 이어야하는 것이지만 인조는 소현 세자를 별로 좋아하지 않았으므로 이를 무시하고 둘째 아들을 왕위에 세운 것이다. 그리고 효종이 재위 10년 만에 죽고 그의 아들인 현종이 왕위에 오른 것이다.

이러니 현종이 즉위하자마자 조대비의 복제 문제가 뜨거운 감자가 되어 버린 것이다. 이 무렵 조선의 조정은 인조반정으로 정권을 장악한 서인세력과 정책으로 기용된 남인세력으로 양분되어 있었다. 인조, 효종 대에 남인은 주로 영남학파의 주리론을 주장하고 서인은 기호학파의 주기론을 주장하는 학문적인 대립을 벌였으나, 현종 대에 와서는 본격적인 정치 논쟁을 일삼곤 하였다. 예론 역시 처음에는 학문적인 대립에서 시작되었지만, 나중에는 정쟁으로 확대된 사건이었다.

당시 조선의 일반 사회에서는 〈주자가례〉에 의한 사례(四禮)의 준칙이 지켜지고 있었지만 왕가에서는 성종 때 제도화된 〈국조오례의〉를 따르고 있었다. 그런데 〈국조오례의〉에는 효종과 자의대비의 관계와 같은 사례가 없었다.

효종이 인조의 맏아들로 왕위에 있었다면 별문제가 없었겠지만 그가 차남이고 인조의 맏아들인 소현 세자의 상중에 자의대비가 맏아들에게는 행하는 예로써 3년 상을 치렀기 때문에 다시 효종의 상을 당해서는 몇 년 상을 해야 하는 지가 문제가 되었다. 이 문제에 직면하자 서인의 송시열과 송준길은 효종이 차남이므로 당연히 기년 상(1년)이어야한다고 주장했다. 하지만 남인의 허목과 윤휴는 효종이 비록 차남이지만 왕위를 계승하였으므로 장남과 다름없이 3년 상을 치러야한다고 반론을 제기했다.

서인과 남인의 이 복상 논쟁은 극단적인 감정싸움으로 치

141

달았고, 결국 돌이킬 수 없는 정쟁으로 확대되고 말았다. 그리고 이 정쟁은 지방으로 확대되어 재야 선비들 사이에서도 중요한 쟁점으로 부각되었다.

결국 효종의 상중에 일어난 이 논쟁에서 서인의 기년상이 채택됨으로써 남인의 기세는 크게 꺾였다. 그럼에도 남인의 반발이 심상치 않자 1666년 현종은 기년 상을 확정지으며 더이상 그 문제를 거론하지 말 것을 엄명했고, 만약 이 문제를 다시 거론하는 자는 엄벌에 처하겠다고 포고문을 내렸다.

그러나 복상문제는 1673년 효종 비 인선왕후가 죽자 다시 쟁점으로 부각되었다. 이번에도 서인측은 효종이 차남이라는 점을 강조하며 대공설(9개월)을 내세웠고, 남인측은 그녀가 비록 자의대비의 둘째 며느리이기는 하나 중전을 지냈으므로 큰며느리나 다름없다면서 기년설(1년설)을 내세웠다.

현종은 이때 장인 김우명과 그의 조카 김석주의 의견에 따라 남인측의 1년 설을 받아들여 자의대비로 하여금 기년 복상을 하도록 하였다. 이 때문에 서인은 실각하였고, 현종 초년에 벌어진 예론도 수정이 불가피하게 되었다.

김만중의 집안은 광산 김씨의 명문거족이었다. 사계(沙溪) 김장생(金長生, 1548-1631)이 그의 증조할아버지이다. 김장생은 율곡 이이의 제자요 송시열의 스승이었으니 실로 조선조 예학파 유학의 거두였다. 늦은 나이에 벼슬을 시작하고 과거를 거치지 않아 요직이 많지 않았지만 인조반정 이후에는 서인의 영

142

수격으로 영향력이 매우 컸다.

  인조 즉위 뒤에도 향리에서 보내는 세월이 많았지만, 그의
영향력은 이이의 문인으로 줄곧 조정에서 활약한 이귀(李貴)와
함께 인조 초반의 정국을 서인 중심으로 안착시키는 데 결정
적인 역할을 하였다. 학문과 교육으로 보낸 향리 생활에서는
줄곧 곁을 떠나지 않은 아들 집의 보필을 크게 받았다.

  그의 문인은 많은데 송시열, 송준길, 이유태, 최명길 등 당
대의 비중 높은 명사를 즐비하게 배출하였다. 학문적으로 송
익필, 이이, 성혼 등의 영향을 많이 받았다. 하지만 예학(禮學)
에서는 송익필의 영향이 컸으며, 예학을 깊이 연구해 아들 집
에게 계승시켜 조선시대 예학의 태두로 예학파의 한 주류를
이루었다. 그의 할아버지 반(槃)은 호를 허주라 하고 벼슬이
이조참판에 이르렀다.

  김만중의 어머니인 해평 윤씨의 집안을 보면, 그녀의 고조
부는 윤두수로 전라도 관찰사, 평안감사를 거쳐 대사헌, 호조
판서를 지냈다. 1591년에는 서인의 영수 정철이 광해군의 세자
책봉을 건의하다가 유배를 당할 때 연루되어 유배생활을 하
다가 선조의 특명으로 낙향하여 살았다. 임진왜란을 당해서
는 선조를 호종한 후, 1599년에 영의정에 올랐다. 이런 중신으
로 활동한 윤두수는 온화한 성품을 지녔지만, 경우에 따라서
는, 직언도 서슴지 않던 충신이었다.

  윤씨 부인의 증조부 윤방은 율곡 이이의 문인이었다. 1588

143

년 식년문과에 급제하여 벼슬을 시작하였으나, 1591년에는 부친 윤두수가 광해군의 세자 문제를 둘러싸고 정철과 함께 파직되어 유배를 당하자 병을 이유로 사직했다. 그는 임진왜란 때 부친과 함께 왕을 호종하였다. 1618년에는 인목대비 폐모론에 반대하다가 병을 구실로 정청에 불참하여 탄핵을 받고 벼슬에서 물러났으나 인조반정 이후에 다시 기용되어 마침내 영의정에 올랐다.

윤씨 부인의 조부는 윤신지로, 조모는 선조의 딸인 정혜옹주였다. 해승위가 된 윤신지는 선조의 총애를 받았으며, 인조 때에도 능묘의 제사가 있을 때마다 그에게 감독하라는 명을 주었다. 병자호란 때는 부친 유방과 함께 강화로 피신하였다. 한편, 윤씨 부인의 조모인 정혜옹주는 선조와 인빈 김씨 사이에서 옹주로 출생하였다. 그런데 인빈 김씨와 아들 정원군이 죽은 후에 인빈 김씨의 손자 능양군이 1623년에 인조로 왕위에 올랐기 때문에 정혜옹주는 인조의 고모로 그 위치가 올라가게 되었다.

이처럼 김만중은 자신의 집안 및 외가 쪽이 서인의 진영이었기 때문에 필연적으로 서인의 입장에 서서 논리를 전개했을 것이라는 추론이 가능하다. 김만중의 증조부인 김장생도 이이의 문하였고, 윤씨 부인의 증조부인 윤방이 이이의 문하라는 사실은 참으로 예사롭지 아니하다. 벼슬을 조금 하다가 낙향한 김장생을 천거한 것이 바로 좌의정 윤방이라고 볼 때, 현종

시절의 남인과 서인의 예론 항쟁은 김만중의 생애에 있어서 많은 영향을 끼친 사건이었고, 결국 이를 벗어나지 못하고 당쟁에 휘말리지 않았나하는 생각을 가져본다.

조선시대 사대부에게 있어서 명분은 아주 중요한 것이고, 더더군다나 예학파의 거두 집안의 전통을 생각할 때, 혹은 시를 좋아하고 소설을 좋아했던 김만중의 성품으로 볼 때 김만중이 줄곧 서인의 입장에서 정국을 풀어나가려 했던 이유를 꼭 집어서 붕당에만 연연한 인물이라고 평하기에는 어려운 부분이 많다는 것이다.

그는 절의를 무엇보다도 소중하게 여긴, 요즘 말로 말하면 '대쪽 같이 곧은' 정치인이었음이 분명하다. 그러기에 그는 옳다고 생각하는 바를 감추지 못하고 직언을 하였으며, 결국에는 그것이 여러 번의 유배생활을 하게 된 원인이 되었던 것이다. 겉으로만 대쪽 같다고 하고 속으로는 다른 사람처럼 위법을 하는 그런 정치인이 많은 요즘에 김만중과 같은 정치인이 있다면 국민들은 그에게서 희망을 발견할 것이다. 시정잡배와 같은 사람들이 세상을 바꾸겠다고 떠드는 세상에서 그는 단연 군계일학처럼 돋보일 것이 분명하다.

145

5) 숙종시대의 환국정치

가. 경신환국

숙종시대는 조선왕조를 통틀어서 당파 간의 정쟁이 가장 심했던 기간이다. 그러나 숙종은 비상한 정치능력을 발휘하여 왕권을 회복하고 사회를 안정시켰다. 따라서 숙종은 임진왜란과 병자호란 이후에 계속되던 사회 혼란을 수습하고 민생을 안정시켜 조선 사회 재도약의 발판을 마련한 왕으로 평가된다. 하지만 중전과 후궁들에 대한 애증(愛憎:사랑과 미움)을 제대로 처리하지 못해 숱한 옥사를 유발하여 치세에 흠을 남기기도 하였다.

숙종의 치세기간은 조선 중기 이래 계속되어온 붕당정치가 절정에 이르면서 분당 내부의 파행적 운영이 심화되어 자체 파탄이 일어나던 시기였다. 그러한 붕당의 자체 파탄을 심화시킨 사건이 바로 현종에서 시작하여 숙종까지 이어진 예송논쟁이었다.

1674년 정월, 효종 비 인선왕후가 죽자 송시열을 위시한 서인들은 1차 예송때와 마찬가지로 효종을 차자로, 그리고 인선왕후를 차자비로 다루어 인조의 계비 장렬왕후가 9개월 상복을 입어야한다는 대공설을 주장하였다. 반면 남인 측은 여전히 효종이 왕위 계승자임을 내세우며 1년 장자부 기년설을 내세우며 1년 상복을 입어야한다고 주장했다. 이에 현종은 남인의 기년설을 받아들인 바 있었는데 현종이 그해 8월에 죽자 그때까지도 인현왕후의 상이 끝나지 않았으므로 서인의 의해 복상문제가 거론되었던 것이다.

송시열을 필두로 한 서인 세력이 다시 복상 문제를 들고 나오자, 그해 9월에 남인의 지지 세력인 영남학파의 진주 유생들은 송시열의 예론을 반대하는 상소를 올린다. 이에 기호학파를 지지하던 성균관 유생들이 송시열을 지지하는 상소를 올리며 진주 유생들을 공격했고, 이 때문에 전국 유생들은 모두 예론 시비에 휩싸이고 말았다.

숙종은 예론정쟁이 발생하자 즉각적으로 부왕의 의견에 따라 남인의 장자부 기년설을 지지하면서 송시열을 유배시켜 버렸다. 그것을 기화로 서인의 세력이 약해지고 남인이 득세하게 되었다. 이러한 남인의 승리는 현종 중반이후 착실하게 기반을 다져온 허적 일파의 정치적 성장이 큰 기반이 되었다. 한편, 숙종은 모후인 명성왕후의 영향으로 모후의 족질인 김석주를 요직에 등용함으로써 남인을 견제하는 태도를 보였다.

숙종 즉위 초에 예송논쟁에서 승리한 남인이 집권하자 허적, 윤휴 등이 주동이 되어 청나라를 치자는 북벌론을 다시 제기하고, 도체찰사부라는 새로운 군정기관을 부활시켜, 그 본진으로서 개성부근의 대흥산성을 축조하였다. 또한 한꺼번에 18,000여명의 무과 합격자를 뽑아 군사훈련을 강화하는 등 군비확장에 박차를 가했다. 북벌계획의 재등장은 마침 숙종 즉위년(1674)에 중국에서 오삼계의 반란이 일어나 청나라가 어려운 처지에 빠지게 된 것이 계기가 되었지만, 다른 한편으로는 이 기회에 병권을 강화해서 남인 정권의 권력기반을 안정시키려는 뜻도 있었다.

남인의 권력이 주야장창 이어지지는 않았다. 사건은 전혀 엉뚱한 곳에서 터졌다. 1680년 3월 남인의 영수인 영의정 허적이 할아버지 잠의 시호를 맞이하는 잔칫날에 벌어진 이른 바 유악(油幄:왕실 사용의 기름칠한 천막)사건이 그 발단이 되었다. 마침 비가 내려 숙종은 유악을 허적의 집에 보내려고 했으나 이미 가져간 것을 알고 크게 노하여 패초(牌招:나라에 급한 일이 있었을 때 국왕이 신하를 불러들이던 때 사용하던 패)로 군권의 책임자들을 불러 서인에게 군권을 넘기는 전격적인 인사조치를 단행하였다.

즉 훈련대장을 남인계의 유혁연에서 서인계의 김만기로 바꾸고, 총융사에는 신여철, 수어사에는 김익훈 등 모두 서인을 임명하였다. 그러나 어영대장은 김석주가 맡고 있으므로 그대로 보직을 유지하였다. 이와 같이 남인을 멀리하는 숙종의 태도가 확실하게 드러난 뒤에 이른바 삼복의 변(三福地變)이 터졌다.

당시 외척이었던 김석주가 "허적의 서자인 허견이 인평대군의 세 아들 복창군, 복선군, 복평군 등과 함께 역모를 도모하고 있다"고 고변함으로써 경신년의 환국(換局)이 시작되었다. 복선군은 교수형에, 허견은 능지처참을 당했다. 남인의 영수였던 허적 역시 사사되었다. 복선군, 복평군과 친분이 있던 남인 윤휴 역시 사사되었다. 경신환국으로 남인 100여 명이 처단되었다. 이를 경신대출척이라고도 한다.

경신환국을 전환점으로 하여 붕당정치는 감정적인 차원으

로 가열되어가갔다. 지금까지는 한 파가 우세하더라도 반대당을 용인하여 공존하는 체제를 유지해 왔고 반대당 사람들을 살육하는 일은 드물었다. 그러나 붕당정치가 발전되면서 이론투쟁과 무력투쟁이 표리관계를 이루어 보복과 살육의 참극을 불러오게 된 것이다.

특히 양대 붕당인 서인과 남인이 다 같이 자기 정파의 부대를 갖게 된 현종 말년과 숙종 초기에 이르러서는 양파의 대결이 더욱 예민해지고 살벌해 질 수밖에 없었다. 따라서 이 시기부터 붕당 정치는 상대당의 공존을 허락하지 않는 일당독재의 방향으로 전개되기 시작한다. 숙종 6년의 경신환국으로 대권을 잡은 서인은 또다시 분열을 일으켜 송시열을 중심으로 하는 노론과 윤증을 중심으로 하는 소론으로 갈라졌다. 이때 권력의 핵심을 장악한 것은 노론으로서 송시열과 3척으로 불리던 김석주, 김만기, 민정중이 정치를 주도했다.

노론은 남인이 장악했던 훈련별대를 정초군과 통합하여 금위영으로 발족시켜(1682) 5군영제를 처음으로 성립시켰는데, 병권은 대체로 왕이 신임하는 종척들이 장악하여 왕권도 어느 정도의 안정을 이룰 수 있었다. 남인의 북벌계획으로 청나라와의 관계가 악화된 것을 고려하여 적대정책보다는 방어체제 강화에 주력하고, 화폐주조와 화폐유통을 장려하여 상업을 진흥시키고, 각 부대에서도 화폐를 주조하고 상업행위를 하여 점차 영리기관으로 변질되었다.

149

나. 기사환국

숙종은 즉위한 뒤 김만기의 딸을 왕비로 맞았으나 1680년 10월에 왕비가 죽자, 민유중의 딸을 계비(繼妃:인현왕후)로 맞이하였다. 그때 김만기, 민유중은 모두 노론계였다. 그런데 인현왕후가 아이를 낳지 못하는 가운데 1688년 숙종이 총애하던 소의 장씨가 아들을 낳자, 숙종은 이듬해 그 아들을 원자로 삼아 정호할 것을 명하였으나, 서인은 이를 반대하였다.

즉 영의정 김수흥을 비롯한 이조판서 남용익, 호조판서 유상운, 병조판서 윤지완, 공조판서 심재, 대사간 최규서 등 노론계는 한결같이 중전의 나이가 아직 한창인데 두 달 만에 후궁 소생을 원자로 정함은 부당하다고 반대하였다.

숙종은 나라의 형세가 외롭고 위태로우며, 주위에 강한 이웃나라가 있어 종사(宗社)의 대계를 늦출 수 없다고 하여 반대론을 물리치고, 5일 만에 왕자의 정호를 종묘사직에 고하고 그의 생모인 장씨를 희빈으로 높였다.

이에 송시열이 봉조하(奉朝賀:전직 고급관료를 대우하던 일종의 훈호로 직사는 없음)로서 입궐하여 아뢰기를, "지난해 11월 초에 지금의 영의정 김수흥이 글을 급히 신에게 보내어 알리기를, '후궁에게 왕자의 경사가 있다.'고 하였습니다. 신이 쇠약하여 정신이 혼몽하고 귀가 어두운 가운데서도 저절로 기쁨에 넘쳐 입이 벌어졌는데, 오늘날에 이르러 듣건대, 세자 책봉이 너무 이르다는 말이 있다고 합니다. 송나라의 철종은 열 살인데도 번왕의 지위에 있다가 신종이 병이 들자 비로소 책봉하여 태자로 삼았습니다. 이와 같이 천천히 한 것은 제왕의 결정은 항상 여유 있게 천천히 하는 것을 귀하게 여기기 때문입니다." 하였다.

숙종은 이미 원자의 명호를 결정한 이상 이를 반대하는 것은 잘못이라고 하면서 분노했다. 이때 남인계인 이현기·윤빈, 남치훈 등이 상소하여 송시열의 주장을 반박했다. 임금이 노여운 기색을 띤 소리로 말하기를, "일전에 제신들에게 세자 책봉에 대해 물어본 것은 종사의 큰 계책이었다. 그리고 책봉이 이미 정해졌으니, 이를 다시 논하는 것은 부당하거늘, 송시열이 소에서 말하기를, '송나라의 철종은 열 살이 되도록 번왕으로 있었다.'고 하여 은연중에 오늘날의 일을 너무 이르다고 하였다. 하지만 대명 황제는 황자를 낳은 지 넉 달 만에 책봉한 일이 있었는데 송시열이 이와 같이 말한 것은 무슨 뜻이냐?" 하니, 제신들이 서로 돌아보며 능히 대답하지 못하였는데 이현기가 아뢰기를, "명호가 이미 정해지고 신민들이 기뻐하고 즐거워하는데 누가 감히 이의를 세우겠습니까?" 하였다.

이현기가 아뢰기를, "《명사》를 상고하여 보건대 영종은 탄생한 처음에 책봉하여 태자로 삼았으니 오늘날의 일을 어찌 감히 너무 이르다고 의심하겠습니까?" 하였다. 임금이 이어서 노기를 띤 소리로 말하기를, "이 일은 관계된 것이 지극히 중하니 다른 날 요괴한 무리가 만일 다시 이 말을 제기하면 엄중

151

히 다스리지 않을 수 없다. 그 소에 이른 바 10년을 기다렸다고 한 것은, 반드시 내가 유언할 때까지 기다리라는 것이 아니겠느냐?"하니, 이현기가 아뢰기를 "어찌 이에 이르렀겠습니까?"하고, 윤빈·남치훈은 아뢰기를 "그가 노쇠하여서 그런 것이나 그 뜻은 반드시 이와 같지 않을 것입니다."하니, 임금이 말하기를 "반드시 송시열을 구원하는 자가 있겠지만 비록 대신이라 하더라도 용서하지 않을 것이다."하였다.

숙종은 남인들과 의논하여 송시열의 관직을 삭탈하여 제주도로 유배하고, 영의정 김수흥을 파직시켰다. 그밖에 송시열의 주장을 따른 많은 노론계 인사를 파직·유배했다. 결국 송시열의 상소는 노론이 권력에서 쫓겨나는 결정적인 계기가 되었다. 반면, 권대운이 영의정에, 목내선이 좌의정에, 김덕원이 우의정에 오르는 등 남인계가 대거 등용되었다. 그 뒤 남인들은 서인의 죄를 계속 추궁하여 송시열은 제주도에서 정읍으로 유배지를 옮기던 중 사약을 받았고, 김만중·김익훈·김석주 등은 보사공신의 호를 삭탈당하거나 유배당했다.

이어 숙종이 중전 민씨가 원자책봉에 불만을 품고 있다는 이유로 중전을 폐비하려고 하자, 이에 재야의 서인이던 오두인 등 86명이 이를 저지하려고 상소했다. 숙종은 상소의 주동자인 박태보, 이세화, 오두인 등을 밤낮으로 신문한 뒤 유배했다. 마침내 숙종은 이듬해(숙종 16) 5월 2일 중전을 폐하여 서인으로 만들고, 6월에는 원자를 세자로 책봉한 뒤 10월에 희빈 장씨를 왕비로 책립했다. 이렇게 서인이 집권 10년 만에 남인에게 정권을 빼앗긴 국면을 기사환국이라 한다.

다. 갑술환국

숙종이 폐비사건을 후회하고 이에 앞장섰던 남인에 대해 반감을 지니고 있었는데, 1694년 노론계의 김춘택과 소론계의 한중혁 등이 폐비 민씨의 복위운동을 전개하였다. 서인을 대상으로 필요한 기금을 모금하는 과정에서 처음에는 주로 노론이 가담하였으나 점차 소론 측의 찬동자도 많아졌다. 이 소식을 접한 남인 민암과 이의징 등은 기사환국을 통해 집권한 남인의 세력을 공고히 하고, 반대파의 세력을 일제히 타도하기 위하여 김춘택 등 수십 명을 체포한 후 국문을 시작하였다.

그러나 숙종은 폐비사건을 후회하고 있었다. 이에 따라 숙종은 민비를 두둔하고, 민씨 복위운동에 대한 국문을 주도한 남인 민암과 판의금부사 유명현 등을 귀양 보냈다. 그리고 훈련청과 어영청의 양대장에 신여철과 윤지완 등 소론계를 등용, 정국을 일변시켰다.

그렇게 시작된 환국 도모는 대체로 두 방향에서 추구되었다. 하나는 한중혁의 소론 쪽이 집권 남인측의 막후 실력자인 총융사이자, 왕비 장씨의 친동생인 장희재와 동평군 항에게 뇌물을 쓸 것을 계획한 것이다. 그것은 '폐비 민씨를 복위시키되 별궁에 거처하도록 하게 한다.'는 방침에서 나온 것이었다.

153

즉 남인계와 정면으로 맞서기보다는 세력을 잃은 노론과 소론
의 진출을 어느 정도 만회하려는 것이 목적이었다.

다른 하나는 남인과 왕비 장씨에 대한 숙종의 편향심을 돌
리게 하여 남인의 나쁜 점을 자세히 알리도록 하는 데 있었
다. 그들은 기사환국 이후 새로이 왕의 사랑을 받게 된 숙빈
최씨(영조의 어머니)와 연결을 가져 숙종에게 남인계의 잘못된
점을 자세히 알릴 수 있었다.

이 때문에 숙종은 민안 등 남인의 보고를 받기 전에 태도를
돌변하였다. 이 사건을 계기로 숙종은 남인을 물리치고 남구만
을 영의정, 박세채를 좌의정, 윤지완을 우의정에 기용함으로써
소론 정권을 성립시켰다. 숙종은 기사환국 때 왕비가 되었던
장씨를 희빈으로 복귀시키는 한편 노론계 민유중의 딸인 인현
황후 민씨를 6년 만에 복귀시켜 궁중으로 들어오도록 하였다.

한편 송시열·김익훈·조사석·김수항·민정중 등 1689년에
화를 당하였던 노론계 인물들에게 다시 작위를 주었다. 반면
남인측은 민암·이의징 등이 사약을 받았고 권대운·목내선·
김덕원 등이 유배당하였다. 그 뒤로 남인은 다시는 정권을 잡
을 수 없었다. 이후 정계에서는 서인 내부의 소론과 노론과의
쟁론이 시작되었다. 중앙정치의 주도권을 놓고 치열한 다툼을
벌인 환국 과정에서는 전 단계의 붕당정치에서 보이던 여러
정치집단 사이의 상호 비판과 그 바탕 위에서 유지되는 균형
은 찾아보기 어렵게 되었다. 결국 승리한 집단이 주축이 되어

주요 행정체계와 밀접하게 연결된 관료 직을 독점하며 우위를 다져갔고, 주요 병권을 장악하는 일이 많았다.

숙종 때의 이러한 환국정치는 서인이었던 김만중의 처지와도 아주 밀접한 관계가 있다. 서인이 집권을 할 때 김만중의 벼슬은 올라가지만, 남인이 집권을 하게 되면 김만중의 남인의 표적이 되어 결국은 세 차례나 유배를 가게 된다. 결국 마지막 유배지에서 더 이상 한양 땅을 밟아보지 못하고 쓸쓸하게 죽지 않았는가.

남자가 세상에 나오게 되면, 어쨌든 자신의 뜻을 펼치려고 한다. 그러니 그게 서인이면 어떻고, 남인이면 어떻겠는가. 자신이 옳다고 생각하는 바를 소신 있게 펼치면 그것으로 족한 것이다. 하지만, 많은 사람들이 자신의 영달을 위해서 이리저리 변신을 한다. 그러니 영혼이 없는 사람들이라는 말도 나오게 되는 것이다.

하지만, 선비는 그러한 행동을 경계하였다. 설사 자신의 목숨이 위태롭다 하더라도 옳다고 생각하는 바를 굽히지 않았다. 그래서 절도에 유배를 당하거나 죽는 사람들이 많았다. 김만중도 그런 사람 중의 하나였다. 자신의 영달을 위해 임금을 조종하려 하지도 않았고, 옳은 도를 실천하기 위해서 임금에게 직언을 서슴치 않다가, 때로는 설전에 가까운 논쟁을 벌이다가 가장 붕당정치가 심했던 숙종 시절에 그는 결국 유배지에서 죽었던 것이다.

155

2. 혼란한 시대를 관통한 해평 윤씨의 교육철학

1) 조선시대 여성에 대한 규범과 실제 생활

유교를 건국이념으로 삼은 조선시대에는 여성들이 학문을 닦는다는 것은 부도(婦道)에 어긋나는 일이라 보았다. 공자는 〈논어〉 양화편(陽貨篇)에서 "여자와 소인은 가르치기 어렵다", 고 했고 〈천자문〉에서도 남자에게는 재주를, 여자에게는 정절만을 요구하였다. 또한 '남녀칠세부동석'이라는 내외법(內外法)과 '여자 나이 10세면 출입을 하지 않는다.'라고 하여 거의 외출이 금지되어 있기 때문에 여성을 위한 교육기관을 별도로 만들 필요가 없었다.

이와 같이 남녀는 어릴 때부터 다르게 자라왔으며 남녀의 역할이나 책임이 엄격하게 구분된다는 의식은 가족관계에서 더욱 굳어져 전 세대에서 다음 세대로 전승되었다. 이에 따라 여성교육은 자연 가정교육에 국한되어 유교정신에 입각한 가내범절과 서도(書道), 그림 등의 정서교육 및 약간의 학문을 배우는 정도였다. 그러나 이러한 문자교육도 사대부 가정에서만 행해졌기 때문에 대부분의 여성은 거의 문맹상태에 있었다.

세종 때에 와서 훈민정음이 제정, 반포된 이후 여성들도 가정에서 우리말 문자교육을 받게 되었으며 이에 따라 점차 한글을 체득한 여성들이 늘어났으나 여성에 대한 인식이나 여성에게 요구하는 덕목은 여전히 보수적이었다. 이러한 사상은

18세기 실학사상에서도 다름이 없었는데, 그들 역시 내업(內業)과 외업(外業)을 분명히 구별하여 내업을 충실히 해야할 여자가 외업의 일부가 되는 독서와 강의(講義)를 해서는 폐해가 많다고 하였다.

조선시대 초기의 여성교훈서는 주로 중국의 것이었다. 즉 〈여계〉, 〈여논어〉, 〈내훈〉, 〈여범〉, 〈열녀전〉, 〈명감〉, 〈소학〉 등이 그것이다. 그러나 이들 교훈서는 모두 한문으로 되어 있기 때문에 문자교육을 제대로 받지 못한 여성들로서는 이해하기가 힘들었다. 이에 세조의 소혜왕후는 여성들이 쉽게 읽고 익힐 수 있는 교양서적이 없음을 안타깝게 여기고 〈열녀전〉, 〈소학〉, 〈명감〉, 〈여교〉 등의 책을 참고로 하여 우리나라 실정에 맞는 여성교훈서인 〈내훈(內訓)〉을 만들었다.

내용은 ①언행 ② 효친 ③ 혼례 ④ 부부 ⑤ 모의(母儀) ⑥돈목(敦睦) ⑦ 염검(廉儉)의 도리를 설명하였으며, 먼저 한문에 한글로 현토(懸吐:한문 구절에 토를 다는 일)하여 엮은 다음 한글로 국역하였다. 중기 이후의 여성교훈서로는 이황의 〈규중요람〉, 송시열의 〈계녀서(戒女書)〉, 이덕수가 합본 국역한 〈여사서〉, 이덕무의 〈사소절〉 등이 있다.

이들 여성교훈서는 한결같이 여성교육의 목표를 현모양처의 교육적 인간상에 두고, 부덕(婦德), 부언(婦言), 부용(婦容), 부공(婦功) 등 여유사행에 힘쓸 것을 당부하였다.

〈내훈〉에는 여유사행(女有四行)에 대해 다음과 같이 적혀 있다.

157

①부덕이란 재질이나 총명보다 맑고 조용하고 정정(貞靜)하며, 수절정제(守節整齊:정절을 지키고 격식에 맞게 차려입고 매무시를 바르게 함)하여 제 몸가짐에 좋고 부끄러움을 가리고 움직임과 멈춤에 법도가 있는 것이라 하였다. ②부언은 말을 잘하는 것보다 말을 가리어 할 줄 알되, 나쁜 말과 남이 싫어하는 말을 입 밖에 내지 않음으로써 다른 사람에게 불쾌감을 주지 않는 것이다. ③부용은 얼굴을 꾸미는 것보다 몸과 얼굴을 깨끗이 하며 옷을 깔끔하고 청결하게 하는 것이라 하였고, ④ 부공은 재주보다 길쌈에 전심하며 주식(酒食)을 깨끗하게 만들어 봉빈(奉賓)을 잘 하는 데 있다고 하였다.

모두 7장으로 구성되어 있는 내훈의 내용을 살펴보자.

제1장 언행에서는 부녀자가 말과 행실에서 주의할 점 및 주의사항을 서술하였다. 말은 인간관계를 친밀하게도 하고 멀어지게도 하며 크게는 한 나라를 망치게 하는 것이므로 반드시 입을 조심해야함을 강조하였다. 행실에서는 음식을 먹을 때, 남녀가 함께 있을 때, 남의 방에 들어갈 때의 행동을 자세히 밝히고 있다. 그러면서 재주와 총명이 다른 사람보다 뛰어나다고 해서 부덕이 있는 것이 아니요, 언행이 좋아서 언사가 유창한 것이 부언이 아니며, 얼굴이 아름답고 예쁜 것을 부용이라 하지 않으며, 솜씨가 남보다 뛰어난 것을 부공이라 함이 아니라 인(仁)속에 4행이 모두 포함되어 있다고 보았다.

제2장 효친은 어버이에 대한 올바른 효도방법이 무엇인가를 밝혔다. 친가의 부모 뿐 아니라 시가 부모를 모시는 방법, 부모가 살아 있을 때와 죽은 뒤의 효도법을 상세히 다루고 있다.

제3장 혼례는 혼인의 원리와 목적, 조건 등을 논하고 있다. 혼인의 목적은 두 성을 좋은 관계로 발전시켜 위로는 종묘를 섬기고 아래로는 후세를 잇는 데 있다. 혼인의식 또한 유교의 친영례(親迎禮)를 당연시 하였고 혼인의 조건은 사위감의 능력이나 며느리감의 인품이지 재물이 되어서는 안 된다는 점을 강조하고 있다. 즉 "며느리의 재물을 가지고 부자가 되고 며느리의 세력에 의지해서 지위가 높아지는 것"은 부끄러운 일이라고 명시하고 있다.

제4장 '부부'에서는 부부관계에 있어서 부인의 역할을 중요하게 취급하여 그 원리와 구체적 사례를 적시하고 있다. 여자가 출가하는 것을 '돌아간다'고 한 것은 죽거나 살거나 시집을 제집으로 여겨야하기 때문이라는 것이다. 부부란 누구보다 가깝고 친밀한 사이이지만 때로는 서로가 빈객처럼 조심스럽게 공경하며 대접해야하는 관계라는 점을 강조하였다.

제 5장 '모의'는 어머니로써 훌륭한 모델을 제시하는 것인데

자식의 인격은 어머니의 교육에서 좌우되는 바가 크다고 보았다. 즉 '자식이 현명하지 못한 것은 진실로 그 어머니에게 달려 있으니 어머니여! 어머니여! 어찌 감히 그 허물을 남에게 돌리겠는가?'라고 하였다. 〈내훈〉이 제시한 어머니의 모델은 자식을 잉태한 그 순간부터 유아기, 소년기, 청년기를 거쳐 장년의 자식이 아무리 높은 지위에 있더라도 어머니의 시선은 자식에서 자유로울 수 없음을 보여주는 것이다. 그녀는 엄격하고 절제된 모정을 추구하고 있다.

제6장 '돈독'은 형제나 친척들과 화목하게 지내야하는 이유와 그 구체적인 사례를 제시하였다. 시집 온 여자들은 특히 동서관계에 신중해야 하는데, 남편의 형제 사이를 나쁘게 할 수도 있기 때문이다. 즉 "사내들 중에 과연 몇 사람이나 뜻이 굳고 강한 심장으로 그 같은 아내의 말에 현혹되지 않을 자가 있겠는가? 라고 하였다.

제7장 '염검'은 삶의 진정성이란 재물에 있지 않음을 보이고자 청렴과 근검을 실천한 사람들을 소개하고 있다. 특히 "죽는 날 곳간에 곡식이 가득하고 창고에 재물을 쌓아놓게 되는 부끄러운 상황을 만들고 싶지 않다"며 부귀영화를 마다한 제갈공명의 고사가 인상적이다.

여계(女誠)에는 '여자의 수신은 조심하는 것만 한 게 없고,

강하게 되지 않으려면 순종하는 것만 한 게 없다. 그래서 신중하고 순종하는 도를 부인의 중요한 예라고 하는 것이다.'라고 되어 있다.

이처럼 조선시대를 지배했던 규범에 순종과 섬김, 근검과 절약, 겸손함, 남편과 시부모에 대한 철저한 복종과 섬김, 자녀 돌보기, 침묵과 조용함, 인내가 바람직한 여성의 전형이었다.

이는 해석하기에 따라서 리더가 갖추어야할 요건을 열거해 놓은 것이다. 누군가의 위에서 군림하는 리더가 아닌, 다른 이들과 함께 영향을 주고받으며 헌신하는 리더가 되기 위한 요건들과 어울리는 내용이라고 생각할 수도 있다. 다른 사람을 먼저 하고 나를 뒤로 하는 것, 욕된 일을 참아내고 수치를 삭히는 것, 한번 시작한 일은 힘들고 쉬운 것을 가리지 않고 끝을 보는 것, 혼자 옳다고 여기지 않고 스스로를 과신하지 않는 것, 등은 훌륭한 리더가 되기 위한 중요한 요소이기 때문이다.

하지만, 이러한 내용이 '여성'이기 때문에 강조된 것이라는 점에 유념할 필요가 있다. 그 이면에는 낮고 약한 존재임을 알고 다른 사람의 아래에 처하는 방법이며, 남편을 섬기고 웃고 노는 일을 멀리하여 위험스러운 행동을 하여 우환을 일으키지 말라는 경고가 깔려 있다. 또한 이러한 것들이 세상에 이름을 드러내기 위한 것, 곧 바람직한 것으로 권장된 것이 아니라 '쫓겨나는 치욕'을 당하지 않기 위해 꼭 갖추어야 하는 경고

161

로 제시된 것이었다. 곧 여성이 스스로의 판단에 따라 무엇인가를 결정하여 새로운 시도를 하는 것은 우환의 근원으로 생각하는 것이다. 이는 단순하게 여성을 폄하하는 것에서 그치지 않고 여성의 활동과 정치 개입에 대한 강력한 견제의 의미가 담겨 있다.

그렇다면 실제의 생활에서도 그렇게 이루어졌을까, 하는 의문이 생긴다. 그렇지 않았다는 실제의 예가 실록 여기저기에서 발견이 된다.

세종실록에는 죽은 판부사의 아내 동씨가 그 어머니와 딸뿐 아니라 친족의 부녀들을 이끌고 절에 가서 3간 정도의 작은 암자에서 중들과 함께 있었다고 한다. 또 금은을 녹여서 법화경을 베끼고 닷새 동안 그것을 읽으며, 또 유밀과를 만들어 중을 대접했다는 기록이 있다. 이는 조선이라는 나라가 불교를 근간으로 하는 고려를 뒤엎고 세운 나라여서 나라가 잘 유지되려면 불교가 사람들의 삶에 끼친 영향을 차단하는 것이 중요했지만 그런 방향으로 나가는데 어려움이 있었음을 보여준다. 여성들이 불교를 믿는 것을 포기하지 않기 때문이다.

세종 16년에는 양주에 있는 회암사가 수리를 위한 불회를 열자, 사대부의 아내, 여승, 부녀자들이 구경하기 위해 몰려들어 또 하나의 사건이 되기도 하였다. 이 때 3명의 중이 무예희(武艼戱)를 시작하자 부녀자들이 시주라며, 옷을 벗어주어 물의를 일으키기도 하였다.

숙종 30년에 사간원에서 말한 기록을 보면 여승들이 개별
적으로 움직인 게 아니라 사찰을 중심으로 큰 무리를 이루어
서 조직적인 움직임을 보였던 것을 알 수 있다.

"국조(國朝)이래로 승니(僧尼:비구와 비구니)의 도성 출입을 금
한 것은 음란하고 간사함을 징계하여 민속을 바로 잡으려는
것입니다. 일찍이 선왕조(先王朝)께서 특명으로 모든 여승의 거
처를 허물도록 한 것은 뜻한 바가 있는 것인데, 요즈음 이도
(尼道:불교)가 다시 치성하여 열 명이나 백 명씩 떼를 지어 동교
의 멀지 않은 곳에 큰 집을 지으니 금벽이 빛나고 10리 안에
여섯 곳이 서로 바라보입니다. 그래서 그로부터 멀고 가까운
지역에 사는 민간의 부녀로서 지아비를 배반하고 주인을 배반
한 자와 일찍 과부가 되어 실행(失行)한 무리가 앞을 다투어 밀
려들어 모여서 큰 무리가 되었는데, 간음을 행하며 간특한 짓
을 하는 등 현혹시켜 어지럽히는 일이 한 두 가지가 아닙니다.
경조(京兆)로 하여금 그 거처를 허물어 각각 갈 곳으로 돌려보
내게 하여 그들을 사람답게 만들고 그 폐해를 고치소서."하였
으나 모두 윤허하지 않았다.

〈여계〉의 내용 가운데 "웃고 노는 것을 멀리하라."는 내용이
들어 있음에도 조선의 여성들은 모임을 갖고, 그 곳에서 갖가
지 놀이를 하고 춤추고 놀며 어울렸다. 온양 온천의 경우 재
상과 사족의 여성들에게 개방되었다. 조선시대 사족의 여성들

163

이 온천여행을 다니는 일은 흔한 일이었던 것 같다. 명종 18년에는 광주 땅에 솟은 냉천에 여성들이 가마를 타고 일시에 몰려들어 30여 채의 가마가 늘어서는 등의 일이 일어나 화제가 되기도 하였다.

또 하나, 세종실록 31년 1월 22일에 흥미로운 기록이 발견된다.

부인은 바깥 일이 없는데 지금 지방 양반의 부녀가 혹은 향도(香徒:상여꾼)를 청탁하고 혹은 신사(神祀:내력이 좋지 아니한 귀신을 모시는 사당)를 청탁하여 각각 술과 고기를 가지고 공공연히 모여서 마음대로 오락을 방자히하여 풍속 교화를 더럽히고 있습니다.

이처럼 '바깥 일이 없기를 바라는 남성 지배자들의 바람을 위반하고, 지방 양반의 부녀들은 술과 고기를 가지고 공공연히 모여서 오락을 하며 이른바 유교 국가가 여성에게 가르치고자 했던 '바른 풍속을 향한 교화'과정을 더럽혔다. 이러한 여성들의 생활과 놀이 문화는 조선 시대 남성 지배자들에 의해 규제되어 자연스럽게 사라진 것이 아니었다. 금지를 하고자 하는 유교에 바탕을 둔 남성지배자들과 그 금지를 공공연하게 무시한 양반 부녀자들의 오랜 줄다리기가 존재하고 있었던 것이다.

조선시대 규방 여성의 삶은 양반 남성에 의해, 위로부터 부과된 규제들의 영향을 받지만 그것에 은밀하게 또는 노골적으로 맞서고 대응해온 역사를 감추고 있기도 하다. 규방은 단순히 양반 여성을 격리시킨 유폐의 공간이지만, 여성들만의 문화가 만들어지고 소통되는 여성들의 장이기도 하였다. 그리고 규방 여성들은 그곳에 머물지 않고, 산과 계곡에서 그들만의 목소리로 그들만의 이야기를 만들었던 것이다.

2) 해평 윤씨 삶과 그녀의 교육 철학

1617년에 태어난 해평 윤씨는 14세 때에 호남의 명문가문인 광산 김 씨의 김익겸을 남편으로 맞이하였다. 이 가문은 신라 말엽에 왕자 김흥광이 전라도 광주에 은거한 후에 크게 가문이 일어나서 잇달아 여덟 명의 평장사가 배출되었고, 조선시대에 들어와서도 대사헌 황강 김계휘가 김익겸의 증조부로서 일대의 추숭을 받았던 인물이다.

그녀의 시부인 허주 김반은 사계 김장생의 3남으로 태어났다. 그의 모친은 창녕 조씨로 부사 조대건의 딸이었다. 그는 한편으로는 부친의 학문을 물려받고, 한편으로는 구봉 송익필의 문인으로 성리학을 탐구하는 학문의 길에 들어서서 1609년에는 사마시에 급제하여 태학에 들어가 성균관 유생이 되었다. 1613년 광해군이 영창대군을 역모사건으로 몰아 제거한 계축옥사가 일어나자, 화가 미칠 것을 염려하여 관직을 버리고 낙향하여 10년 동안 은거하면서 학문에 전념했다.

인조가 집권한 후, 그는 빙고별제에 임명되었으나 출사하지

165

않았다. 1624년 이괄이 반란을 일으키자 인조를 공주까지 호종하였는데 그곳에서 실시한 정시문과에 급제한 후로 형조 좌랑, 사간원 정언, 홍문관 수찬, 이조좌랑 등의 벼슬을 하였다. 정묘호란 때에는 강화까지 인조를 호종하였고, 그 후에는 사인, 응교, 전한 지경연, 병조참판, 대사간, 대사헌, 부제학 등의 벼슬을 지냈다. 사후에는 영의정에 추증되었다.

해평 윤씨의 시모는 연산 서씨였다. 허주 김반은 처음에 안동 김씨 첨지중추부사 김진려의 딸을 배필로 삼아 김익렬과 3녀를 얻었으나 사별한 뒤에 연산 서씨를 계배(繼配)하였다. 연산 서씨는 임진왜란 때 군공으로 원종공신에 녹권되었고 인조 때에는 병조참판에 증직된 서주와 광주이씨 사이에서 태어났다. 서씨 부인은 이조판서, 양관대제학을 거쳐서 영의정에 증직된 창주 김익희와 병자호란 때 강화도에서 절사하고 영의정에 증직된 충정공 김익겸, 형조참판을 거쳐 이조판서에 증직된 충헌공 김익훈, 승문원 정자를 거쳐 이조참판에 증직된 정자공 김익후, 사헌부 대사원을 지낸 도헌공 김익경 등 5 형제와 3녀를 슬하에 두었다.

서씨 부인의 인품에 대하여 아들 김익희는 이렇게 서술하고 있다.

– 어려서부터 효성이 지극하고, 심히 부덕하였으며 출가 후에는 삼가며 어질고, 용서하며 집을 다스리는 데는

법도가 있어서 엄하지 않아도 정돈되었고, 여러 아들을 가르치는 데는 의리로써 하며 친척들과 다른 손님들을 대할 때는 곡진한 은의가 있었다.

김상헌은 그녀의 신도비명에 이렇게 적고 있다.

－ 서씨 부인은 부녀의 덕이 있어 늙어도 서로 공경하니 내외 친척들이 그 예경을 칭찬하였다.

해평 윤씨의 남편인 충정공 김익겸은 허주 김반의 둘째 아들로써, 광해군 6년인 1614년에 태어나 인조 14년인 1637년에 세상을 떠났다. 그는 창주 김익희와 부친 허부 김반에게 수학하였고 결혼 후 몇 해가 지나서 1635년에 증광 별시에서 생원시의 장원으로 뽑혔다. 그 후 1636년 후금이 태종이 국호를 후금에서 청으로 고쳤을 때, 경축사절로 간 이확 등이 조선을 속국으로 국서를 가지고 와서 청의 사신 용골대와 함께 귀국했을 때 성균관 유생들과 함께 이들을 처형할 것을 주장한 절의파였다.

그녀는 허주 김반의 며느리로서, 두 아들 서석 김만기와 서포 김만중의 어머니로서 아들을 키우는 과정에서 보여준 언행에 대한 기록은 그다지 많이 남아 있지 않다. 대표적인 기록이 바로 김만중이 남해의 유배지에서 썼다는 〈선비정경부인

167

해평윤씨 행장〉과 손자인 죽천 김천규가 지은 〈대부인행장습유록〉이 있다.

이들 행장에 대한 기록은 간략한 전기에 속하기 때문에 사건에 대한 연계성을 찾기가 힘들고, 행장에 대한 기록들을 과장하지 않고 서술식으로 나열하였기 때문에 윤씨 부인의 전체 행적을 유추하는 데는 많은 애로가 있지만 대략적으로 그녀의 삶 중에서 중요한 부분을 열거하면 다음과 같다.

부친 윤지는 다른 자녀가 없었고, 정혜옹주도 다른 손자가 없었기에 조모 정혜옹주가 친히 안아 길렀다. 정혜옹주는 손녀 해평 윤씨에게 직접 〈소학〉을 외워 가르쳤는데 워낙 총명하여 한번 가르쳐주면 바로 깨달으니 항상 이렇게 말했다.

－ 아깝다. 여자 됨이여!

〈소학〉은 송나라의 주자가 엮은 것이라고 되어 있으나 실은 그의 제자 유자징이 주자의 지시에 따라 편찬한 것으로 1187년에 쓰여진 책이다. 일상생활의 예의범절, 수양을 위한 격언, 충신·효자 등의 사적 등을 모아 놓았다. 유교 사회의 도덕 규범 중 기본적이고 필수적인 내용을 가려 뽑은 것으로서 유학 교육의 입문서와 같은 구실을 하였다. 내편은 입교(入敎), 명륜(明倫), 경신(敬身), 계고(稽古), 외편은 가언(嘉言), 선행(善行)으로 되어 있다.

입교는 교육하는 법을 말하는 것으로 명륜은 오륜을 밝힌 것이며, 경신은 몸을 공경히 닦는 것이고, 계고는 성현의 사적을 기록하여 입교, 명륜, 경신을 설명한 것이다. 가언은 옛 성현들의 좋은 교훈을 인용하고, 선행은 선인들의 착한 행실을 모아 입교, 명륜, 경신을 널리 인용하고 있다.

우리나라에서 〈소학〉이 중시된 것은 조선 초기부터이며, 어릴 때부터 유교 윤리관을 체득하게 하기 위하여 아동의 수신서로서 장려되어, 사학(四學:서울의 동부, 서부 중부, 남부에 설치했던 사부학당), 향교, 서원, 서당 등 당시의 모든 유학 교육기관에서는 이를 필수과목으로 다루었다.

또한 해평 윤씨가 성장할 때는 이렇게 가르쳤다.

- 의복과 음식을 풍족하고 사치스럽게 낭비하지 말 것이며, 후일에 가난한 선비의 아내가 된다면 어찌 이와 같이 아니할 수 있겠는가?

해평 윤씨가 젊어서 조부 윤신지와 부친 윤지를 모시고 앉아서 혹 시험 삼아 시사 문제를 물으면 다 이치에 합당하게 대답하였고, 예측하는 것들도 대부분 어긋나지 않았으므로 두 분이 늘 명달하여 사리가 밝음을 칭찬하였다. 이렇게 자란 해평 윤씨는 성품이 인자하고 용서함이 많아서 자손을 어루만지고 비복을 부림에 항상 은혜와 사랑으로 대하였다. 그리고

169

태도는 단아하고 방정하여 깨끗하고, 명랑하면서도 준엄한 열
장부의 풍도가 있었다.

혼인할 때에 정혜옹주는 해평 윤씨가 김익겸에게 출가하자,
경계하여 이렇게 일렀다.

 - 너의 시댁은 예법의 가문이니 부인의 법도에 어긋나
서 나에게 수치스런 일을 끼침이 없게 하라.

그 훈계함이 이와 같아서 해평 윤씨가 출가할 때 나이 14세
인데도 시댁 가족에게 칭찬을 들었다. 그녀의 시어머니인 서부
인은 정숙하여 규문의 궤범을 모두 겸비했다. 그녀가 며느리
로 시집살이를 할 때 집에 동서와 시누이가 많았지만 못마땅
하게 여기는 이가 없었다. 한번은 사계 김장생이 향리에 있다
가 이를 듣고 이렇게 말했다.

 - 내 들으니 신부 심히 어질다 하니 무릇 자식이 어미
를 닮은 이 많은 지라. 반드시 현자를 낳을 지라. 내 비
록 즉시 보지 못하나 실로 집이 흥할까 한다.

그로부터 3년이 지난 후에 김만기가 출생하였다.

1637년 정축호란 때 김익겸이 강화도에서 순절하였는데 이
때 해평 윤씨는 바야흐로 잉태하여 달이 찼었다. 그녀는 모친

인 홍부인이 머무르고 있던 강화 포구에서 배를 빌어 화를 면하니 이때 큰 아들 김만기는 겨우 다섯 살이요, 둘째 아들 김만중은 모태에서 나오지도 않았다.

김익겸이 순절할 때 해평 윤씨는 바야흐로 만중을 임신 중이었고, 친정어머니가 외촌에서 머무르고 있었으므로 소식을 서로 듣지 못한 채, 뱃길에서 난리를 피하고 1637년 2월 10일에 만중을 전선 속에서 낳으니 이때 만기의 나이 겨우 다섯 살이었다. 그녀는 자신의 부군이 화약으로 자폭했다는 비보를 듣고 잠시 혼절하여 있다가 깨어나서 말했다.

– 내가 따라 죽는 것이 지아비에 대한 도리이기는 하나, 저 고아들이 제대로 자라지 못한다면 나중에 어떻게 내가 부군을 볼 수 있다는 말이던가.

이렇게 하여 해평 윤씨가 만기, 만중의 형제를 기르는데 오로지 사랑으로 하였다. 서 부인도 병자호란에 순절함으로써 정려문이 세워졌다. 김만중이 젖을 먹을 때, 어머니가 입으로 글을 가르쳐 주었고, 만중 또한 어릴 때부터 총명하여 곁에서 형인 만기의 글을 읽는 것을 듣고 대강의 뜻을 알았고, 7–8세 때부터 글재주가 뛰어나니 사람들은 윤 부인이 뜻을 가다듬어 고아를 기르고, 만중 형제의 재질이 기특함을 탄복하였다.

해평 윤씨가 일찍 남편을 잃고 홀로 지냈기에 큰 아들 만기

171

가 벼슬을 하기까지는 집안이 아주 가난하였다. 그래서 집의 세간을 팔아서 철철이 제사를 지낼 적에 날이 춥고 나무가 없었는데 다만 족자 하나가 있어서 이것을 팔아서 불을 사르고 지낼 정도로 형편이 어려웠지만 근심하는 빛을 드러냄이 없이 오직 아들 만기의 학업이 나아지는 것을 낙으로 삼았다.

또 그녀는 만기가 글공부를 하는 데에 사촌이 방문하면 "글공부를 쉬지 마라"하시며, 스스로 음식 대접함을 게으르게 하지 않아 가난한 집의 모습을 보이지 않았다. 먹을 것이 없을 때에도 베를 짠 옷감과 몇 말의 곡식으로 사고 팔 때, 즉시 부르는 값을 주시고 만약 그 값이 뜻에 마땅하지 않으면 사례하여 보내고, 이로 인하여 더불어 값이 싸고 비싼 것을 다투지 아니하였다.

난리가 난 지 얼마 되지 않은 때여서 책을 구하기가 어려웠다. 〈맹자〉, 〈중용〉 같은 모든 책을 해평 윤씨가 곡식으로 구입하였고, 〈좌전(左前):춘추좌씨전 혹은 좌씨춘추전, 좌씨전이라고 부름. 공자의 춘추를 노나라의 좌구명(左丘明)이 해석한 책으로 공양전, 곡량전과 함께 3전(三傳)의 하나이다. 다른 2전(二傳)이 경문의 서구에 대한 필법을 설명한 것에 비하여 좌전은 경문에서 독립된 역사적인 이야기와 문장의 교묘함 및 인물묘사의 정확이라는 점 등에서 문학작품으로 뛰어나 고전문의 모범이 됨〉을 팔고자 하는 이가 있어서 만기가 사고 싶은 마음이 간절하였으나, 수가 많으므로 값을 감히 묻지 못했다. 그러자 그녀는 곧 베틀에 있는 명주를 다 베어 그 값을 치르니 그 이후로는 아무런 저축이 없었다.

또, 해평 윤씨는 이웃 사람 중에 옥당(玉堂:홍문관의 별칭)의 아전이 된 자에게 부탁하여 홍문관 내의 사서와 〈시경언해〉를 빌려 모두 손수 썼는데 자획이 정교하고 섬세함이 구슬을 끼운 것과 같았고, 한 구절도 구차함이 없었다. 가정형편이 좋지 않아 두 아들 만기와 만중이 어렸을 때 밖에서 따로 스승을 모실 수 없었기 때문에 직접 〈소학〉, 〈사략〉, 〈당시〉 등을 가르쳤는데, 어려움이 있었지만 공부의 과정은 극히 엄격하여 두 아들이 딴 뜻을 품지 못했다. 그리고 항상 이렇게 말했다.

　- 너희들은 다른 사람과는 같지 아니하니 남보다 더 한층 공부해야 겨우 남들과 같은 공부 수준에 들 수 있다. 사람들은 행실이 없는 자를 꾸짖으며 말하기를 반드시 과부의 자식이라 하니 이 말을 너희들은 마땅히 뼈에 새기듯이 깊이 명심하라.

또한, 해평 윤씨는 만기, 만중 두 아들이 허물이 있으면 반드시 손수 매를 잡고 우시면서 이렇게 말했다.

　- 너희 아버지가 너희 형제를 나에게 부탁하고 떠나셨으니 너희들이 만약 이런 식으로 행동을 하여 올바른 사람이 되지 못하면 내가 무슨 면목으로 너의 아버지를

지하에서 보겠는가? 학문을 아니 하고 살려면 빨리 죽는 것이 낫겠다.

　그 말이 진심으로 우러나와 두 아들의 마음을 울렸으니 만기가 비록 선천적인 재주가 있다하나, 그 공부가 빨리 성취된 것은 모친 해평 윤씨의 격려 때문이었다. 만중은 형에 비해 어둡고 미련한 구석이 있었지만 모친의 가르침이 지극하였기에 그만큼 성취한 것이다.
　그녀가 손자 진규 등에게 말하기를, 정축 호란 때에 내 천행으로 죽지 아니하여 성중을 돌아보니 불꽃과 연기가 하늘에 치솟고 고통스런 신음소리가 사방에 들려서 살고 싶은 마음이 없어 장차 바다에 빠져 죽기를 결단하고 물속으로 뛰어 들어가 물이 허리까지 차 올라왔는데, 그 때 마침 비복이 지나가는 배를 불러서 모친 홍씨가 붙들어서 배에 올랐다. 그때는 아이를 잉태하여 달이 찼기 때문에 온 몸이 얼고 젖어서 이슥토록 정신이 없다가 깨어났으니, 이는 하늘이 가엾게 여겨서 자손을 보존하려고 하심이라.
　해평 윤씨는 시아버지 친척들과 의논하여 허주공 김반의 장지를 충청도 회덕 정민리로 정하고 장례를 치렀다. 남편 김익겸은 그 뒤에 부장하게 되었는데, 어느 지관이 이렇게 말했다.

　- 그 장소가 후손에게 이롭지 못합니다.

이에 부친 윤지가 의심하고 그녀에게 이렇게 말했다.

  - 나의 힘이 능히 개장할만하고, 내 마음으로는 한양
  으로 장지를 옮겨서 성묘할 때 편하게 하려고 하는데 너
  의 생각은 어떠냐.

이때 그녀는 부친에게 이렇게 말했다.

  - 풍수의 말이 본래 믿기 어렵고, 선영을 한양 부근으
  로 이장을 한다면 신도가 편할 것으로 생각이 들지만,
  충청도에는 시댁 가족들이 많이 거주하는 만큼 아이가
  장성하기 전에는 그들에게 수호를 의뢰하고 싶으므로 이
  장을 원하지 않습니다.

부친 윤지가 병으로 누워 있어 시중을 들 만한 자손이 없
는지라 해평 윤씨가 홀로 앉거나 눕거나 할 때 간호하였다. 또
한, 비복을 시키지 않고 부친에 또 이따금 시경과 서경의 글
을 읽어주고, 신기하고 들을만한 소문을 이야기하여 부친을
위로하였다. 부친을 간호할 때에 거의 잠을 자지 않았으며 끼
니를 많이 걸렀다. 그 후 부친이 세상을 떠나자 홍부인은 애
통과 신병으로 일을 보살피지 아니하고 또한 자제들의 가사를
책임질 사람도 없었다. 그래서 그녀는 홀로 몇 명의 여종과 더

175

불어 장례에 필요한 물품을 장만하되, 의상 침구와 음식을 정결하고 풍성하게 하여 예절에 어긋나지 않게 하였다. 그 후 모친이 돌아가셨을 때에도 이와 같이 하였다.

　친정의 부모가 다 세상을 떠나자 집안 형편은 더욱 어려워졌기 때문에 해평 윤씨는 몸소 길쌈을 하여 끼니를 이어가야 하는 형편이 되었지만, 두 아들 만기와 만중이 그런 형편을 알면 어릴 때부터 공부에 방해될 것을 염려하여 항상 태연하여 근심과 걱정을 하는 모습을 보이지 않았다. 이처럼 그녀는 곤궁함을 두루 겪었지만 재산에는 욕심이 없어서 인색하게 행동하지 않았고, 물질이 들어와도 적절하지 않은 것은 물리쳤다. 또한 얻은 것이라고 해도 남에게 베풀고자 하면 나누어주었기에 감추어 두었다가 팔아서 살림에 보태지 아니하였다.

　해평 윤씨 부인은 만년에 자손에게 이렇게 말했다.

　- 옛날 정축년에 망극한 난리를 만났을 때, 큰 아들 만기는 어리고, 작은 아들 만중은 뱃속에서 해산을 하였다. 두 아이가 오랫동안 역질을 앓지 않았기 때문에 진실로 그 아이들이 견딜 수 있을지를 점치기도 어려운 형편이었다. 기르고 가르칠 형편이 되지 못하였지만 내가 죽지 않은 것은 아비 없이 외롭게 크는 아이들을 제대로 세우기 위함이니 만일 어려서 가르치지 못해서 마침내 배우지 못한 무식한 사람이 되면 비록 장성한다 해도

자식이 없는 사람과 다르지 아니할 것이니 진실로 내가 가르침을 다하다가 저 아이들이 혹시 단명하여 능히 뜻을 이루지 못하면 내가 다시 어이 구차히 살겠는가? 이러므로 내가 힘들어 하는 모습을 보임 없이 독서에 열중케 함을 심히 엄하게 하였더니 이제 손자들이 글을 착실하게 읽지 아니함을 보니 독서에 열중케 함을 능히 예전처럼 하지 못하는 것은 시대가 달라져서 그런 것이 아니고 내가 기운이 쇠하였음이니 어찌 슬프지 아니한가. 슬프다, 너희 여러 손자들은 옛날 힘들게 너희 아비 형제를 가르쳐 출세시킨 줄을 알아야한다.

해평 윤씨는 김만기가 높은 직급에 있고 현달했을 때에도 기쁜 기색을 하지 않았는데, 대제학이 되었을 때 탄식하며 이렇게 말했다.

- 내 홀로 너희 형제를 가르치며 항상 두려워하기를, 너희들이 고루하고 배움이 없어 네 아버지에게 수치와 모욕이 될까 걱정했는데 이제야 거의 모면하게 되었다.

그녀가 남항의 옛집에 있을 때, 이미 일품(一品)의 직위를 받았지만 스스로 몸가짐이 가난할 때와 거의 다름이 없어, 거처하는 방의 도배한 종이가 옛 휴지로 만들어 헤어지고 더러워

쓰지 못하게 되었으나 바꾸지 아니하였다. 또 집을 옮김에서도 자손들이 가까이 거처하는 이가 있으므로 도배한 종이를 그대로 두었기 때문에 후일에 새로 혼인한 집이 들어와 보고서는 이렇게 칭찬하였다.

　– 아무 부인이 존귀함으로서 그 검소함이 이 같으니 진실로 세상에 드문 일이다.

또한, 큰 아들 만기가 일찍이 모친을 위하여 털옷을 지어 드려 추위를 막게 할 때도 이렇게 말했다.

　– 너의 정성으로 주는 것이기에 억지로 잠깐 입었으나 내 성품이 이런 귀한 의복을 즐기지 아니한다.

그뿐만 아니라 궁궐에 손녀를 왕비로 두었을 때, 일로 인하여 궁중에서 담비 털옷을 내려 주었으나, 아껴서 감추어두고 입지 아니하였기에 손자들이 그 옷을 입으라고 권하자, 이렇게 말했다.

178

　– 은혜로이 내리신 것을 마땅히 귀히 여겨서 공경해야 할 것이니, 어찌 감히 섣불리 입겠느냐.

해평 윤씨는 평소에 음식과 의복을 다 고풍에 준하여 입고, 당시의 유행을 따르지 아니하였다. 더욱이 궁궐과 인연을 맺고부터는 더욱 엄하게 식구들에게 경계하여 책망하듯 이렇게 말했다.

  - 이상한 음식은 먹지 말고, 기묘하고 정밀하지 않은 것은 취하지 말라.

그녀가 이렇게 말한 것은 대개 왕가 인척들이 숭상하는 것을 따르다보면 사람들이 장차 사가보다 사치한다고 지적할 것이므로 마땅히 더욱 검약해야한다는 뜻이었다.

일상생활에서도 검소해야 한다고 자손들을 가르쳤는데, 손자 진규가 일찍이 옷이 뚫어져서 기워달라고 하였으나 그의 부인이 궁색하게 보인다고 입지 말라고 권하자, 마침 옆에 있던 윤씨 부인이 이렇게 말했다.

  - 부인은 당연히 검약으로써 장부를 도와야할 것이므로 세상 사람들이 따르는 화려하고 사치한 것을 즐기는 태도를 본받지 말라. 알지 못해서 그러는지는 몰라도 비록 장부가 옷을 기워서 입었다고 사람들이 조롱하며 옷을지라도 어찌 부끄럽다고 생각해야겠는가? 마땅히 즉시 기워서 그에게 입혀라.

이에 부인이 그녀의 말을 따르니 그녀가 진규에게 이렇게 말했다.

 - 내가 벼슬길에 나선 이후에 입게 되는 의복을 그 전에 입던 베옷보다 화려하지 않게 입어라.

또 해평 윤씨는 여러 손자에게 이렇게 말하였다.

 - 너희들은 오직 학문에 힘쓰되 빈곤을 근심하여 이익을 얻고자 하는 것에는 마음에 두지 말라. 사람이 비록 가난해질 수는 있지만 굶어죽는 사람은 적으니라.

또한, 자손들에게 이렇게 말했다.

 - 내 성정이 오활하여서 비록 부녀가 되었지만 가산을 중히 여기지 아니하고 오직 학문을 귀히 여기니 전생에는 몸이 응당 남자였을 것이다.

해평 윤씨는 부친 참판공 윤지가 말년에 서자를 두었기에 부친이 세상을 떠나버린 후에 종질을 계모 어머니처럼 섬겨서 늙기에 이르도록 사람들은 적자와 서자의 구별이 없었다고 말했다. 또한 윤씨 부인은 그 사람들과 밭을 나눌 때에도 밭은 천박한 것을, 노비는 늙고 가난한 것을 선택하면서 이렇게 말했다.

  - 내가 청렴하다는 이름을 얻기 위한 게 아니라 이렇
  게 선택하는 것이 내가 하고자 하는 것이기 때문이다.

이복동생이 세상을 떠나자 그의 고아를 데려다가 자기 손
자와 더불어 같이 배우게 하였고, 이미 나이가 들어서 56세
가 되었지만 손자를 여러 명이나 직접 가르쳤는데 이것은 즐
거워서 하는 일이었기 때문에 괴로워하다는 생각을 하지 않았
다. 또, 스스로 미망인이라 일컬으며 종신토록 몸에 빛난 의복
을 가까이 하지 않았고, 연회에 참석하지 않았으며 음악도 듣
지 않았다. 한번은 큰 아들 만기가 영귀하게 되어 수연을 베풀
것을 간청하였으나 끝내 허락하지 않았다. 오직 자손이 과거에
급제한 경사에서만 잔치와 음악을 허락하면서 이렇게 말했다.

  - 이는 진실로 문호의 경사요, 내 한 몸의 사사로운 기
  쁨이 아니다.

둘째 아들 만중이 일찍이 병조판서를 제수 받고는 사직하
기를 굳게 하면서 병권을 잡는 것을 즐거워 하지않고 즉시 바
꾸지 못함을 깊이 근심하다가 드디어 숙종의 윤허를 받아 사
직하게 되니 손자인 김진규에게 이렇게 말했다.

181

- 너희 숙부가 거듭하여 상소하여 병조판서를 거두어
주시기를 간청함을 보니 내 마음이 안타깝더니 이제야
임금께서 청원을 들어주시니 내 마음이 심히 상쾌하다.

인경왕후가 된 손녀가 어릴 때에는 직접 품에서 키우셨는
데, 반드시 바름으로써 가르쳤기에 어린 나이 11세로 세자빈
간택에 응하게 되었을 때, 주선에 응답하면서 말하기를 성인
과 같이 하니 궁중사람들이 모두 기뻐하였다. 그녀는 이따금
인경왕후를 보면 옛 어진 비의 일을 일컬으며 조금도 사적인
혜택에 대한 언급은 하지 않았으므로 효종의 왕비인 인선왕후
장씨와 현종의 왕비인 명성왕후 김씨, 두 국모는 그녀를 공경
하고 존중하였다.

1680년에 인경왕후가 승하하자 자식이 없었기 때문에 평소
에 사용하던 의복과 기명을 남겨줄 곳이 없었다. 그래서 선왕
현종의 왕비 명성왕후가 궁인에게 말하기를,

- 내가 차마 물건을 보지 못하겠다. 이제 이 물건들을
인경왕후의 본가에 주고자 하니 나의 뜻을 전하라.

이 말을 들은 해평 윤씨는 이렇게 답했다.

- 인경 왕비께서 비록 불행하시어 아들이 없으셨으나,

훗날에 국가에서 자손의 경사가 있으시면 이 또한 인경 왕후의 자손이니 저장하여 기다림이 옳을 뿐만 아니라 궁중에서 사용하시던 좋은 물건을 어찌 감히 사가에 둘 수 있겠습니까?

이 말을 궁인이 명성왕후에게 가서 복명하자, 명성왕후가 크게 칭찬하며 이렇게 말했다.

  - 내가 진실로 본가의 훌륭함이 이렇게 처리할 줄 알았다.

숙종도 이 말을 듣고, 이렇게 말했다.

  - 이는 사군자의 행실이로다.

큰 아들 만기가 일찍이 경기도 고을의 원이 되어 녹봉이 적어 봉양이 부족함으로 탄식하니 해평 윤씨는 이렇게 말했다.

  - 다행히 국은을 입어 따뜻한 온돌방에서 배불리 먹는데 이것이 부족하다면 어디서 만족을 취하겠는가? 네가 능히 직책에 마음을 다한다면 이 봉양이 이보다 더 두텁겠느냐?

183

나이가 많아지자 김만기가 미리 모친의 수의를 마련하고자
하였는데, 그녀가 이 사실을 알고 이렇게 말했다.

- 1637년 정축년 호란 때 너의 아버지 김익겸의 상사
를 당하여서 재물이 없어서 장래의 예절을 제대로 갖추
지 못한 점이 많은데, 이제 나에게 그 보다 더 잘할 수
있겠는가?

이에 김만기가 대답하였다.

- 전후의 가정형편이 같지 않사옵니다.

다시 그녀가 김만기에게 말했다.

- 내 또한 그것을 모르는 바는 아니나 같은 무덤에 장
사를 지내면서 후하고 박함이 서로 다르다면 내 마음이
어찌 편하겠는가?

1687년 봄에 큰 아들 김만기가 해평 윤씨의 슬하를 영원히
떠나게 되었는데, 그때 그녀의 나이 칠십이 넘었다. 자손들은 차
마 상복을 드리지 못했다. 그러자 해평 윤씨 가 이렇게 물었다.

- 어찌하여 상복을 만들지 아니하느냐?

자식들이 이에 대답하였다.

- 우리나라 풍속에 부녀자들은 오직 3년 상에 상복을 갖추고, 기년복 이하는 다만 의대로써 성복하였는데 이번 일은 기년복에 해당하므로 상복을 만들지 않았습니다.

이에 해평 윤씨가 말했다.

- 장자의 복을 어찌 다른 기년복에 비유하겠는가?

결국, 해평 윤씨는 예문과 같이 성복하셨다.
이때 둘째 아들 김만중은 상을 당해 애달픔 속에 있으면서 모친이 조석으로 슬퍼 눈물을 흘리며 병환이 날까 봐 염려하여 자기 집으로 모시고자 하였다. 그러자 이렇게 말했다.

- 내 비록 늙고 병들어 제사에 참여하지 못하지만 아침 저녁으로 곡소리를 들으면 내가 과거의 죄를 고백하고 마음의 때를 없애야한다는 생각이 드는데, 만약 너의 집에 간다면 어떻게 마음을 진정하겠는가? 또한 여러 손자를 보면 그 아비를 보는 것과 같은데 만일 너희 집에 가 있

185

으면 저 손자들이 어떻게 나를 자주 와서 보겠는가?

이렇게 말하며, 여러 번 청해도 따르지 아니하였다. 이처럼 아무리 슬픈 일을 당해도 예에 벗어남이 없었다.

젊어서는 병이 들어도 탕약을 먹지 않았는데 중년 이후로는 자손을 위하여 억지로라도 먹었지만 비싼 약과 인삼 같은 것을 잘 먹지 않았다. 그런데 1687년 가을에는 큰 아들은 죽고, 둘째 아들은 유배 중인 상황에서 병이 생겨 아주 위중하게 되자 의원이 이렇게 말했다.

– 마땅히 인삼을 많이 써야 합니다.

하지만 해평 윤씨가 잘 먹지 아니하자, 손자인 진규가 심히 염려하여 감히

– 인삼탕으로 달임이라.

말하니 병환이 깊어 혼미한 중에 살피지 못하고 먹었더니 병세가 회복한 다음에 다음과 같이 탄식하며 말했다.

– 너희가 나를 속여 또 구차히 목숨을 건지게 되었다.

또 타락죽을 달인 약이 제호탕이다. 사람들이 늙은 때의 보양으로 먹는 것인데 이를 먹지 않았다. 이는 정축란 이후에는 잔치에 참여하지 아니하고 음악을 듣지 아니함과 같은 맥락이었다. 그녀는 충직하고 동정심이 많을 뿐만 아니라 어질고 후덕하여 조금도 시기하는 마음이 없었다. 이에 매양 큰 며느리에게 이렇게 말했다.

- 내 평소에 며느리들이 친정의 편을 드는 야박한 습속을 싫어했는데 어찌 우리 며느리는 전혀 나만을 받드는가? 이제 친가의 모친이 늙었고, 자녀 중에는 오직 네가 귀히 되었으니 마땅히 시집과 친정의 두 노모를 고루 봉양하며, 한 가지 맛있는 음식이라도 있으면 반드시 나누어 누리게 해야 할 테니 나에게만 절대 잘 대하지는 말라.

큰 아들 김만기가 세상을 떠난 이후로는 음식의 풍성함이 예전보다 못하였으나 전혀 불편하게 여기지 않았다. 이는 평소에 검약한 것이 몸에 배어 있어서 천성으로 타고난 것이었다. 그래서 세속의 부인들이 혹시 늙은이의 음식이 풍성하거나 박약함으로써 일희일비할 수 있다고 말했지만, 그녀는 오히려 좋은 음식이 많이 있음을 보시면 탄식하고 불편하게 생각하며 이렇게 말했다.

187

- 우리 할아버지께서 귀한 궁궐의 음식을 대하고서도 스스로 검소하게 생각하였고, 일찍이 소의 간을 먹으려고 했다가 값이 너무 비싸므로 잡숫지 아니하였는데 이제 내가 누리는 바를 보니 마음이 몹시 불편하다.

손자 김진규가 감사가 되었을 때 관할 내의 수령이 해평 윤씨의 생일을 맞아서 옛 규례에 의거하여 폐백을 보내왔는데, 여러 수에 똑같이 더해져서 사람에 따라 물건이 전혀 다르지 않았다. 모든 사람들이 의리상 가히 사양할 수 없다고 하였으나, 끝내 받지 않았다. 그 까닭은 말세에 교묘한 사기로 아전과 시정배들이 청탁을 일삼고, 입관한 존속의 부녀들이 뇌물을 보내는 행위가 있었기 때문이었다.

평소에 기관지가 좋지 않아서 추운 계절을 당하면 기침을 자주 하였다. 그러던 중에 큰 아들 김만기의 상을 당한 이후에도 연이어 둘째 아들과 여러 손자가 유배를 가는 근심과 충격적인 슬픔을 당하자 병이 더욱 심하여졌다. 하지만, 1689년 겨울에는 병환이 위독한 중에도 오히려 손자들과 증손자들에게 이렇게 훈계하였다.

- 가정의 환란으로써 위축되지 말고, 당장 쓸데없다고 하여 학업을 폐하지 말라.

이런 중에도 아침과 저녁 밥상에 조금이라도 색다른 반찬이 올라오면 기뻐하지 않으며 말했다.

　－ 우리 집 음식이 본래 이와 같지 아니하였다.

글로써 자손을 경계하되, 혹 방탕한 자를 보시면 꾸짖고 겸하여 이렇게 말했다.

　－ 행실이 없으면 글을 무엇에 쓰리오. 이 아이를 마땅히 〈소학〉을 가르치라.

또한, 여러 손자들에게 이렇게 말했다.

　－ 과거 급제를 하고 못하고는 운명에 달린 것이니 선비 되는 자는 마땅히 자신에게 있는 것을 다할 따름이다. 비록 과거 급제를 못 하였을 지라도 진실로 글을 잘 못하면 부끄러움이 이보다 더 심한 것이 없다.

모든 손자들에게 부정한 여색을 금하되 이웃집에 부녀가 투기하는 말을 들으면 심히 못 마땅히 여겨서 이렇게 말했다.

－ 남자는 마땅히 예로써 몸을 다스리며 부인은 마땅히 투기

를 아니하기로 덕을 삼아야 한다.

　해평 윤씨는 오랜 기간 동안 길가 집에서 거주하고 있었다. 그때 흉년이 들어 굶어 죽은 송장들이 들에 깔렸고, 거지들의 처량한 구걸소리가 늘 문밖에 이르렀다. 그녀는 이를 불쌍히 여겨 비록 집에 양식이 없지만 그냥 보내지 아니하고 밥을 나누어 먹었다.

　이와 같은 일화를 종합해 볼 때, 해평 윤씨는 문자 그대로 여중군자(女中君子:숙덕(淑德)이 높은 여자)요, 열장부(烈丈夫:절개가 굳은 대장부)와 같은 의연한 자세를 지니고 살았던 여성이며, 강인함 속에도 자애가 넘치는 선비 같은 의지의 여인이라고 할 수 있다. 이런 배경에는 타고난 품성에다가 어릴 때부터 받은 엄격한 교육, 그리고 여러 가지 책을 많이 읽어서 얻은 지식의 영향으로 곤궁에 처해도 민망하게 여기지 않았고, 영화로운 처지가 되어도 교만하지 않았으며, 참혹한 화를 만나도 인내하면서 운명에 흔들리지 않은 처연함을 보여주었다. 이런 여러 가지 자세와 태도가 두 아들을 대제학으로 만들고 손녀를 왕비까지 만든 원동력이 되지 않았을까.

　이러한 맥락에서 그녀의 교육관에 나타난 특징들을 살펴보기로 하자.

190

첫째, 그녀는 솔선수범하는 자세를 통해 철저한 자녀교육을 하였다.

그녀는 총명한 머리를 타고 난데다가 할머니인 정혜옹주로
부터 궁중에서 자라며 배운 학문을 직접 전수받았기 때문에
요즘 말로 하면 최고의 교육을 받은 셈이다. 그런 그녀는 남자
중심의 유교 사회에서 이룰 수 없는 여자의 꿈을 자식을 통해
서, 혹은 손자를 통해서 이루고자 하는 욕망이 있었을 것으
로 보인다. 그래서 그녀는 아이들이, 혹은 손자들이 보는 앞
에서 글 읽는 것을 게을리 하지 않았으며, 교재를 구하지 못
했을 때에는 본인이 손수 교재를 베끼는 열성을 보였다.

해평 윤씨는 두 자식에게 인자한 모친이라는 측면과 더불
어, 엄하면서도 해박한 지식을 갖춘 스승이라는 면을 동시에
가지고 있었다. 그것은 손자들에게까지 영향을 미쳤다. 이러
한 솔선수범하는 교육열 때문에 결국 큰 아들은 물론, 둘째
아들 김만중, 그리고 손자 김진규, 증손자 김양택까지 3대에
걸쳐서 4명의 대제학을 배출시키는 원동력이 되었다.

둘째, 솔선수범하여 부덕(婦德)을 실천하였다.

해평 윤씨는 어릴 때부터 물려받은 예법과 천부적으로 타고
난 덕성에다가 스스로 체득하여 안으로 내재된 부덕으로 인
하여 비록 일찍 미망인이 되었지만 좌절하지 않고 두 아들의
모친으로서의 역할과 더불어 가문의 대표 며느리로서의 역할
을 조금도 흐트러짐이 없이 솔선수범하여 실천하였다.

191

그녀의 행적에서 볼 수 있는 바와 같이 인자하고 용서함이 많으며, 자손을 대함에 늘 어른으로서 어루만져 주는 대부인 다운 풍모를 지니고 있었다. 그런 덕성이 있었기에 그녀 앞에 드리워진 수많은 역경에도 조금도 흔들리거나 좌절하지 않고 시대가 요구하는 이상적인 여인상을 구현한 것이리라. 스스로가 행동을 통해서 보여주는 교육이야말로 그 어떤 교육보다 효과가 있다는 사실을 감안할 때, 그녀는 이 시대의 누구보다도 뛰어난 교육자라고 할 수도 있을 것이다.

셋째, 양가 부모에 대한 효행을 철저하게 실천하였다.

해평 윤씨는 정축호란 후에는 친정으로 돌아와서 부모 슬하에서 생활하였다. 안으로는 어머니를 도와 집안을 다스렸고, 밖으로는 아버지를 봉양함으로써 옛 효자와 같이 하였다. 그 뿐만이 아니라 시집과 친정의 부모에 대한 봉양을 더불어 하였다. 자신의 이런 경험 때문에 윤씨 부인은 세속의 얄팍한 관습을 따르지 않고 며느리들에게 자신만을 따르지 말고, 친정의 부모도 함께 봉양하는 효심을 보여 양가의 부모에게 두루 효행을 행하게 권하였던 것이다.

넷째, 청빈하고 검소한 생활을 철저히 하였다.

당시의 일반적은 부인이라면 현명함과 덕성스러움으로 집안을 다스리면서 남편을 내조하면 목표가 달성되는 것이었지만 해평 윤씨는 다른 부인과의 삶 자체와 목표가 달랐다. 그녀는 사대부의 칭찬을 들을 만큼 빼어난 부덕을 가지고 있었으며, 한식이나 문재, 필법이 뛰어났다. 즉 덕이 있으면서 학문과 문재가 있는 현숙한 여성이라는 이상적인 여인으로 칭송받기에 충분하였다. 하지만 그녀는 여기서 머물지 않고 일생동안 세속적인 물욕을 벗어나 학문을 즐기면서 청빈하고 검소한 생활을 실천하였다. 게다가 관료집안의 기둥으로서 검약한 생활을 눈을 감는 그 순간까지 실천하였다.

다섯째, 해평 윤씨는 철저하게 절행(節行)을 하였다.

나라와 집안에 어려운 상황이 닥칠 때마다 자식들이 조금도 흔들림이 없이 의인의 편에 서서 활동하기를 기대하였기에 자식들 또한 그녀의 뜻에 어긋나지 않는 행동으로 일관할 수 있었다. 시모인 서씨 부인과 남편이 의리와 절행을 지키는 충렬의 모범적인 삶을 보여주었기 때문에, 그녀 또한 가정적 차원과 국가적 차원이라는 두 가지 차원의 절행을 실천하는 책임의식을 보여준 것이다. 절행이라고 하면 일반적으로 융통성이 없다고 폄하할 수도 있겠지만 원칙을 지키는 단호한 태도는 아무리 세월이 흐르고, 환경이 바뀌어도 우리에게 소중한 가치임에는 분명하다.

193

죽는 순간, 곁에는 아이 중 두어 명만 지키고 있었으며 섬에 함께 유배온 이가

안타깝게 여기어 염습을 해주는 초라한 죽음이었지만 그 기개만큼은 따라올 사람이

없었을 것이다. 혹시 그 동안의 한이 서려 다시 한양으로 돌아가서 굽은 것을 바로 펴고,

임금에게 밝은 눈을 열어주고 싶은 충정 때문에 저승길을 두려워했겠지만, 한편으로는

이제 저 세상으로 가서 마음껏 어머니를 모시고 형제가 서로 마주하며

덩실덩실 춤을 추고 싶은 마음에 얼굴은 누구보다도 평안했는지도 모른다.

제4장

유배지에서의
김만중과
그의 어머니

제4장

유배지에서의
김만중과 그의 어머니

1. 유배에 대한 일반적인 고찰

1) 유배의 의미

'유배(流配)'는 죄인을 멀리 귀양 보낸다는 뜻이지만 '유(流)'와 '배(配)'는 서로 의미가 다르다. '유'는 아주 먼곳으로 보내 살게 한다는 뜻이며, '배'는 자유로이 활동할 수 없도록 어느 곳에 배속시킨다는 의미를 담고 있다.

유배살이 또는 귀양살이라고도 불렸던 유배형은 삼국시대부터 조선시대까지 존재했으며, 죄인을 특정 지역으로 보내 특별한 사면이 있을 때까지 그곳에서 강제적으로 살게 하는 형벌로서, 조선시대에 유배형은 사형 다음으로 무거운 형벌이었다. 왜냐하면 공동체를 생활의 기반으로 삼는 조선 사회에서 유배형은 '종신토록 생활 공동체로부터의 배제'를 의미하는 형벌이었기 때문이다.

유배형은 조선시대 형률의 바탕이 된 〈대명률〉을 바탕으로 제정됐고 신분의 관계없이 적용됐다. 유형의 집행은 국왕의 윤허(명령)을 받아 관직자일 경우에는 의금부, 관직이 없는 경우에는 형조에서 집행했다.

2) 유배형의 운영방식

유배형은 법의 근본 의미와는 달리 다양한 운영방식을 지니고 있었다. 사실상 종신형임에도 불구하고 상당수의 유배죄인들은 정국의 변화나 특별한 사정에 의해 풀려나 다시 자신의 생활근거지로 돌아가기도 하고, 또 중앙 정계에 복귀하기도 했다. 반대로 군왕의 사면과 권력의 변화와 정세의 변동이 없다면 대부분 유배지에서 귀향할 수 없었다.

조선 후기의 서예가이자 양명학자로 이름을 떨친 이광사는 민족 고유의 정서와 감성을 토대로 한 동국진체(東國眞體)를 완성한 것으로 유명한데 무려 23년 동안을 유배지에서 보내야 했다. 51세가 되던 해인 영조 31년(1755)에 나주벽서사건에 연루되어 함경도 부령으로 유배되었다가 그로부터 7년 후에 진도로 이배된다. 다시 신지도로 옮겨 그곳에서 생을 마감하였다.

197

3) 극심한 대비, 유배길

사형 다음의 중형임에도 불구하고 유배형은 죄인에게 정신적, 육체적 괴로움만을 주는 형벌은 아니었다. 모든 유배인에게 해당하는 것은 아니지만 상당한 권세와 경제력을 지니고 있는 죄인들은 유배지로 가는 도중 풍성한 음식에 기생까지 동원된 융숭한 접대를 받고 온갖 선물을 챙겨가며 유배지로 향하기도 했으니 상황에 따라서는 큰 불만 없이 편안히 한가롭게 갈 수도 있었다.

유배형은 그런 의미에서 세상과 인연을 끊게 하는 추방형이라고도 할 수 있다. 하지만 관리가 아니거나 경제적으로 빈궁한 처지에 있던 유배인은 사비로 유배길을 가야했고, 유배지에서도 힘들게 생활해야 했다.

4) 세상과 단절된 유배형

유배형은 세상과 단절되었다는 점에서 중형에 속했다. 양반 관료였던 죄인은 바깥 사회와의 연락이 끊김은 물론 권력에서도 배제되어 우울하고 갑갑한 생활을 해야 했다. 추사 김정희는 유배 초기에 무척이나 힘든 나날을 보내야 했다. 친구인 권돈인에게 쓴 편지에 이런 말이 있다.

- 기력은 점차 쇠진하여 가고 살이 빠져 이제 앉아 있기도 어렵다.

더욱이 부인 예안 이씨가 사망했다는 소식을 뒤늦게 들었을 때는 억장이 무너지는 고통을 감내해야 했다. 이에 추사에게 새로운 힘을 준 것은 학문과 서도연구였다. 그를 만나고자 찾아오는 인근의 유생들도 삶에 대한 희망을 이어주는 끈이 되었다. 특히 제주에서는 책을 구하기가 힘들었는데 제자인 이상적이 연경에서 귀한 책을 구해주어 조달해주었기에 학문적 연구를 계속할 수 있었다.

〈세한도〉는 몰락의 길을 걷는 스승을 생각해주는 제자에게 보답하고자 하는 추사의 마음이 담겨 있는 셈이다. 또한 〈세한도〉는 절해고도 황량한 유배지의 고독과 이를 이겨 내면서 자신이 할 수 있고 해야 하는 것에 매진하는 추사의 의지와 변치 않는 옛 제자에 대한 사랑이 고스란히 담겨 있다고 할 수 있다. 추사 김정희처럼 절도안치는 양반관료의 경우에도 육지와 연락이 두절된 채 열악한 생활환경 속에서 버텨내야 하는 중형이었다.

5) 궁핍한 유배인의 생활

대부분의 유배 죄인들은 비바람을 피할 집을 마련하는 것에서부터 하루하루 먹을 양식을 마련하는 일까지 모든 것이 쉽지 않았다. 고을에서는 유배 죄인을 먹여 살릴 책임이 있었으나, 이런 저런 사정으로 그런 책임은 회피되기 일쑤였다. 유배죄인을 떠맡을 보수주인을 정하는 일도 쉬운 일만은 아니었다. 또 보수주인이 정해져도 주인의 살림이 넉넉지 못한 경우

199

에는 유배죄인 스스로 살아갈 방도를 찾아야 했다. 의식주가 모두 풍족하지 않은 상황에서 하루하루 먹을 양식을 구하기 위해 장사를 하기도 하고, 날품팔이 일을 하기도 했다. 때로는 동냥을 하는 일도 있었다.

때로는 몇몇 유배죄인들이 유배지에서 호화롭게 살기도 하였으나 유배기간이 길어지면 그런 생활을 지속할 수 없었다. 결국 유배지에서의 삶은 쓸쓸하고 고달픈 것이었으며, 권세 없고 가난한 사람에게는 극도로 괴로운 삶이었다.

환관출신으로 추정되는 채귀연은 유배가사 〈채환채석가〉에서 기한(飢寒:굶주리고 추움)이 뼛속까지 스며도 경개(耿介), 즉 대세에 휩쓸리지 않고 지조가 굳은 뜻을 잃지 않겠노라고 다짐하지만 책장을 넘길 힘조차 없다고 고백하고 있다.

2. 유배지의 규정

1) 유배지 선정에 대한 법 규정

유배형은 거리에 따라 2000리, 2500리, 3000리 세 등급으로 나누어진다. 죄의 경중에 따라 차등을 둔 것이다. 장 100도가 함께 부과된다. 이 조항은 중국 명나라의 법전인 '대명률'의 조항을 그대로 가져온 것이다. 하지만, 땅이 좁은 조선에서는 가장 먼 함경도 경흥까지도 2천리 밖에 되지 않았으므로 대명

률의 세 등급을 그대로 적용할 수가 없었다. 중국 땅의 규모에 맞춘 유형의 거리를 조선 땅의 규모에 맞추기 어려웠던 것이다. 이에 따라 조선은 하나의 지역을 유배지로 설정하고 그곳에 이르는 동안 거리를 채우기 위해 다른 지역으로 돌아가는 곡형(曲刑)제도를 썼다. 가까운 목적지를 갈 지(之)자로 돌아가는 이 제도는 관료주의의 전형이지만 갑자기 죄인이 된 사람과 그의 가족에게는 고마운 일이 되기도 했다. 이처럼 커다란 중국 땅에 맞는 거리 계산이 조선 땅에 적용되기 어려웠기 때문에 중국의 대명률의 조항들은 조선 실정에 맞게 점차적으로 고쳐서 형을 시행하였다. 각 등급에 따라 100리를 1식으로 환산하여 새롭게 정하였으며 유배지는 경기도와 충청도를 제외한 전국의 각 고을에 고루 지정되었다.

2) 유배지 형태와 선정과정의 위법성

〈조선왕조실록〉에 나타난 유배지는 모두 408곳이다. 이중 경상도가 81곳으로 가장 많고, 전라도는 74곳, 충청도는 70곳에 달한다. 반면 유배횟수는 전라도가 915회로 가장 많고, 경상도는 670회, 충청도는 320회를 보인다. 유배지별 빈도수를 보면 제주도(81회), 거제도(80회)에 이어 진도가 70회, 흑산도가 68회를 차지했고, 해남 58회, 강진 38회, 영암 28회, 순천 27회, 고금도 26회 등이었다. 북쪽보다는 남쪽이 많고 내륙보다는 해안 지방에 집중되어 있음을 알 수 있다.

201

실제로 영조 38년(1762) 전라 감사가 올린 장계(狀啓:신하가 자기의 관하의 중요한 일을 임금에게 보고하던 문서)에 내용에는 이런 것이 있다.

- 본도에 유배된 자가 너무 많아서 백성과 유배자가 모두 굶어죽을 지경입니다. 가능하다면 타도로 유배자들을 옮겨주는 것이 좋겠습니다.

법에 정한 유배지 조항은 후에도 여러 차례 원칙이 바뀌고, 실제 운영면에서도 원칙과 많은 차이를 보였다. 19세기 후반의 '의금부노정기'에 의하면 경기도와 충청도에도 유배되는 일이 많았다. 심지어는 불과 30리 밖에 있는 양천, 과천, 시흥에 유배되는 일도 있었다. 왕족들이 경기도의 강화에 유배되는 일도 잦았다. 조정에서의 양반 관료들에 대한 유배지 결정은 의금부의 의견보다 국왕의 의지에 의해 확정되는 경우가 많았는데, 이 같은 사실은 조선왕조실록을 통해 쉽게 확인된다.

특히 유배지 가운데 풍토가 척박하여 유배인이 생활하는데 많은 불편이 있었던 함경도의 극변 지역과 전라도, 경상도의 도서(島嶼) 지역이 유배지로서 꺼리는 곳이었으나, 사화를 비롯한 정쟁에 연루된 관료들 중에는 이들 지역에 유배되는 경우도 많았다. 조선조 중기부터 말기에 이르면 유배 경향이 변경 지방이나 내륙으로는 드물고 거의가 유인도, 무인도를 가

202

릴 것 없이 물도 솟지 않고 생활수단조차 없는 절해의 고도에 보내졌다.

3) 섬이 유배를 보내기에 가장 적당했다.

섬은 사방이 바다로 격리되어 있어서 유배인의 배소 이탈을 힘들이지 않고 막을 수 있는 곳이었다. 그래서 중죄를 지은 죄인은 외딴 섬으로 유배 보냈다. 사실 세종 때의 규정은 아무리 먼 곳이라도 바닷가에 한정되었다. 그러나 실제로는 제주도, 추자도, 진도 등 많은 섬들이 유배지로 선정되었다.

이처럼 섬으로의 유배는 세상과 인연을 끊다시피 하고 평생을 버려져 살아가는 혹심한 형벌이라 여겨져 어느 정도 제한을 두었다. 경종 3년(1723)에 김춘택의 아들, 아우, 조카 등 14명을 모조리 신지도, 추자도, 흑산도, 제주도, 거제도 등 절도에 유배 보내자 법률 적용이 너무 지나쳤다고 하여 문제가 되었다. 영조 2년(1726)에는 왕의 특별한 교지가 없으면 흑산도에 죄인을 유배 보내지 못하게 하였다. 또한, 영조 4년(1728)에는 지역을 맡아 지키는 관리가 없는 절도에는 죄인을 유배 보내지 못하도록 하였다. 한양에서 그다지 멀지 않은 강화도(경기도), 백령도, 철도(鐵道 : 황해도) 등에 유배된 자는 극히 적었다. 대부분은 전라도, 경상도, 평안도 지방의 절도(絶島)에 유배되었다. 그 중에서도 특히 제주도를 비롯한 흑산도, 진도, 임자도, 금갑도, 지도, 군산도, 고금도, 완도, 신지도 등 전라도 연

203

안의 여러 섬이 주요 유배지였다.

특히 제주도에는 당대의 명류(名流)가 많이 유배되어서, 조선시대의 지리서인 「팔역지(八域誌)」에는 「조정진신 다찬어차(朝廷搢紳多竄於此:정부의 고관대작이 이 섬에 많이 유배되었다)」라는 구절이 있을 정도였다. 이처럼 제주도가 유배의 땅이 된 것은 중앙에서 가장 멀리 떨어진 곳인데다 사면이 바다로 둘러싸여 있어 절도안치(絶島安置)가 가능했기 때문이다. 제주도에 유배온 사람들은 왕족이나 정치인부터 범죄자와 국경을 넘는 범인에 이르기까지 수없이 많았다.

제주로 가기 위해서는 강진, 영암 등지에서 출발한 후 바람의 강약이나 조류의 영향으로 보길도, 진도 등을 항해하며 화북포구에 도착하는 것이 대부분이었다. 이는 화북포구가 제주 북단의 중심지인데다가 당시 제주목 관청이 있던 관덕정에서 동쪽으로 5km 지점에 위치, 유배인이 도착한 후 제주목으로 인계되는 가장 중요한 위치에 있기 때문이다. 송시열, 김정희 등 대부분의 유배인이 이곳을 통해서 들어왔다. 그 밖에 조천포구도 많이 이용하였다.

이처럼 제주도는 가는 길이 멀고도 험하지만 제주목, 정의현, 대정현 등 고을도 셋이나 되는 커다란 섬으로 생활환경이 극도로 열악하지는 않았다. 그러나 제주도에 부속되어 있는 작은 섬들은 사정이 달랐다. 유배에서 풀려나거나 죽지 않으면 빠져나올 수 없을 정도인 절도(絶島-외딴섬)는 물자도 궁핍

하고, 생활환경도 극도로 열악하여 섬 생활에 익숙지 않은 유배죄인의 삶을 옥죄이기에 충분했다. 특히 땅도 넓지 않고, 육지에서 멀리 떨어진 흑산도, 추자도 등과 같은 절도는 유배지 가운데서도 최악의 곳으로 여겨졌다.

3. 유배형의 종류

1) 부처형과 안치형

죄의 경중과 집행 방법에 따라 부처(付處)와 안치(安置)로 구분할 수 있다. 부처는 가벼운 죄를 지은 사람을 비교적 가까운 곳에 유배시키는 것을 말한다. 그리고 안치는 부처에 비해 무거운 죄를 지은 사람에게 부과하는 것으로 유배지 내에서 또 한 장소를 지정하고 그 안에서만 거주하도록 제한한다.

안치도 죄질에 따라 다양한 형태가 있다. 즉, 특혜를 베푸는 처분으로써 고향을 유배지로 정하는 본향(本鄕)안치, 그와는 정반대로 과혹(過酷)한 격리조치의 하나로 섬이나 산간지방으로 보내는 절도(絶島)안치, 그리고 거주지를 더 엄격하게 봉쇄했던 위리안치가 있다.

위리안치를 당하는 유배인의 집 주위에는 높다란 나무 울타리를 쌓아 막아두고 문에 자물쇠를 채워둔 후 바깥둘레에는 가시나무 울타리를 쳤다. 말하자면 이중막을 설치한 셈이

205

다. 가시나무 울타리 바로 앞에는 수직소를 두어 유배인을 감시하였다. 음식이나 물은 문 옆에 작은 구멍을 내어 그곳을 통해 전해주고 심지어는 마당에 우물을 파서 물도 스스로 충당하도록 하였다. 이렇게 며칠에 한 번씩 음식을 전해주어 외부와 연락을 차단 하였다.

전라도와 제주도에 탱자나무가 많았으므로, 위리안치를 받은 죄인은 대개 전라도의 연안 해안지방의 섬이나 제주도로 유배되었다.

2) 위리안치의 참혹성

기묘사화에 연루된 기준은 위리안치의 절망감을 이렇게 나타내고 있다.

햇빛이 들어오지 않고, 백주 대낮이라도 황혼 무렵 같았다.(중략) 산 무덤이라 하는 것이 아니겠는가.(중략) 황천 아래로 들어가는 것 같았다.(중략) 답답하고 막혀서 숨을 쉬려해도 공기가 통하지 않았다.

3) 유배지로 가는 동안의 비용 부담

유배 길의 비용은 스스로 부담하는 것이 원칙이고 개인적으로 노비를 거느릴 수 있었다. 유배인은 관직자일 때에는 국가에서 말을 지급하고, 유배 길목의 수령들은 말과 음식을 제공하도록 허용했다. 그래서 재산이 넉넉지 못하거나 동료, 친인척이 많지 않은 양반 관료들의 경우에는 큰 부담이 되었다. 선조 24년(1591) 정철이 실각하자 그 일파로 함경도 부령으로 유배된 홍성민의 경우를 살펴보면 유배지로 떠나기 위해 타고 갈 말 여섯 필과 의식을 장만하는데 가산을 털어야만 했다고 한다.

상당수 유배지로 이동하는 과정에서 그와 정치적 견해를 함께하는 동료 관료들 또는 경유지역 수령들에게서 향응을 제공받았다. 성종 때 종묘사직에 관계된 유배인이 아닌 경우는 경유지 지방관이 술과 고기를 보내주고 전송하는 것을 문제삼지 않았는데, 이 같은 사례는 조선후기에도 일반적이었던 것으로 보인다.

선조 때 이항복이 북청으로 유배 가는 과정에서 29일 중 하루를 제외한 나머지 날들을 모두 경유지 수령과 역촌(驛村)에서 후한 접대를 받은 일, 경종 때에 갑산에 위리 안치된 윤양래가 경유 지방관으로부터 제공받은 물품이 너무 많아 말이 그 무게를 감당하지 못했다는 일화는 조선시대 영향력 있는 관료들의 유배 길을 충분히 짐작하게 하는 사례들이다.

207

4. 정치적인 사건 뒤에 반드시 대규모 유배가 있었다.

유배를 시기별로 살펴보면 조선 초기에 많은 수를 보이다 1551년에서 1600년 사이인 선조 때에는 크게 떨어지는 추세를 보인다. 그러다 다시 영·정조 시대에는 유배자가 증가하는데 조선 초기 (1392~1500년)는 새로운 왕조의 등장에 의해 전 왕조와 관련된 인물들의 유배가 많았고, 왕자의 난을 비롯한 왕위 쟁탈전, 각종 사화와 관련된 사람들의 유배가 줄을 이었기 때문인 듯하다. 한편 선조 때 유배자의 수가 줄어든 것은 임진왜란으로 인해 조선왕조실록의 기록이 충실하지 못한데다가 상당수의 기록이 소실된 점도 원인으로 꼽는다.

조선의 안정기라고 할 수 있는 영·정조(1751~1800년)때 유배자가 많았던 이유는 정치적인 상황 속에서 찾을 수 있다. 영조 때는 탕평책의 실시로 대표되는 군주권의 강화와 중앙집권적인 관료제의 강화가 추구되던 시기였다. 그 속에서 여러 차례 정치집단이 교체되는 환국이 진행되면서 많은 유배인이 생긴 것이다.

한편 영조는 법전을 편찬했는데 그 과정에서 관리들에 대한 법률의 적용이 훨씬 엄격해졌고, 그에 따라 죄를 범한 관리들도 늘어날 수밖에 없었던 것으로 보인다. 혹형의 폐지도 한 몫을 한 것으로 보인다. 이는 그만큼 죄인을 다스리는 게 관대해졌다는 의미로 죽음의 죄에도 감하여 유배를 보내는 일이 많아졌다는 뜻이기도 하다.

한편, 조선의 형벌제도는 후기에 이르면, 〈증보문헌비고〉에서 볼 수 있듯이 천사(遷徙), 충군(充軍), 정배(定配), 위노(爲奴) 등 더욱 세분화된 형태로 나타난다. 천사는 죄인을 고향으로부터 천리 밖으로 강제 이주시키는 형벌이며, 충군은 군역을 부과하는 것을, 위노는 관의 노비로 삼는 것을 말한다. 이중 정배는 한 장소를 정해 죄인을 유배시키는 것으로 원지정배(遠地定配), 극변정배(極邊定配), 변원정배(邊遠定配)로 구별된다. 또한 섬에 정배하는 절도정배(絶島定配), 사형을 감하여 정배하는 감사정배(減死定配) 등으로 나눠지기도 한다.

5. 유배와 어머니

충암(冲庵) 김정(金淨)은 조선 중종 대의 문신으로 높은 학문과 도덕을 실천한 학자였다. 최수성, 구수복 등과 성리학 연구에 몰두했으며, 관료 생활을 하면서도 성리학에 대한 정진을 게을리 하지 않았다. 일찍이 사림(士林)세력을 중앙에 진출시켰고, 조광조의 정치적 성장을 후원하였다. 후에 조광조와 함께 사림파의 대표적인 존재로서, 그들의 세력기반을 굳히기 위해 현량과(賢良科)설치를 적극 주장하기도 하였다.

또 시대의 폐단을 없애고자 노력한 개혁가이자 시인이기도 하였다. 22세 때 문과에 장원급제한 김정은 정암(靜庵) 조광조와 함께 왕도정치의 실현을 위한 개혁정치를 하였다. 그는 미

209

신을 타파하고 향약을 전국에 보급하였다. 하지만 충암을 비롯한 사림파는 연산군을 몰아내고 중종을 옹립한 정국공신의 공을 가려내는 '위훈삭제(偉勳削除)'를 추진하다 기존 세력인 훈구파의 공격을 받았다. 마침내 중종 14년(1519)에 기묘사화가 일어났고, 충암 역시 그 화를 피할 수 없었다. 충암은 대신들의 변호와 그를 따르던 유생들의 호소로 죽음은 피할 수 있었다. 그는 충청도 금산으로 유배됐다.

금산에 유배된 충암은 노모가 있는 보은과 거리가 멀지 않아 금산군수에게 잠시 말미를 얻어 어머니를 찾아뵈려 했으나 중종 15년(1520)에 전라도 진도로 이배의 명이 떨어져 발길을 돌려야 했다. 하지만 진도에 도착했을 때 이 문제가 불거져 망명(亡命:죽을 죄를 지은 사람이 몸을 숨겨 멀리 도망함)을 하려 했다는 무고를 당해 다시 제주도로 이배되는 시련을 겪는다. 그리고 이듬해에 신사무옥에 연루되어 사사되었다.

절해고도 제주에서 힘겹게 삶을 이어가던 충암. 하지만 그 고통의 삶마저도 그에게는 오래 주어지지 않았다. 지역민을 위해 한라산 기우제문을 지어주기도 하고, 우물을 파서 위생적인 식수를 얻도록 도와준 것이 화근이 되어 조정의 관료들이 '유배소 이탈'을 문제 삼았고, 임금에게 극형을 처할 것을 요구했던 것이다.

충암이 변방의 외로운 섬에서 36년의 삶을 마감하는 사약을 들고 읊조렸던 '임절사(臨絕辭)'는 그를 간절히 그리워하는

210

제주의 선비들의 입에서 입으로 전해지고, 당시 제주목사 이운에 의해 이 사(辭)가 전해졌다. 죽는 순간에도 보은에 있는 노모에 대한 그리움이 어느 샌가 묻어 있는 시이다. 그만큼 외로운 유배지에서 어머니에 대한 그리움과 곁에서 지키지 못한 미안함은 큰 것이리라. 더군다나 충암은 어머니보다 먼저 세상을 떠야 했으니 그의 창자가 얼마나 끊어졌겠는가.

　외딴 섬에 버려져 외로운 넋이 되려고 하니
　어머님 두고 감이 천륜을 어기네
　이 세상을 만나서 나의 목숨 마쳐도
　구름을 타고 가면 하늘문에 이르리
　궐원을 떠나 떠돌고도 싶으나
　기나긴 어두운 밤 언제면 날이 세리
　빛나던 일편단심 쑥밭에 묻게 되면
　당당하고 장하던 뜻 중도에서 꺾임이니
　아, 천추만세에 내 슬픔을 알리라.

　충암은 붓을 던진 후 술을 가져오라고 하여 통쾌하게 마신 후에, 형제들에게 노모를 잘 봉양하도록 당부하는 유언을 남기고 36세의 젊은 나이에 세상을 하직했다. 나라를 제대로 세우고 백성을 하늘처럼 섬기고자 의기를 세웠으나, 세월을 만나지 못해 의지도 꺾이고 이제 죽어가는 그 순간에도 늘 자신

211

을 위해 희생을 아끼지 않은 어머니의 얼굴이 충암이 이 세상을 하직하는 그 절묘한 순간에 섬광처럼 나타나 오래도록 머물렀다면 지나친 상상일까.

6. 김만중의 유배생활과 그의 어머니

가. 선천으로의 유배

김만중이 51세 되던 해는 숙종 13년(1687년)이다. 이해 9월에 김만중는 대제학과 의금부판사의 직위를 가진 채, 경연관으로 희정당에서 하는 경연에 나아갔다. 이날 강연은 주강(晝講)으로 정오에 개최되었다. 경연에 참가한 사람은 숙종을 모시고 8인의 신하들, 즉 지사인 김만중을 중심으로 하여 특진관인 신완, 참찬관인 임홍망, 사독관인 황흠, 검토관인 홍수한, 지평인 이정익, 무신부호군인 김단하, 주서인 최중태, 기사관인 송상기였다.

강독할 내용은 전부터 계속 강독하고 있던 주역 중에서 함괘 부분이었다. 경연관들은 먼저 주역 함괘를 강론하였고, 이어서 한석조 부친의 가좌와 능행 때 마편 제공을 잘못한 관원의 처벌 문제, 그리고 김수항과 이단하 등에 대한 대우가 달라진 것이 김창협의 상소 때문인가의 여부 등에 대하여 논의가 진행되었다.

이때 궁인 장씨가 숙종의 특별한 은총을 입어 작위를 받았는데, 이징명과 한성우가 서로 말을 하였고, 김창협도 숙종이 이징명을 견책한 일을 가지고 쟁론하였다. 이윽고 숙종은 김수항과 이단하를 몹시 박대하여 정승에서 물러나게 하였고, 또 엄중한 교지를 내렸다. 여항에서는 조사석이 정승에 제수된 것은 사사로운 지름길로 연줄이 닿아서 그리 됐다는 말이 자자하였으므로 조사석은 감히 직무를 맡지 못하였다.

영의정 남구만은 차자를 올려서 숙종이 두 정승을 염박한 것에 대하여 논하였으며, 이어서 여항의 논의가 비등하여 나라 사람들이 의심스러워하고 있다는 말을 하였다. 대사헌 이익은 또 상소를 올려 조사석이 힘써 사퇴하는 것은 오로지 민진주와 이수언 때문만은 아니라고 말하였다.

이날 경연장에서 숙종과 김만중 등이 나눈 격렬한 대화내용을 보면 다음과 같다.

김만중 : 금번 능에 행행하셨을 때에 말 채찍의 일로 해서 공조의 관원을 잡아 가두라는 명이 계셨으므로 금부에서는 '장팔십고신'의 형률을 적용하였습니다. 유사가 능히 진어하지 못한 것은 진실로 유죄입니다. 다만 듣자하니 등나무 채찍은 반드시 붉은 점이 있고 또 다섯 마디가 찬 뒤라야 진어하기에 합당한데, 공조에서는 이와 같은 물품을 얻지 못해서 죄를 입었다고 합니다. 신이 바야흐로 약방의 직분을 가지고 있으니

213

청컨대 약재로써 비유해보겠습니다. 당약 가운데 황련이나 주사 같은 따위는 형태가 매발톱 같고 거울 표면 같은 것이면 좋은 약이지만 그렇지 못하면 효험도 떨어집니다. 그러나 근래에 진어하는 약재가 혹은 능히 십분 훌륭하지는 못해도 간간히 버금가는 물품을 써도 성상께서는 일찍이 죄주어 책망한 적이 없습니다. 이 어찌 당나라 약재가 먼 데서 오므로 용서해줄 만한 이유가 아니겠습니까? 이번에 이 등나무 채찍도 또한 우리나라에서 나는 것이 아니니 최고품을 얻기 어려운 것 역시 당나라 약재와 마찬가지입니다. 더군다나 이것은 당나라 약재와도 다르니 비록 붉은 점과 다섯 마디가 아니라도 실용에는 해로움이 없습니다. 만일 한결같이 이런 따위의 일만 유의하신다면 옛 사람들이 경계한 바 '물건을 구경하다가 마음을 잃어버림'에 거의 가깝지 아니하겠습니까?

숙종 : 경이 아뢴 바가 대체적으로 훌륭하나 나의 본래의 뜻을 알지 못하였다. 내가 말채찍을 중히 여겨서가 아니다. 공조가 으레 거동할 때엔 말 채찍을 진어하도록 되어 있는데 금번에 진어하지 아니하였다. 내가 공조의 하급관리를 추문하였더니 말 채찍을 진어하는 일은 일찍이 이전 예규가 없다고 하였다. 일이 하도 터무니없었으므로 다시 명하여 이전 예규를 찾아 들이라 했더니 그 뒤에야 구차하게 책임을 얼버무렸다. 일이 몹시도 편안치 못했으므로 대략 경책을 가했던 것이니,

내 뜻은 다만 직무상 당연히 진어해야할 물품을 끝내 진어하지 아니한 것을 언짢아 했을 뿐이다.

김만중 : 옛 사람의 이른 바 '임금의 덕은 이루어냄을 귀히 여긴다'는 것은 신 같은 언관이 감히 의심할 바는 아니지만 이번에 만수전의 화재는 근래에 없던 변고였으며 요즈음 여항 간에는 효잡스러운 말도 많아서 심지어 '상감과 신하의 마음 속에도 의심 때문에 통하지 않는 것이 없지 않다.'하니 진실로 능히 지나친 염려를 하지 아니할 수 없습니다. 또한 오늘 진강한 글월의 뜻에도 임금과 신하, 위와 아래가 서로 감응해야 한다는 말이 있으니 감히 구구하게 생각한 바를 말씀드리겠습니다. 요즈음 상감의 두 신하에 대한 대접은 즉위하신 이래로 없었던 잘못된 거조이시니 온 나라 사람들이 누가 미안하게 여기지 아니하겠습니까? 지난번 영의정과 대사헌 이익이 모두 이 일을 말할 적에 위와 아래가 마음과 뜻이 통하지 않는다는 것과 여항에 부언이 들끓고 있다는 것을 걱정하였습니다. 요즈음 아랫사람들은 모두 군상께서 신하들을 믿지 않는다고 하지만 실은 신하들도 군상의 뜻을 믿지 않음이 없다고는 할 수 없습니다. 신하로서 군상을 의심하는 것이 진실로 도리나 분의상 감히 있을 수 없는 일이지만 인정에 있어서는 또한 어쩔 수 없는 일이기도 합니다.

비유하건데 아버지가 아들에게 본디 자애로우신 분인데 느

닷없이 못마땅한 낯빛을 하실 경우, 온 집안사람이 그 아들의 죄가 무엇인지 영문을 모른다면 어찌 놀라 의혹하는 마음이 없을 수 있으며, 또한 어찌 무심히 앉아 보기만 하고 의혹을 풀어 버릴 길을 모색하지 않을 수 있겠습니까? 전 영상 김수항은 앞 조정의 대신으로 상감께서 은혜롭게 예우하심이 자별하셨는데 지난번 정원에 내린 교지는 평소와 크게 달랐습니다. 그래서 바깥사람들은 그 이유를 헤아릴 수 없습니다. 지난번 김창협이 소를 올려 궁액의 일을 언급하였는데 자못 조심스러움이 결여되어 있었고, 또 창협이 다른 사람과 달라서 후궁이 그의 일가였으므로 바깥 논의가 또한 그러한 소는 창협의 손에서 나와서는 아니 된다고 하였습니다.

수항의 사람된 품이 본디 삼가고 조심성이 있으니 그 당시 만일 그 아들의 상소를 보았다면 반드시 막았겠으나 미처 알지 못한 듯합니다. 그러나 이러한 사정은 다른 사람이 알 수 있는 바가 아니며, 상감께서는 어찌 그 아들의 상소를 가지고 그 아비에게 노여움을 옮기셨습니까? 이 모두 김수항의 죄명이 분명하지 않기 때문에 이러한 의심이 생긴 것입니다. 대신의 차자와 도헌의 상소에 모두 '위와 아래가 의혹으로 막혀 있고 부언이 들끓고 있다.'는 말이 있고 '조사석이 불편해 하는 것은 실로 민진주와 이수언의 상소에 있지 않다.'하는 것도 모두 이 때문입니다.

숙종 : 사석이 불편해하는 것이 두 신하 때문이 아닌 줄을 어떻게 알 수 있는가?

김만중 : 여항간 부언이 지극히 터무니없으니 듣는 이가 뉘 곧이듣겠습니까마는 그러나 이러한 말이 이리저리 굴러서 널리 퍼진 뒤에는 사석도 역시 스스로 편안할 수 없을 것입니다.

숙종 : 이익의 상소에서 이르기를 '사석이 편치 못한 것이 민·이 신하의 상소 때문만은 아님은 온 조정이 다 아는 바입니다.' 하였으나, 나는 그가 편치 못한 까닭을 알 수 없었는데 오늘 연신이 이렇게 말을 꺼냈으니 그러면 사석이 편치 못한 것은 무슨 일 때문인가? 여항간에 어지럽게 들끓고 있다는 것은 또한 무슨 말인가?

김만중 : 여항간 잡스러운 말이 실로 형체가 없습니다만 대체로 궁궐의 일을 가지고 이러쿵저러쿵 하고 있습니다. 상감께서 후궁을 두신 것이 여색을 위해서가 아닌 줄을 조정의 안팎에서 누가 알지 못하겠습니까? 그러나 효종대왕과 현종대왕 두 조정에서는 후궁을 두지 않았으므로 여항 사람들은 처음 보는 일이라고 생각하는 것입니다. 또 지난번에 한성우가 상소를 올려 경계하셔야 할 일을 말씀드렸는데 그 말이 몹시 미친 듯 망녕되어 진실로 상감의 마음을 깨닫게 하기에는 부

족한 것이 사실이었습니다. 그러나 정도가 지나친 비답을 내리시게 되자 외간에서는 혹 지금의 후궁은 송나라 때 온성과 같은 총애를 받고 있는 게 아닐까하고 생각하게 되었으며, 지난번 누차 가복한 것이 상례와는 달랐기 때문에 이로 말미암아 잡스러운 말이 야단스럽게 퍼져갔습니다. 예로부터 이런 따위의 부언은 여인을 총애하는 때에 많이 생겼으니 문왕의 관저편과 같은 때라면 어찌 이런 말이 나왔겠습니까? 그러나 이 모두 떠돌아다니는 근거없는 말들이니 성조께서는 진실로 이 같은 일이 없으시다면 크게 걱정하실 것 없습니다. 다만 몸을 닦고 집안을 가지런히 하는 길에 더욱 힘써 공부하신다면 이와 같이 잡된 말들은 저절로 소멸할 것입니다.

숙종 : 사석이 불편해 하는 것은 무슨 일 때문인가? 말을 꺼냈으니 밝혀 말하지 아니하면 아니될 것이다.

김만중 : 군신은 부자와 같습니다. 그러므로 신이 망측한 부언을 듣고 나서 마음에 참으로 개탄스러워 경솔하게 말씀드렸으니 황송하기 그지없습니다. 또한 이 말이 비록 지극히 터무니없긴 하지만 이제 만일 연중에서 말씀드린다면 사석이 어찌 더욱 불편해하지 않겠습니까?

승지 임흥망 : 근래에 여러 신하들이 장주에 다만 의혹으로

막혀 있다는 말만 하고 의혹을 풀어 없애는 이는 없었습니다. 그래서 이제 아무개가 그 의혹으로 막혀 있는 것을 푸느라 이렇게 아뢰었습니다만 여항에 떠돌아다니는 말을 어찌 신하가 감히 아뢸 수 있으며, 상감께서는 어찌 물으십니까? 혹 대신에게 불편하게 될 까봐 걱정스러우니 분명하고 자세하게 물으실 필요는 없습니다.

숙종 : 이제 이 말을 들어보니 비로소 사석이 불편해하는 것이 민·이 두 신하의 소 때문만은 아닌 줄 알겠거니와 연신이 이미 말을 꺼냈으니 이른바 잡된 말이란 무엇인가? 밝혀 아뢰어야 할 것이다.

김만중 : 이토록 하교하시니 신이 어찌 감히 숨기겠습니까? 신이 이런 따위의 말이 만에 하나라도 믿을 만하다 여기여 군부께 의심을 두고 있는 것은 아닙니다만, 외간에서는 후궁 장씨의 어미가 조사석과 서로 친하게 지냈기 때문에, 사석이 의정 벼슬을 받은 것은 이러한 연줄 때문이라고 합니다. 이런 따위의 말들이 외간에 퍼져 있으니 사석이 불편해 하는 것이라 생각합니다. 말세의 인심이 실로 한심하다 하겠습니다.

숙종 : 내가 엉성한 재주와 엷은 덕으로 임금 자리를 더럽히고 있었더니 이런 말까지 듣게 되었다. 이것은 전고에 없던 변

219

고로 내가 이런 말을 듣고서는 실로 뭇 신하들을 대할 낯이 없으니 차라리 거꾸러져 버리고 싶다. 혼미한 조정에서는 벼슬을 주고 금을 받는 일이 있다더니 이제 이런 말을 들으니 진실로 지극히 무례하다. 반드시 언근이 나온 곳이 있을 것이다. 이미 말을 꺼냈으니 언근을 밝혀 아뢰어야할 것이요, 결코 그만두어서는 아니 될 것이다. 이렇게 차마 듣지 못할 말을 감히 군부의 앞에서 아뢰고 있으니 이것은 임금을 욕보이는 것이다. 연줄로 복상하였다고 하면 혼미한 조정에서 값을 주고 벼슬을 얻을 일과 같은 것이니 금을 받았다는 말인가? 은을 받았다는 말인가? 내 나이 장차 서른인데도 아직 후사가 없으니 후궁을 둔 것은 이 때문이었다. 지난 봄 비망기에서도 이러한 뜻을 말하였으니 한상우가 틀림없이 모르지는 아니할 터인데 감히 여색을 즐긴다는 말을 하고 효종대왕 때의 일을 말함에 있어서도 터무니없는 말을 하고 있으니 저가 인신으로서 어찌 감히 이와 같은 말을 하는가? 지난 번 인견할 때는 이런 일을 가지고 대신에게 박절하게 간섭하기가 무엇해서 드러내 놓고 말하지는 아니하였던 것이다. 내가 이단하로 정승을 삼은 것은 애초에 예우하자는 것이 아니었고 다만 정승을 돌아가면서 하자는 것이었는데, 조사석을 연줄로 복상하였다는 오늘의 말들은 생각지도 못한 것을 무욕하여 이에 이르렀으니 누가 감히 이런 말을 하는가? 언근을 분명히 아뢰라.

김만중 : 신의 죄가 죽어도 진실로 아까운 것이 없습니다. 신이 비록 못났으나 외람되게도 연석에 있고, 마침 외간에서 들은 바가 있었는데 마음이 몹시 놀라워서 삼가 숨김이 없고자 하였거늘 상감의 하교가 언근을 캠에 이르렀으니 신이 비록 신하답지 못하다 해도 어찌 언근을 아뢸 수 있겠습니까?

숙종 : 비록 말세라고는 하지만 군상의 처분을 이렇듯 의심하여 이와 같이 차마 듣지 못할 말을 지어 내는가? 이런 말을 지어낸 자를 분명히 아뢰어야할 것이다.

김만중 : 군상은 부모와 같습니다. 신이 노모가 있는데 사람들이 만일 신의 어미를 헐뜯어 욕한다면 신이 어찌 그 말을 말하겠습니까? 그러나 신의 어미에게 전하지 아니할 수 없는 것은 차마 그런 말을 듣고 내버려둘 수 없기 때문입니다. 오늘 아뢴 것은 다만 군상을 어미처럼 여겼기 때문입니다. 그리고 공중에 떠도는 말이 누구의 입에서 나왔는지를 신이 어떻게 알고 말씀드리겠습니까? 또한 이 일을 신이 진실로 감히 말씀드릴 수 없는데 상감께서 누차 물으셔서 부득이 들은 바를 아뢴 것입니다. 이제 이것을 가지고 신의 죄를 삼으신다면 신은 진실로 형륙(刑戮;죄인을 형벌에 따라 죽이는 일)을 달게 받겠습니다마는 이것은 곧 상감께서 신을 형륙에 빠트린 것입니다.

221

숙종 : 신하가 군상을 의심하는 것이 이에 이르렀는데 나는 알지도 못하였다. 청을 받고 정승을 제배했다는 말은 전고에 듣지 못하였던 바이니 지극히 무례한 말이다. 언근을 분명히 아뢰라. 그만둘 수 없다.

이상과 같은 말들이 숙종과 김만중 사이에 오갔다. 주변에 있는 사람들은 난데없는 임금과 신하의 설전에 가까운 논쟁에 당황하였을 것이다. 미처 말릴 틈도 없이 벌어진 논쟁. 숙종은 지극히 감정적이었고, 김만중은 논리적이었으나 어쨌든 둘 다 양보할 수 없는 팽팽한 신경전이 전개되고 있었다. 이를 통해서 알 수 있는 것이 절의를 지키는 김만중의 가문에 내려오는 핏줄이다. 김만중의 아버지가 청에게 항복할 수 없다면서 화약에 불을 지펴서 스스로 죽지 않았던가. 아버지를 닮아 김만중도 옳다고 생각하는 부분에서는 물러서지 않았던 것이다.

위의 글에서 볼 때 김만중의 말씨는 전혀 흔들리지 않았다. 이에 숙종이 더욱 진노하여 음성과 안색이 모두 엄해지며 다그쳐 묻기를 계속하였을 것으로 짐작이 된다. 이미 논리적인 싸움은 끝이 났고, 계속 언근을 대라는 투정에 가까운, 어찌 보면 여항간의 다툼에서나 나올 수 있는 장면이 계속된다. 옆에 있던 옥당 황흠과 옥당 홍수헌, 그리고 임홍망에 이어 특진관 신완조차도 언근을 캐어물으시는 것은 임금의 도리가 아니라고 말하지만, 숙종은 계속해서 언근을 바른대로 아뢰라고 다그친다.

이에 황흠이 이렇게 말한다.

　- 언근을 캐어 물으심은 실로 큰 거조가 아닙니다.

이어서 김만중도 더 이상 숙종 곁에 있는 게 도리가 아니라고 판단한 듯, 이렇게 아뢴다.

　- 소신이 황공하여 감히 그대로 여기에 있을 수 없으니 물러나 명을 기다림이 마땅할 듯 합니다.

이때의 상황을 〈조선왕조실록〉에서는 이렇게 기록하고 있다. 이 날 승정원에 전교하기를,

　- 김만중을 잡아다가 문초하라는 전지를 즉시 써서 입계하고, 의금부로 하여금 따져 묻게 하라.

이에 승정원에서는 연중에서 대간이 이미 도로 거두도록 논계한 것을 들어 전지를 봉입할 수 없다는 뜻을 여러 차례 아뢰었으나 마침내 들어주지 않고서 "단지 대간이 있는 것만 알고 군부가 있음은 알지 못한다"는 등의 분부를 내리기까지 했다. 숙종의 감정이 극도로 상했음을 알 수 있게 하는 대목이다.

어쨌든 이 사건은 사관 윤성준이 아뢰기를, "사필은 진실로

중요한 것이기는 하지만 성상의 분부가 이러하신데 어찌 감히 주지 않겠습니까?"하고 말하자, 유명일이 드디어 전지를 써 내려가 임금이 구두로 부르는 대로 쓰기를 끝내어 김만중은 결국 의금부에 하옥하게 되었다. 김만중은 며칠 전인 9월 9일에 의금부의 으뜸 벼슬인 판의금부사(判義禁府事)를 겸하는 명령을 받았다. 그러나 이제 하루 사이에 중죄인이 되어 의금부 관리 앞에 서게 된 것이다.

이 날의 사건을 〈조선왕조실록〉에서는 다음과 같이 평했다.

- 이때 숙종의 진동이 겹치게 되므로 사람들 대부분 황송하고 두려워 어찌하지를 못했다. 유명일은 해방 승지로서 마침내 명령을 순순히 쫓을 수 밖에 없었고, 윤성준은 사관으로서 다른 사람에게 붓을 주었는데, 무리가 모두 그들이 직분을 잃은 것을 허물했었다. 삼가 살펴보건대 임금의 직책은 정승을 논하는 것보다 큰 일이 없는 법이다. 만일 임금이 이단하가 합당하지 않음을 알았더라면, 비록 아래에서 추천하더라도 마땅히 쓰지 않으면 될 뿐이지 어찌 억지로 제배할 필요가 있겠는가? 이미 제배한 뒤에는 비록 더러 직무에 알맞지 않더라도 마땅히 예를 차려 퇴진시켜야 할 것인데, 이번에 김만중의 말에 격분하여 모욕하고 업신여기는 말을 하여 노려보듯이 하였으니 어떠하겠는가? '번갈아 하는 대관'이란 말은 진실로 야비한 상말

중에도 심한 말이다. 임금이 대신에게 대해서 어떠한 것이라도 이런 말을 할 수가 있는가? 참으로 한 마디 말이 나라를 잃게 되는 것이다, 라고 한 것과 같은 이치라고 하겠다. 당론의 폐단은 진실로 남치훈의 말과 같은 수가 있기는 했지만, 조사석의 일이 이미 의심스러운 자취가 많았고, 김만중이 논계한 말이 반드시 사심에서 나온 것이 아니고 보면, 어찌 당론으로 돌릴 수 있는 것이겠는가? 기회를 틈타 발동하여서 모호한 계책을 부리려 한 것이 가릴 수 없게 되어 있다.

이처럼 상감의 면전에서 장시간에 걸쳐서 전개된 폐부를 찌르는 비판이었기에 숙종으로서는 도저히 감당할 수 없었던 것이리라. 때문에 분노 어린 태도로 거듭 언근을 밝히라고 다그쳤으리라. 이는 협박에 가까운 명령이다. 김만중의 직언은 조사석을 정승에 제수할 때 일어났던 의망을 무시한 특명에 대한 비판이면서 숙종이 총애하는 장숙원(후의 장희빈)의 모친과 조사석과의 연계설에 대한 입체적인 문제의 표출이었다. 반대로, 숙종으로서는 덮어버리고 싶었던 사실이었다. 어쨌든 이 직언은 강직한 서포가 목숨을 걸고 벌인 군신간의 진검승부였을 지도 모른다. 충신이기에 가능한, 어쩌면 조금은 개인적인 감정도 들어 있는 발언이었는지도 모른다. 김만중이 신권(臣權)을 강조한 서인 소속이었다는 것을 감안하면 말이다.

225

서포의 어머니인 해평 윤씨는 김만중이 직언으로 유배를 가야하는 처지를 보면서 어떤 생각을 하게 되었을까. 50년 전에 강화도에서 청군에게 복종하기 싫다고 절의를 지키기 위해 목숨을 버린 김익겸을 떠올렸을 것이다. 또한, 자신도 적군을 만나면 자결을 하기로 마음을 먹고 어린 아들 김만기와 배속에 있는 김만중을 품고 아비규환 같은 강화의 바다를 건너는 장면이 주마등처럼 스쳐갔을 것이다. 어찌 인간으로서 슬프지 않았을까. 해평 윤씨라고 해서 직언을 하지 않고 적당히 숙종의 비유를 맞추면서 아들이 영의정에 오르고 집안이 부귀영화를 누리는 것을 꿈꾸지 않았을까. 하지만 그녀는 정경부인으로, 여장부다운 소신으로 유배를 떠나는 아들에게 다음과 같이 당부한다.

　　- 영해로 유배되는 일은 선현으로서도 면치 못한 것이니, 그곳에 가거든 자신을 소중히 하고 나를 염려하지 말라.

　한편, 서포는 1687년 9월 14일에 의금부에서 나와 한양에서 선천의 유배지로 갔다. 유배지에서도 어머니의 말이 계속 맴돌았던 것일까. 선천이라는 변방의 요새(要塞)에서 잠 못 이루는 밤에 고향을 그리워하며 지은 것으로 보이는 새상(塞上)이라는 시를 보면 그가 얼마나 눈물을 쏟을 만큼 외롭고 쓸쓸하게 지내고 있는지 엿볼 수 있다.

변방의 황색구름에 해는 쉬 기우는데
근심 있는 사람은 어디서 서울을 바라볼거나
빈 산은 스스로 마음에 둔 달 걸어놓고
외로운 나무는 눈물 뿌린 꽃 도리어 피우네
천리에 글월 띄워 조석 문안드리고
오경의 고향 꿈은 생애 그대로일세
깊이 알겠다 영해의 귀양살이 나의 길임을
옛 선현들을 뒤쫓아감이니 원망도 탄식도 하지를 말자

이 시에 빗대어 송시열이 제주도로 유배를 가던 중 풍랑을
만나 완도 보길도에 잠시 머무르며 백도리 해안 절벽에 남긴
글을 보기로 하자.

여든이 넘은 늙은이가
만 리 푸른 물결 한 가운데 왔도다
말 한마디가 어찌 큰 죄랴마는
세 번이나 내쫓겼으니 앞이 막혔구나
북녘 대궐을 향해 머리를 돌려보지만
남쪽 바다에는 계절풍만 부네
귀한 옷을 내리셨던 옛 은혜를 생각하면
외로운 충성심에 눈물만 흐르는구나.

227

1689년에 숙종이 중전 민씨를 폐위하고 희빈 장씨를 중전으로, 왕자 균을 세자로 책봉하려 하자 우암 송시열을 중심으로 한 노론 일파가 크게 반발하였고, 결국 서인들이 화를 입은 기사환국이 일어난다. 송시열은 기사환국에 연루되어 1689년 83세의 고령에도 불구하고 제주도로 유배를 가게 된다. 그 도중에 풍랑을 만나 머물면서 바위에 새긴 시라고 한다.

한편, 김만중은 선천의 유배지에서 어머니를 그리워하는 시를 많이 지었다. 1687년 9월 27일에 모친의 생일을 맞았다. 작년 1686년 9월의 모친 생일에는 형도 살아있었고, 서포 자신도 순탄한 벼슬길에서 활동하고 있었다. 그러나 이 해 3월에는 형 서석이 세상을 떠났고, 자신마저 9월 14일에 원찬을 당하게 되어 며칠 전부터 선천에서 유배생활을 시작하면서 모친의 생신을 맞게 된 처지에서 윤씨 부인이 겪고 있을 안타까운 심정을 읊었다.

지난해 오늘은 어머니 모시고
형제가 나란히 장수하시라 잔을 올렸네
한번 적소에 떨어지니 소식은 끊기고
노산의 새 무덤엔 어느덧 가을 서리 내리네
인간화복의 인연 아득해 헤아리기 어려우니
노래와 울음 슬픔 기쁨 단 한 해에 일어나네
멀리서 어머니가 자식 생각하며 흘릴 눈물 생각하니

반은 사별 때문이요, 반은 생이별 탓일세

변방 성문에 지는 달은 반나마 창에 밝은데
온갖 일 관심사에 잠 못 이루네
밤마다 수풀 속 까마귀 소리 끝없이 들리고
다시금 구름 밖 애끓는 기러기 소리 이겨내야 하리.

또한, 어머니가 아프다는 소식을 듣고 난 후에 자신이 곁에
서 간호할 수 없는 신세를 한탄하는 근득(近得)이라는 시도 지
었다. 점차 싸늘해 가는 늦가을의 해 저무는 시각에 성으로
찾아드는 까마귀와 마구간에서 울어대는 말, 그리고 떠다니
는 구름으로 자신의 심경과 모습을 은유하였다. 까마귀는 반
표지효(反哺之孝:어미에게 되먹이는 까마귀의 효성이라는 뜻으로 어버
이의 지극한 은혜에 자식의 지극한 효도를 이르는 말)의 효심을 다하
고 싶은 자신의 심정을 나타내기 위해 등장시켰고, 지금이라
도 당장 어머니 곁으로 달려가고 싶지만 자신은 마구간에 갇
힌 말처럼 갇혀 있는 신세라는 것이다. 당시에 유배지에서 이
탈하면 극형에 처한 사례도 있었으니 적절한 비유이리라. 또
한 구름은 탄탄한 벼슬생활을 하다가 유배를 당하는 구름 같
은 신세를 한탄하기 위해서 등장시킨 것이다.

요사이 어머니 서신 받아서 보니

229

노쇠한 나이에 질병에 걸리셨네
나를 보내 주기 어려움을 아노니
무엇으로 상한 마음 위로해 드리리
날 저무니 성에는 까마귀 어지럽고
날씨 차가우니 마구간의 말이 우네
떠도는 구름은 아무 생각도 없이
아득히 동쪽으로 흘러만 가네

이 밖에도 서포는 기몽(記夢)을 비롯한 여러 시에서 모친에
대한 그리움과 곁에서 모시지 못한 안타까움을 표현할 정도
로 모친에 대한 애정이 각별했다.

나. 남해로의 유배와 죽음

김만중은 선천의 유배지에서 만 1년 동안의 유배생활을 마
치고 집으로 돌아왔다. 그립던 어머니를 뵈었으니 천하를 얻
은 것보다 더 기뻤으리라. 김만중이 유배지에서 풀려난 것은
아이러니하게도 훗날 장희빈이 된 후궁 장소의의 몸에서 왕자
(후의 경종)가 태어났기 때문이었다.

하지만 김만중을 기다린 것은 또 한 번의 유배였다. 그리고
그 유배는 김만중을 더 이상 조정에 들어놓지 못하게 하는 작
별의 행진곡이었다. 선천에서 유배를 마치고 조정으로 들어왔
지만 세상은 남인이 지배하고 있었다. 그러니 송시열과 밀접한

관계가 있는 김만중이 살아남기는 대단히 어려운 환경이었다. 게다가 그는 목숨을 위해서 자신의 뜻을 꺾는 사람이 아니었으니 모든 것은 정해진 순서에 따라 진행되는 것처럼 일사천리로 진행되었다.

집에 돌아온 지 두어 달 만인 이듬해 기사년에 김만중은 대간의 탄핵을 받기 시작했다. 정월에 임금은 원자(元子)의 위호를 정하라고 명했다. 서인 측의 신하들은 인현왕후의 나이가 아직 한창이고 왕자가 태어난 지 겨우 몇 달이 지났으니 숙종의 명은 너무 급박한 것이라고 하였다. 대표적으로 우암 송시열은 소(疏)를 올려서 거조가 너무 급박하다고 하였다. 이에 숙종은 자신의 뜻을 꺾는 신하를 전혀 용납하지 않고 불같이 화를 내며 말했다.

- 송시열이 산림(山林)의 영수로서 감히 이의를 제기하니 장수 없던 무리들이 이제야 장수를 만났다고 잇달아 일어나는구나.

결국 송시열은 제주도로 유배를 가야했다. 그때 나이 여든이 넘은 노구의 몸이었다. 제주도는 죄인이 갈 수 있는 가장 먼 곳이었다. 그만큼 송시열의 죄는 큰 것이었다. 조정이 바야흐로 남인의 세상이 되었으니 천하의 송시열도 어쩔 수 없었다. 김만중도 이런 흐름을 결코 피해갈 수 없었다.

231

이미 그 일로 선천으로 유배를 간 것이지만 대간(臺諫)들이 조사석이 청촉으로 정승이 되었다, 라는 말을 지어낸 자가 누구인지 언근(言根)을 캐어내자고 또 다시 야단이었다. 결국, 몇 차례의 심문을 거쳐서 "죄상으로 말하면 만 번 죽여도 아까울 게 없지만 어찌 참작해 줄 길이 없겠는가" 라는 어명을 끝으로 남해에 위리안치하게 된다.

떠나는 김만중이나 떠나보내는 해평 윤씨의 마음은 가슴을 저미는 듯한 아픔이 있었을 것이다. 그래도 어찌 하겠는가. 서로에게 눈물을 보이지 않는 절제된 슬픔으로 이별을 할 수 밖에 없었을 것이다.

3월에 김만중이 남해로 유배를 가고 얼마 지나지 않아 4월에는 인현왕후가 폐출되고 희빈 장씨가 왕후에 올랐다. 박태보는 항소하여 힘써 간하다가 죽고, 김수항은 유배지에서 화를 당하고, 송시열은 유배지에서 체포되어 도성으로 오다가 정읍에서 사약을 받았다. 김만중의 집안도 화를 피해갈 수 없었다. 조카인 김진규와 김진구가 각각 제주와 거제로 유배의 길을 떠나야 했다. 집안이 송두리째 박살나는 순간이었다. 어렸을 때에 조카를 가르친 해평 윤씨의 마음은 금방이라도 목숨을 끊고 싶을 만큼 힘들었으리라. 하지만 그녀는 평생 동안 절망과 싸워 이긴 전사(戰士)답게 조카에게도 의연한 모습을 보였음에 틀림이 없다.

한편, 김만중은 남해 시절 첫 해의 어느 가을에 지었으리라

232

짐작되는 남황(南荒·남쪽의 변방)이라는 시에서 이렇게 소회를
밝히고 있다.

서쪽 변방에서 해를 지낸 귀양살이
남쪽 변방에선 허연 머리의 죄수
재처럼 사그라진 마음 거울 잡기 귀찮고
피눈물 흘리며 정신없이 뗏목을 탔네
가을 하늘 날아가는 기러기에 수심 띄우네
여태까지 충효하기 소원이었는데
노쇠하고 시들어서 길이 쉴까 두렵네

시에서 볼 수 있는 바와 같이 김만중은 선천에서의 귀양살
이와 남해의 유배 생활을 돌아보면서 의기소침해진 마음으로
피눈물을 흘리면서 남해 적소에 배를 타고 왔음을 고백하고
있다. 또한, 오늘도 해는 지는데 조정에서 풀려난다는 소식도
없으니 날아가는 기러기 떼에 수심을 띄우고 있다. 그리고 마
지막엔 충효하기 원하지만 늙고 기력이 없으니 혹 여기서 죽지
않을까, 하고 두려워하고 있다.

다음의 시에서도 볼 수 있듯이 이미 김만중의 마음이 꺾이
고 있음을 알 수 있다. 자신의 어머니 생신에도 가지 못하고
세상이 온통 충언을 물리치고 간신의 무리로 들끓고 있는데
이를 바로 잡아야할 임금마저도 미색에 취해 장희빈을 왕비로

233

앉히는 등 정도를 벗어나고 있으니 절의(節義)를 소중히 하는 김만중으로서는 살고 싶은 마음이 들지 않았을 지도 모른다. 어느덧, 그의 곁에 죽음이 도사리고 있었을까.

    북풍이 쏴아 하고 대숲에 불어
    오늘 아침 두 조카 생각이 나네
    내 남쪽으로 쫓겨오며부터 너희 마음 괴롭더니
    어찌 알았으랴 너희마저 해천의 남쪽인 것을
    바람과 물결 하늘에 넘쳐 넘을 수가 없는지
    여섯 달 동안 지금까지 편지 한 장 없네
    나 이제 풍토병 앓아 날로 어질어질해지니
    죽어서 떠나면 누가 강변의 뼈를 거두어 주나.

남해 유배시절 두 번째 해인 1690년(숙종 16) 정월에 김만중은 어머니가 돌아가셨다는 부고를 접하게 된다. 향년 일흔 셋의 나이였다. 지난해 12월에 돌아가셨는데 이제야 비로소 소식이 이르렀던 것이다. 김만중은 대청마루에 앉아 있다가 어머니의 부음을 듣고 깜짝 놀라 부르짖으며 마루 아래로 몸을 던져 까무러쳐서 오랫동안 깨어나지 못했다. 깨어나서는 살고 있는 집에 위패를 모셔놓고 매일 아침 곡을 했다.

남해로 유배된 지 3년 째인 1691년(숙종17), 김만중의 나이 55세 때인 가을에 종형(從兄:사촌형) 김만증(金萬增)이 남해로 김

234

만중을 찾아왔다. 그는 평소에 김만중의 세속에서 초연한 신선 같은 처신과 태도를 귀히 여겼다. 일찍이 김만중에 대해 이렇게 말했다.

- 세상에 신선이 없다면 모르겠거니와 있다면 서포가 참으로 신선이다.

겨울에, 장희빈의 오빠인 장희재가 김영하를 사주하여 무고하기를, 보사공신 이입신의 아들 방화가 모반을 꾀한다고 하면서 김만중을 끌여들였다. 방화가 체포되어 와서 따져 묻자, 영화는 그것이 무고였음을 자백하였으므로 김만중에게 해를 입히지는 못했다.

남해로 유배된 지 4년 째 되던 해인 1692년(숙종 18)이었으니 김만중의 나이 56세였다. 3월에 가족 모두를 남해 가까운 곳에 이사시키려 했는데 이루지 못했다. 애초에 가족이 함께 남해로 내려오지 않은 것은 부인이 서울에 있지 않으면 어머니의 소식을 들을 수 없을 것 같아서, 아들 진화로 하여금 해평 윤씨의 곁을 지키게 하면서 남해를 왕래하게 하였던 것이다.

하지만, 어머니가 돌아가시자 집안 식구들이 서울에 머물러 있으면 거취가 오히려 불편했으므로 적소에 가까운 데를 잡아 남도(南道)로 이사할 계획을 세웠다. 진주와 단성(丹城:현 경남 산청군)사이를 모색하다가 남원으로 정했는데 얼마 안 있어 김만중이 세상을 하직했으므로 결국 실행하지 못했다.

5월에 아들 진화가 급히 달려와서 다시 염습하여 널을 모시고 고향으로 돌아갔다. 사위 이이명이 당시에 영해(寧海: 경북 영덕의 옛 이름)의 유배지에 있다가 김만중의 뒤를 이어 남해로 유배지를 옮기게 되었다. 순천(順天)의 인성이라는 분이 일찍이 김만중이 있던 곳을 왕래했는데 이 때 마침 이이명을 만나 눈물을 흘리면서 이렇게 말했다.

- 맑고 깨끗하며 뛰어나 보통과 다르고, 또한 선어(禪語)도 능히 훤히 알더니 불행이도 여로에 오른 널이 이미 섬을 떠났구나.

김만중이 적사(謫舍:귀양 가서 거처하던 집)에 일찍이 매화 두 그루를 심었는데 해마다 꽃이 피고 열매를 맺었다. 그러나 이이명이 섬에 들어오고 여로에 오른 김만중의 널이 이미 북으로 돌아가자, 두 그루의 매화는 황폐해진 뜰에 쓸쓸히 서서 시들면서 죽어갔다고 한다.

죽기 전에 김만중은 무슨 생각을 하였을까. 정암 조광조가 죽기 전에 썼다는 절명시(絕命詩)를 한번 살펴보자.

임금 사랑하기를 아버지 사랑하듯 하였고
나라 근심하기를 집안 근심하듯 하였느니라

밝은 해가 아래 세상을 내려다보고 있으니
거짓 없는 이내 정성을 환하게 비추리다

   정암은 이 시를 쓰고 나서 주위 사람들에게 마지막 유언을
남겼다.

      – 내가 죽거든 관으로 쓸 나무를 얇은 것으로 하라. 두
     껍고 무거운 송판을 쓰면 먼 길 가기가 어렵기 때문이니라.

   그토록 살아서 가고자 염원했으나 끝내 돌아가지 못했던 정
암의 한양길. 그는 자신을 모함하는 이 없는 주검이 되어서나
마 자신이 왔던 길을 능주(綾州:전남 화순의 옛 이름) 고개 넘어
한 발 한 발 되짚어 갔을 것이다. 서포도 비슷한 심정이 아니
었을까. 죽는 순간, 곁에는 아이 종 두어 명만 지키고 있었으
며 섬에 함께 유배온 이가 안타깝게 여기어 염습을 해주는 초
라한 죽음이었지만 그 기개만큼은 따라올 사람이 없었을 것
이다. 혹시 그 동안의 한이 서려 다시 한양으로 돌아가서 굽
은 것을 바로 펴고, 임금에게 밝은 눈을 열어주고 싶은 충정
때문에 저승길을 두려워했겠지만, 한편으로는 이제 저 세상으
로 가서 마음껏 어머니를 모시고 형제가 서로 마주하며 덩실
덩실 춤을 추고 싶은 마음에 얼굴은 누구보다도 평안했는지
도 모른다.

237

인간에게는 늘 두 가지 문제가 따른다. 하나는 자질론이요, 다른 하나는 상황론이다.

가장 소중한 것은 상황을 뛰어넘는 자질이 아닐까. 명문가문이었지만,

전쟁통에 모두 잃어버려 가난한 생활을 할 수 밖에 없었을 때에도, 결코 자식들에게

빈궁한 모습을 보여주지 않고 의연하게 고난을 극복하는 지혜와 결단은

결코 범인(凡人)의 것이라 할 수 없다.

갈수록, 아이들이 훌륭하게 자라기 위해서는 집안 환경이 중요하다는 것이

대세를 이루는 분위기이다. 이른 바 개천에서 용이 난다는. 말은 이미 화석화되어

박물관에나 가야할 분위기이다. 하지만 훌륭한 어머니가 있다면 여건이 열악해도

자식을 훌륭하게 키울 수 있다는 논리를 들이대는 것은 지나친 고집일까.

제5장

윤씨 부인, 신사임당, 그리고 강빈

윤씨 부인,
신사임당, 그리고 강빈

1. 해평 윤씨

해평 윤씨의 친정은 고조부 윤두수, 증조부 윤방의 2대에
걸친 영의정을 지낸 명문가였다. 또, 선조의 딸이자 인조의 고
모가 된 정혜 옹주의 슬하에서 정통적인 예절 교육을 받으며
덕성을 함양하며 자랐다. 시집 또한 이에 못지않은 삼한갑족
으로 일컬어지는 광산 김씨의 중추인 김장생의 집안으로 김반
과 김익겸으로 이어지는 명문가였다.

어렸을 때부터 총명과 문장으로 남자라면 대제학에 올랐을
것이라는 칭찬을 받았던 해평 윤씨는 결혼 전까지는 이런 최
상의 조건으로 출발하였지만 큰 아들 김만기가 다섯 살이고,
둘째 김만중이 뱃속에 있을 때 정축호란을 만나서 남편을 순

240

국하는 바람에 미망인이 되었다. 피난길의 병선에서 유복자 김만중을 낳은 후에 친정살이를 시작하는 불행에 처해졌다.

즉 하루아침에 가문의 전통을 이어갈 두 아들을 성공적으로 키워내야 할 부모의 역할을 감당해야하는 난관에 부딪혔다. 이러한 어려움에도 불구하고, 남성 중심의 유교 사회 속에서도 인고하면서 자신이 이룰 수 없는 소망과 가문의 번영을 위한 자녀 교육에 헌신적인 노력을 기울였다.

해평 윤씨는 조선예학의 종가인 사계 김장생을 이어 증손인 두 아들이 예학의 전통을 성실히 이어갈 뿐만 아니라 양대 영의정에 부마도위를 한 친정의 가통을 온전히 계승할 자식이 될 수 있도록 하기 위한 중차대한 사명에 직면하였던 것이다. 그러기에 그녀는 어려운 여건을 불평하지 않고 직접 그녀 스스로 아들을 가르치기도 하였던 것이다.

난리 직후인지라 어려운 생활임에도 불구하고 두 아들을 위한 일이라면 어떤 일도 가리지 않았고, 자애로운 모친의 모습과 더불어 엄하면서도 해박한 지식을 갖춘 스승의 모습을 동시에 보여주면서 자식을 솔선수범으로 이끌어갔다. 이런 자식에 대한 자애, 엄한 지도와 편달, 그리고 치열한 노력의 조화는 두 아들의 과거길과 벼슬길이 남다른 성과를 얻어내는 데 결정적인 힘으로 작용하였다.

해평 윤씨가 보여준 이러한 결의와 효율적인 실천은 남편이 없는 결손가정이기 때문에 그 책무를 자신이 대행한다는 의

241

무감에서 나온 것이기도 하지만 스스로 가지고 있는 총명함, 정혜옹주로부터 배운 초기의 덕성과 예절 교육에다가 스승이 될 만한 학문적 지식을 가지고 있었기 때문에 가능한 일이었다.

두 아들의 성공은 스스로의 노력 못지않게, 옛 선현들의 가르침에 어긋나지 않게 교육한 해평 윤씨의 가정 및 초기 교육의 기초 위에 다시 친정과 시집의 학자들을 비롯하여 우암 송시열, 동춘당 송준길과 같은 당대 최고의 학자들 밑에서 최상의 학문과 의리교육을 전수 받았기에 가능한 일이었다.

이처럼 실천적으로 보여준 조직적이고, 전향적이고 지혜로운 방식에 따른 두 아들에 대한 지도력의 발휘는 그들이 가문의 명예를 더욱 끌어올리는데 성공하였다. 결국 두 아들은 조정의 중신으로서, 대학자로서, 예학과 의리 집안의 당당한 자식들이 되어서 김장생 이후, 김반, 김익겸으로 이어지는 선대의 업적을 충실히 계승하게 되었다.

큰 아들 서석 김만기는 정치적인 출세로 모친을 호강시켜 드렸고, 작은 아들 서포 김만중은 충의를 실현하기 위해 당한 유배생활 가운데에서도 초지일관하면서 문학적인 효행으로 모친을 위로하였다. 어쨌든, 전쟁미망인이요, 청상과부라는 어려운 여건을 맞이했지만 결코 현실에 좌절하지 않고 남편의 순국 의리정신과 시모 서씨 부인의 열녀정신을 이어받아 생열녀와 같은 의지로 덕성과 지성으로 자식들을 교육시켜서 두 아들을 현종과 숙종 때의 국가 대들보로 활동하게 하였다. 두 아들은 살아서는 물론, 죽어서도 각각 현종과 숙종의 공신이 되었다. 손자 김진규 또한 대제학이 되었고, 손녀는 숙종의 초비인 인경왕후가 되었으며 증손자 김양택은 영의정이 되었다.

그리고 시부 허주 김반, 부친 김익겸과 아들 김만기는 추증(追贈:나라에 공로가 있는 벼슬아치가 죽은 뒤에 품계를 높여주던 일) 영의정이 되었다. 또한 자신도 여성으로서 오를 수 있는 최고의 품계인 정1품 정경부인에까지 올랐기에, 그 위계와 자손들에게 끼친 결실은 조선조 역사상 그 유례를 찾아볼 수가 없을 정도로 대단한 것이었다.

젊어서는 정축호란을 현장에서 겪었고, 늙어서는 극심한 당쟁시대, 젊은 국왕 숙종이 궁인 장씨에 현혹되어 국정의 난맥상을 보여주는 소용돌이 속에서도 조금도 흔들림이 없이 조용히 집안을 지키면서 두 아들을 대제학, 병조판서로 만들었고, 큰 아들은 숙종의 부원군이요, 작은 아들은 3차에 걸친 유배 생활 끝에 결국은 유배지에서 생을 마감한 행동하는 충신으로 만들 수 있었던 것이다. 사후에도 두 아들은 충신으로 인정을 받아서 큰 아들은 현종의 배종공신으로, 작은 아들은 숙종의 배종공신이 되었다.

또한, 손녀는 현종의 세자빈으로, 숙종의 왕비 인경왕후로, 손자 김진규 또한 대제학으로 키워낸 여인으로서 허주 김반의 종부(宗婦)의 역할을 모범적으로 하여 가문의 창달을 이루는

243

데 크게 기여했다. 가히 중국의 맹자의 모친과 조선의 신사임당과 비교할만한 여군자라고 할 수 있을 것이다.

인간에게는 늘 두 가지 문제가 따른다. 하나는 자질론이요, 다른 하나는 상황론이다. 가장 소중한 것은 상황을 뛰어넘는 자질이 아닐까. 명문가문이었지만, 전쟁통에 모두 잃어버려 가난한 생활을 할 수 밖에 없었을 때에도, 결코 자식들에게 빈궁한 모습을 보여주지 않고 의연하게 고난을 극복하는 지혜와 결단은 결코 범인(凡人)의 것이라 할 수 없다.

갈수록, 아이들이 훌륭하게 자라기 위해서는 집안 환경이 중요하다는 것이 대세를 이루는 분위기이다. 이른 바 개천에서 용이 난다는, 말은 이미 화석화되어 박물관에나 가야할 분위기이다. 하지만, 훌륭한 어머니가 있다면 여건이 열악해도 자식을 훌륭하게 키울 수 있다는 논리를 들이대는 것은 지나친 고집일까. 어쨌든, 우리는 해평 윤씨의 삶에 좀 더 집중할 필요가 있다.

2. 신사임당

사임당은 당호이며, 당호의 뜻은 중국 고대 주나라의 문왕의 어머니인 태임(太任)을 본받는다는 것으로서, 태임을 최고의 여성상으로 꼽았음을 알 수 있다. 사임당은 외가인 강릉

에서 태어나 자랐다. 아버지 명화는 사임당이 13세 때인 1516
년(중종 11)에 진사가 되었으나 벼슬에는 나가지 않았다. 기묘
명현(己卯名賢)의 한 사람이었으나 1519년의 기묘사화의 참화는
면하였다.

중종반정으로 연산군을 폐하고 왕위에 오른 중종은 연산군
의 악정을 개혁함과 동시에 쫓겨난 신진사류를 등용하여 파괴
된 유교적 정치 질서의 회복과 교학, 즉 대의명분과 오륜을 중
시하는 성리학의 장려에 힘썼다. 이러한 새 기운에 힘입어 정
계에 두각을 나타난 것이 바로 조광조 등 신진사류였다.

조광조의 정치적인 업적은 다방면에 걸쳐 성공을 거두었으
나 그의 이상적인 왕도정치는 구현과정에서 저돌적이고 급진
적인 면이 많아 도리어 증오와 질시를 사게 되었다. 게다가 철
인군주(哲人君主)의 이상과 이론을 왕에게 역설하게 된 것이 강
요의 인상을 주어 왕마저도 그의 도학적 언동에 대해 점차 혐
오감을 가지게 되었다. 또한 청렴결백과 원리원칙에 입각한 도
학적인 태도는 보수적인 기성세력을 소인시해 훈구세력들의
미움을 사게 되었다. 결국 조광조, 김정, 김식 등의 신진사류
가 남곤, 심정, 홍경주 등의 훈구 재상에 의해 화를 입게 되었
다. 이를 기묘사화라고 하고, 이 사화에 희생된 조신들을 일
명 기묘명현이라고 한다.

외할아버지 사온이 어머니를 아들잡이로 여겨 출가 후에도
계속 친정에 머물러 살도록 하였다. 이에 사임당도 외가에서

245

생활하면서 어머니에게 여범(女範)과 더불어 학문을 배워 부덕
(婦德)과 교양을 갖춘 현부로 자라났다. 서울에서 주로 생활하
는 아버지와는 16년간 떨어져 살았고, 그가 가끔 강릉에 들를
때만 만날 수 있었다. 19세에 이원수와 결혼하였다. 사임당은
그 어머니와 마찬가지로 아들 없는 친정의 아들잡이였으므로
남편의 동의를 얻어 시집에 가지 않고 친정에 머물렀다.

결혼 몇 달 뒤 아버지가 세상을 떠나 친정에서 3년 상을 마
치고 서울로 올라갔다. 얼마 뒤 선조 때부터 시집의 터전인 파
주에 기거하기도 하였고, 강원도 평창에서 여러 해 살기도 하
였으며, 이따금 친정에 가서 홀로 사는 어머니와 같이 지내기
도 하였다. 셋째 아들 이이도 강릉에서 낳았다.

1541년(중종 36) 38세에 시집살림을 주관하기 위해 아주 서
울로 떠나왔으며, 1551년(명종 6) 봄에 48세에 삼청동으로 이사
하였다. 이 해 여름 남편이 수운판관(水運判官)이 되어 아들들
과 함께 평안도에 갔을 때 갑자기 세상을 떠났다.

최고의 여성상인 태임을 본받는다는 뜻으로 당호를 지었는
데, 사임당을 평한 사람들 중에는 그의 온아한 천품과 예술적
자질조차도 모두 태임의 덕을 배우고 본뜬 데서 이루어진 것
이라고 하였다. 그것은 이이와 같은 대정치가요 대학자를 길러
낸 훌륭한 어머니로서의 위치를 평가한 때문이다.

그러나 사임당은 완전한 예술인으로서의 생활 속에서 어머
니와 아내의 역할을 잘 수행한 것으로 정평이 나있다. 그런 면

에서 볼 때 그는 조선왕조가 요구하는 유교적 여성상에 만족하지 않고 독립된 인간으로서의 생활을 스스로 개척한 여성이라 할 수 있다. 아울러 교양과 학문을 갖춘 예술인으로서 성장할 수 있었던 배경에는 그의 천부적인 재능과 더불어 그 재능을 발휘할 수 있도록 북돋아준 좋은 환경이 있었다. 이미 그의 재능은 7세에 안견(安堅)의 그림을 스스로 사숙(私淑)했던 것에서 찾아볼 수 있다.

또, 그녀는 통찰력과 판단력이 뛰어나고 예민한 감수성을 지녀 예술가로서 대성할 특성을 지니고 있었다. 거문고 타는 소리를 듣고 감회가 일어나 눈물을 지었다든지 또는 강릉의 친정어머니를 생각하며 눈물로 밤을 지새운 것 등은 그녀의 섬세한 감정이 남다르다는 것을 보여준다.

그녀의 성격만큼이나 그림·글씨·시도 매우 섬세하고 아름다운데, 그림은 풀벌레·포도·화조·어죽(魚竹)·매화·난초·산수 등이 주된 화제(畫題)였다. 마치 생동하는 듯한 섬세한 사실화여서 풀벌레 그림을 마당에 내놓아 여름 볕에 말리려 하자, 닭이 와서 산 풀벌레인 줄 알고 쪼아 종이가 뚫어질 뻔하기도 했다는 일화가 전한다.

이처럼 그녀가 절묘한 경지의 예술 세계에 머문 중요한 동기는 환경이었다. 즉 첫째 현철한 어머니의 훈조를 마음껏 받을 수 있는 환경을 가졌다는 점을 들 수 있고, 둘째는 자기주장이 강한 유교 사회의 전형적인 남성 우위의 허세를 부리는 남편을 만나지 않았다는 점이다. 그녀의 남편은 자질을 인정해 주고 아내의 말에 귀를 기울이는 도량 넓은 사나이였다.

먼저, 혼인 전 환경을 보면 그의 예술과 학문에 깊은 영향을 준 외조부의 학문은 현철한 어머니를 통해 사임당에게 전수되었다. 그녀의 어머니는 무남독녀로 부모의 깊은 사랑을 받으면서 학문을 배웠고, 출가 뒤에도 부모와 함께 친정에서 살았기 때문에 일반 여성들이 겪는 시가에서의 정신적 고통이나 육체적 분주함이 없었다.

따라서, 비교적 자유롭게 일상생활과 자녀 교육을 할 수 있었다. 이러한 어머니에게 훈도를 받은 그녀는 천부적 재능을 마음껏 발휘할 수 있었다. 그녀가 서울 시가로 가면서 지은 <유대관령망친정 踰大關嶺望親庭>이나 서울에서 어머니를 생각하면서 지은 <사친 思親> 등의 시에서 어머니를 향한 그녀의 애정이 얼마나 깊고 절절한가를 알 수 있다. 이것은 어머니의 세계가 사임당에게 그만큼 영향이 컸다는 것을 보여 주기도 한다.

여자가 출가한 뒤에는 오직 시집만을 위하도록 요구한 유교적 규범 속에서도 친정을 그리워하고 친정에서 자주 생활한 것은 규격화된 의리의 규범보다 순수한 인간 본연의 정과 사랑을 더 중요시한 때문일 것이다. 그녀의 예술 속에서 나타나듯이 거짓 없는 본연성을 정직하면서 순수하게 추구했던 것이다.

그리고 그녀의 예술성을 보다 북돋아준 것은 남편이었다.

사임당이 친정에서 많은 생활을 할 수 있었던 것은 남편과 시어머니의 도량 때문이라 할 수 있다. 남편은 사임당의 그림을 친구들에게 자랑을 할 정도로 아내를 이해하고 또 재능을 인정하고 있었다. 또 그는 아내와의 대화에도 인색하지 않아 대화에서 늘 배울 것은 배우고 받아들일 것은 받아들였던 것이다. 사임당의 시당숙 이기(李芑)가 우의정으로 있을 때 남편이 그 문하에 가서 노닐었다. 이기는 1545년(인조 1)에 윤원형(尹元衡)과 결탁하여 을사사화를 일으켜 선비들에게 크게 화를 입혔던 사람이다. 사임당은 남편에게 어진 선비를 모해하고 권세만을 탐하는 당숙의 영광이 오래 갈 수 없음을 상기시키면서 그 집에 발을 들여놓지 말라고 권하였다. 이원수는 이러한 아내의 말을 받아들여 뒷날 화를 당하지 않았다.

사임당의 자녀들 중 그의 훈도와 감화를 제일 많이 받은 것은 셋째 아들 이이(李珥)이다. 이이는 그의 어머니 사임당의 행장기를 저술했는데, 그는 여기에서 사임당의 예술적 재능, 우아한 천품, 정결한 지조, 순효(純孝)한 성품 등을 소상히 밝혔다.

3. 강빈

조선시대 여성들의 행위성을 이야기하기 위해서는 그 여성들이 결코 움츠린 채 사회 규범에 맞게 살았던 것만이 아니라는 점과 동시에, 당시 사회규범으로부터 완전히 자유로울 수도 없었다는 점을 고려해야 한다. 남성들의 지배질서를 흔들면서 두드러지게 자신의 역량을 발휘하고자 하고 실행에 옮긴 여성의 경우 마침내 쫓겨나거나 죽임을 당하는 경우가 많았다.

바람직한 여성의 규범을 따르는 것은 대부분의 조선시대 양반 정실 부인, 또는 왕실 여성들에게 생존을 위한 전략이기도 하였다. 그 생존전략을 구사하는 것은 언제나 아슬아슬한 줄타기였다. 총명하고 지혜롭고 덕을 갖춘 여성들이 그 덕을 베풀고 능력을 발휘하면서도 권력을 획득하거나 공적인 영향력을 갖지 않을 정도로만 그 파장을 제한하는 것은 쉽지 않은 일이었다. 그 줄타기에서 몸을 조금만 잘못 가누어도 아득한 땅으로 떨어져 죽게 되었으니, 총명하고 지혜롭고 덕을 가진 조선시대 여성에게 부과된 경계선은 너무 좁았다.

1636년 12월 청은 조선을 공격했고, 조선은 명과의 관계를 끊고 청나라와의 군신의 관계를 맺으면서 왕자를 인질로 보내는 조건으로 청에게 항복을 하였다. 이에 소현세자와 세자빈 강씨, 봉림대군 등 관원 180여 명이 인질로 끌려가 심양생활을 시작하게 되었다.

심양생활은 고생스러운 것이었지만, 소현세자와 강빈으로서는 조선왕실의 규제에서 벗어나서 독자적이고 자유로운 생활을 할 수 있는 기회를 얻는 것이기도 하였다. 강빈은 심양에서 생활하면서 왕실의 상하관계에 얽매이지 않는 자유로움을 누렸고, 10년간 심양에 살면서 왕실의 여러 가지 제약에서 벗어나 바깥에서 들어온 새로운 문화의 혜택을 누렸다.

강빈과 소현세자는 황무지 개간과 상업활동을 통해 경제적인 부까지 축적하였다. 강빈은 심양에서 돌아올 때 진귀한 물건을 수백 바리 싣고 왔으며, 소현세자도 들어오면서 가지고 온 곡식이 많아서 그 처리문제를 두고 조정에서 논란을 벌일 정도였다. 강빈에 대한 탄핵사유 중의 하나가 청에서 가져온 진귀한 금옥으로 사람들을 꾀어 자기편으로 했다는 내용이 들어있을 정도였다.

조선시대 여성들은 바깥 활동에 제약이 많았다. 왕실에 시집을 가서 왕비가 되거나, 궁녀, 의녀가 되는 것 말고는 어떤 공적인 영역에서 능력을 받는 것이 제한되어 있었다. 하지만 역설적이게도 여성들에게 '집안을 일으키는데' 많은 역할을 할 것을 요구하였다. 집안을 일으킨다는 것은 근검절약하여 재산을 잘 관리하고, 재산을 증식한다는 것을 의미했다. 여성들에게 활동의 공간이 적은 상황에서 조선 여성들에게 자신이 가진 능력을 발휘할 수 있는 영역은 어쩌면 재산증식, 곧 경제활동이 아니었을까.

이런 점에서 소현세자빈 강씨가 무역활동을 하여 재산을 증식한 것은 대단히 흥미롭고 특색이 있는 사실 중의 하나이다. 하지만 특출한 능력을 가진 여성은 언제나 기존 질서에 대해

251

'위협적인 존재'였다. 더군다나 강빈은 그 자신이 이미 소현세자, 머지않아 왕이 될 사람의 부인이라는 점에서 그녀가 가진 능력은 자신이 통제할 수 있는 범위를 넘어 '위험한' 것이었다.

당연하게도 인조는 강빈을 자신의 자리를 위협하는 존재로 인식하게 되었다. 1643년에 심양에 머물던 세자가 잠시 서울에 다녀간다는 소식에 매우 불안해하던 인조는 이런 말까지 하게 된다.

> ─ 지금 들으니 구왕(九王)은 연소하고 베짱이 강하다 하니 그 뜻을 어찌 헤아릴 수 있겠는가. 전에는 저들이 세자를 대우하기를 심히 박하게 하였는데 지금은 지나치게 후하게 한다 하니 내가 의심하지 않을 수 없다.

인조는 호란 이후에 자신의 왕위가 청의 의지에 따라 변화될 수 있다는 불안 속에서 살고 있었기에 자신의 아들을 의심하였다. 급기야 1644년 봄에 세자와 세자빈이 청을 움직여서 스스로 왕위에 오르고자 한다는 음모설이 궁중에 파다하게 퍼질 정도였다. 인조가 우려한 대로 세자에 대한 대우가 지나치게 후한 것은 인조의 의심병의 발로이기도 하지만, 세자와 세자빈이 현실에 대한 인식을 정확히 하여 청과의 관계를 잘 풀어나갔기에 가능한 일이라고 할 수 있다.

소현세자는 1644년 청이 북경을 점령하여 실질적으로 명이

멸망하게 되자 1645년 1월 귀국하였다. 하지만 인조는 세자의 귀국을 반기지 않았고, 세자는 두 달 후에 죽었다. 세자의 죽음을 두고 당대에도 인조가 독살하지 않았느냐는 등 많은 의문이 제기되었지만 인조는 소현세자의 아들이 아닌 봉림대군을 서둘러 세자로 책봉하였다. 그리고 1646년 3월 15일에 강빈에게 사약을 내렸다.

그녀의 세 아들은 12세, 8세, 4세의 어린 나이로 모두 제주에 유배되었다. 그 중 둘은 그곳에서 의문의 죽음을 당했다. 인조가 강빈을 위협적인 존재로 인식하게 되는 데는 그녀가 정치적, 경제적 배경을 바탕으로 하여 실제 정치에 직접적으로 간여했던 것이 원인이 되었을 것이다. 강빈의 적대세력이었던 김자점은 강빈이 심관에서 본국 조정으로 가는 문서들을 검열했다고 비난했다.

그녀는 단순하게 인조에게 희생된 희생양만은 아니었다. 남편인 소현세자가 죽은 뒤에 그녀는 강하게 저항했다. 또 그녀의 죽음을 저지하기 위해 수많은 관원들이 목숨과 벼슬자리를 내어놓으며 왕에게 간청했던 사실에서 그녀의 '존재감'을 짐작할 수 있다. 그만큼 그녀는 '영향력'이 있는 리더였던 것이다.

강빈은 처음 궁궐에 들어올 때 집안 배경이 화려하거나 특출한 경우가 아니었다. 강빈이 청나라라는 낯선 곳에 가서 성공적인 적응을 할 수 있었던 것은 오히려 그녀가 조선의 지배적 질서로부터 조금은 자유로울 수 있었기 때문이다. 그녀는

253

새롭게 중원의 지배자가 된 청나라를 인정하고 청과의 관계개선을 통해 조선도 새로운 역사를 열어갈 수 있다고 생각하는 사람들과 입장을 같이 했다.

당시 인조를 중심으로 한 조정 세력들은 명이라는 문명국가를 조선이 어떻게 계승할 것인가에 대해 고민을 하였고, 그것의 성공적인 수행여부가 당시 조선세력의 기득권을 유지하는 문제와 직결되어 있는 상황이었다. 만일 명을 포기하고 청나라를 오랑캐가 아닌 중원의 새로운 지배세력으로 인정하는 순간, 그것은 청을 중심으로 한 새로운 권력 개편을 용인하게 되는 것이고 곧 인조를 중심으로 한 지배집단의 몰락을 의미하는 것일 수 있었다.

심양에서 생활하면서 새롭게 등장한 청이라는 나라를 오랑캐가 아닌 중국의 새로운 국가로 인정해야한다는 입장에 있던 강빈은, 망한 명나라의 그늘 속에서 조선의 정체성을 유지하려고 하는 기존 지배집단과 충돌할 수밖에 없었다. 인조는 '며느리'인 강빈의 '시아버지'인 자신에 대한 도전을 인정할 수 없었다.

강빈과 인조는 며느리와 시아버지 관계가 아니라 청이 명을 정복하고 새로운 국가로 중국에 자리잡은 세계질서 변화에 대한 서로의 입장을 대표하여 대변하고 있었다. 인조가 강빈을 죽여야 하는 이유로 제기한 것 가운데 '호랑이를 키우면 우환이 된다'는 표현이 있다. 강빈은 명청 교체기에 조선 왕실에 속해 있으면서 가장 강력하게 현실(청나라의 지배)을 받아들일 것을 주장한 호랑이였다. 강빈은 무엇을 꿈꾸었을까. 남편인 소현세자가 죽고, 세 아들까지 끝내 죽임을 당하는 비극은 어쩌면 강빈이라는 여성이 조선시대가 여성, 또는 세자빈에게 부여한 역할의 한계를 넘어서 새로운 시대를 열려는 시도를 했기에 벌어진 일이 아니었을까.

반대로, 강빈을 죽인 인조가 지나치게 소심하고 편협적이며, 조선의 미래나 왕의 체면 따위는 안중에도 없이 오로지 자신만을 위하고, 자신의 신변 안전에만 급급한 소인배였기에, 강빈의 죽음을 요구했는지도 모른다. 어쨌든 강빈이라는 여성은 그 시대에 있어서는 안 되는 실패작이었다. 그녀가 뛰어넘으려 했던 한계는 너무 높고 견고했으며, 그녀는 운이 정말 좋지 않았다.

하지만, 그녀와 같은 모험가가 있었기에 여성의 자유와 영향력은 계속 커졌다는 사실은 절대로 간과해서는 안 될 것이다.

255

어떤 일이 일어나도, 무엇을 하더라도 치유하고 용기를 북돋아 주고, 자신감을 불어 넣어주는

어머니가 있기에 김만중은 그토록 당당하지 않았을까.

마치 칼끝처럼 다가오는 그 절묘한 논리를 조금도 물러서지 않고 펼치지 않았을까.

하고 상상해 본다. 죽음조차도 두렵지 않았던 칼끝에 선 날카로운 의리(義理).

그 의리를 알고 실천하는 것을 온전히 어머니에게서 배웠을 것이다.

아마도, 그 순간 김만중의 마음속에는 해평 윤씨의 이런 속삭임이 들렸을 지도 모른다.

- 괜찮아, 너의 곁엔 어머니가 있잖아.

제6장

괜찮아,
너의 곁에
어머니가 있잖아

제6장

괜찮아,
너의 곁에 어머니가 있잖아

1. 한쪽 눈이 없는 어머니

〈한쪽 눈이 없는 어머니〉라는 이야기는 인터넷에 널리 유포되어 있지만, 전 생애에 걸쳐 고난을 당했지만 의연하게 살았던, 그래서 우리에게 귀감이 되고 있는 해평 윤씨의 삶과 비교하여 뭔가 공통점이 있을 것 같아 재구성하여 보았다.

어머니는 한쪽 눈이 없다. 나는 그런 어머니가 싫었다. 너무 밉고 다른 사람이 보기에 창피했기 때문이다. 어머니는 시장 한 모퉁이에서 자그마한 자판을 놓고 장사를 하였다. 나물이나 약초 등을 닥치는 대로 가져다가 파는 것이다. 난 그런 어머니가 창피하여 아예 시장 근처에 가지도 않았다. 초등학교 어느 날이었다. 그날은 운동회 날이었는데 어머니가 그만 학교에 오신 것이다. 나는 창피하여 그냥 그 자리를 뛰쳐나왔다. 다음날 학교에 가자 아이들이 놀렸다.

　　– 네 엄마는 한쪽 눈이 없는 병신이냐?

　나는 차라리 어머니가 이 세상에서 없어졌으면 좋겠다고 생각했다. 그러면 이런 놀림을 받지 않아도 되니 말이다. 그래서 그날 장사를 하고 돌아오는 어머니에게 말했다.

　　– 엄마, 엄마는 왜 한쪽 눈이 없어. 나 엄마 때문에 창
　　피해 죽겠단 말야.

　어머니는 아무 말도 하지 않고 나를 물끄러미 바라만 보았다. 나는 그런 어머니를 보면서 미안하다는 생각이 들었지만 하고 싶은 말을 했기 때문에 후련하다는 느낌이 들었다. 또한, 어머니에게 그런 말을 해도 혼을 내지 않는 것은 그렇게 기분은 나쁘지 않은 모양이라고 생각했다. 그날 밤에 물이 먹고 싶어서 부엌으로 갔더니 어머니가 부엌 한 쪽에서 숨을 죽이며 울고 있었다. 조금 전의 한 말 때문이라고 생각하면서 미안한 마음이 들었으나 여전히 한쪽 눈으로 눈물을 흘리는 어머니의 모습은 보기가 싫었다.

259

나는 악착같이 공부하였다. 한쪽 눈이 없는 어머니에게 벗어나기 위해서였다. 그리고 서울에 있는 명문대에 들어갔고, 졸업을 해서 결혼도 하였다. 나에게는 집도 있고, 아이도 있었다. 무엇보다 더 이상 어머니를 보지 않아도 되기 때문에 좋았다. 하지만 어찌 어머니와 자식이라는 천륜을 저버릴 수 있겠는가. 어머니라는 존재를 까맣게 잊어갈 무렵, 어느 날 마치 바람에 실려오듯 어머니가 우리 집에 찾아온 것이다.

- 누구야, 이런!

오랫동안 뵙지 못했던 어머니가 내 앞에 서 있었다. 하늘이 무너지는 것 같았다. 딸 아이는 무섭다고 도망가 버렸다. 아내는 나에게 누구냐고 물었다. 결혼하기 전에 나는 아내에게 어머니가 돌아가셨다고 거짓말을 했기 때문이다.
나는 한쪽 눈이 없는 어머니를 향해 버럭 소리를 질렀다.

- 누군데 우리 집 와서 우리 아이를 울리는 겁니까. 당장 나가. 꺼지라고!

어머니는 나에게 이렇게 말했다.

- 죄송합니다. 제가 집을 잘 못 찾았나 봐요.

어머니는 그 말을 하고는 아무 말 없이 내 곁을 떠났다. 한 편으로는 미안한 마음이 들기도 했지만, 다른 한 편으로는 더 이상 보지 않아도 된다는 후련함이 있었다. 그리고 얼마 후에 시골에서 동창회가 열린다는 안내문이 집으로 왔다. 나는 출 장을 간다는 핑계를 대고 시골에 내려가서 동창회에 참석하였 다. 그리고 궁금증을 이기지 못하고 어머니가 살고 있는 집으 로 찾아갔다. 어머니는 쓰러져 있었다. 그러나 나는 전혀 슬프 지 않았다. 어머니의 손에는 꼬깃꼬깃한 종이가 들려 있었다. 나에게 주려던 편지였다. 나는 호기심에 그 편지를 읽어보았다.

　－ 사랑하는 내 아들 보아라. 엄마는 이제 살만큼 산 것 같구나. 그리고, 이제 다시는 서울에 가지 않을 게. 그러니 니가 가끔 찾아와주면 안 되겠니? 엄마는 니가 너무 보고 싶구나. 엄마는 동창회 때문에 니가 올지도 모른다는 소식을 듣고 얼마나 기뻤는지 모른단다. 하지 만 너를 생각해서 학교에는 가지 않기로 했다. 엄마는 한쪽 눈이 없어서 늘 너에게 미안한 마음뿐이란다. 어렸 을 때 니가 교통사고를 당해서 한쪽 눈을 잃었단다. 앞 길이 구만 리 같은 니가 한쪽 눈이 없이 살아갈 것이 걱 정이 되어서 나는 그냥 둘 수 없었단다. 그래서 내 눈을 너에게 주었단다. 그 눈으로 엄마 대신 세상을 하나 더

261

봐 주는 니가 너무 기특했단다. 나는 너를 한번도 미워한 적이 없단다. 니가 나에게 가끔씩 짜증을 냈던 것은 니가 나를 사랑했기 때문이라고 생각했단다. 아들아, 애미가 먼저 간다고 울면 안 된다. 그건 너와 내가 같이 울기 때문이란다.

사랑한다. 내 아들.

갑자기 뭐라고 표현할 수 없는 것이 나의 마음 한쪽을 아프게 조여 왔다. 내 눈도, 어머니가 주신 눈도 눈물이 흐르고 있었다. 어머니, 사랑하는 내 어머니. 사랑한다는 말을 한 번도 못해 드리고, 좋은 음식 못 사드리고, 좋은 옷 입혀 드리지 못했는데… 어머니가 눈 장애가 아니고, 내가 눈 장애였던 것을 모르고 창피하게 여기며 아예 떠나려고 했던 지난날들을 어찌 용서 받을 수 있단 말인가. 나도 모르게 소리를 질렀다.

　－어머니, 죄송합니다. 너무 죄송합니다. 그리고 지금껏 한 번도 들려드리지 못했던 말을 이제야 합니다. 어머니, 사랑합니다. 사랑합니다.

시골에서 태어나 도시 혹은 서울로 유학을 와서 성공한 사람들의 이면에는 어떻게든 이러한 어머니와 아들의 모습이 조금씩은 묻어 있으리라. 아들의 미래를 위해서 모든 것을 희생하는 어머니가 불과 얼마 전에는 아주 흔하고 자연스러운 일이었는데, 요즘에는 이런 어머니를 찾는 게 점점 어려워지는 것 같은 기분이 든다. '이기적인 어머니'가 늘어나기 때문이다.

아무리 시대가 달라졌어도 어머니와 '이기적인' 이라는 단어는 전혀 어울리지 않는다. 아니, 점점 어울리기 때문에 우리 사회가 점점 더 각박해지는 것일까.

2. 어머니 리더십

1) 배려하는 어머니가 자식을 성공하게 만든다.

인터넷을 통한 정보화 사회가 지구를 실시간 동시생활권으로 만들었다. 이제 우리 아이들의 무대는 한국이 아닌, 세계다. 미래 사회를 준비하려면 무엇보다 글로벌 리더로의 역량을 갖춰야한다. 이를 위해서는 어릴 때부터 리더십을 키워가는 것이 중요하다. 아이의 리더십은 어떻게 성장하는가? 어머니 리더십에 달렸다.

리더십의 본질이 조직을 앞장서 '이끄는 것'이라고 생각한다면 섬김과 배려의 리더십은 얼핏 모순처럼 들릴 것이다. 하지만 요즘 이 같은 특성을 바탕으로 하는 여성적 리더십이 전 세계적으로 새롭게 조명 받고 있다. 인터넷 기반 정보화 사회

26

가 엄청난 속도로 진행되면서 권위와 위계에 바탕한 남성적 리더십은 오히려 조직에 해를 끼친다는 비판을 받고 있다. 대안 리더십으로 떠오른 여성 리더십은 남성 중심 리더십에서는 여성의 약점으로 여겼던 모성성과 여성성에서 새로운 가능성을 발견한다.

섬세한 커뮤니케이션과 보살핌, 배려를 중시하는 여성적 접근 방식은 다른 사람들을 끌어올리며 스스로도 발전하는 '섬김'의 리더십으로 주목받고 있다. 얼마 전에 인크루트가 직장인 1천1백17명을 대상으로 '전통적(남성) 리더십과 여성적 리더십에 대한 인식조사를 실시한 결과, 직장인의 67.1%가 여성적 리더십을 선호하는 것으로 나타났다. 특히 남성도 절반 이상 (54.0%)이 여성적 리더십을 선호하는 것으로 나타났다.

여성 리더십이 반드시 일터에서만 필요한 것은 아니다. 직장 여성에게나 전업 주부에게나, 가정은 가장 중요한 '사회적 무대'다. 주부 혹은 엄마가 어떤 리더십을 발휘하느냐에 따라 가족 구성원의 성패가 좌우된다는 것은 어느 가정에서나 겪고 있는 현실이다. 엄마 리더십의 생생한 성공 모델은 지난 밴쿠버 동계올림픽에서 피겨 스케이팅 사상 최고의 점수로 '전설'의 한 장을 새로 쓰고서 은퇴하였다가 다시 복귀하여 4년 만에 완벽한 연기를 펼치며 세계선수권대회 우승을 차지한 김연아 선수 어머니 박미희 씨에게서 볼 수 있다.

'엄마 리더'로서 가장 중요한 점은 '구성원'인 딸 연아의 소질과 꿈을 알아본 데서 시작한다. 다음으로 그는 딸에게 "따라오라"고 밀어붙인 것이 아니라, 섬세하게 의사소통을 하고 마음을 읽고 약하고 아픈 곳을 보완하며 딸의 '자발적 참여'를 이끌었다.

예일대 법대 학장을 거쳐 최근 미국 대법관 물망에 오르고 있는 고홍주 박사 등 자녀 6명을 모두 훌륭하게 키워낸 전혜성 여사의 자녀 교육 원칙인 '자신보다 남을 배려한다' '부모가 솔선수범한다' 역시 핵심은 엄마 리더십이었다.

2) 다시 생각해 보는 맹모삼천지교(孟母三遷之敎)

공자에 버금가는 위대한 사상가인 맹자를 키우는데 기여한 게 맹모삼천지교(孟母三遷之敎)이다. 사기열전에 따르면 맹자의 어머니는 처음에 공동묘지 근처에서 살 때는 아들이 장례식 시늉을 내기에 시장으로 이사를 하였다. 시장 옆에서 살게 된 맹자가 이번에는 장사꾼 흉내를 내는 것을 보고 안 되겠다 생각하여 서당 근처로 이사를 하자, 비로소 맹자가 글을 읽으며 훌륭하게 성장하였다는 내용이다.

여기서 우리는 한 가지 의문점에 직면하게 된다. 맹자의 어머니는 지혜롭고 훌륭한 여인인데, 처음부터 서당 근처에 살아야 한다는 것을 몰랐을 리가 없다. 그것은 묘지 근처에서 시장 근처로 이사한 것을 보면 짐작할 수 있다. 처음 묘지에서 장례식 흉내를 내는 것이 못 마땅하였으면 바로 서당 옆으

265

로 이사했어야 했다. 공부를 시키려고한 게 처음의 의도였다면 말이다. 시장 옆으로 두 번째 이사를 한 것은 그녀의 배려심 때문이 아니었을까. 아들에게 더 많은 경험을 하게하여 나중에 훌륭한 학자가 되는데 필요한 자양분을 공급하려는 것, 그게 바로 맹자의 어머니가 두 번 째 이사 장소로 시장을 선택한 이유인 지도 모른다.

이처럼 맹자의 어머니는 철저한 계산속에서 이사 장소를 선택했다는 추정을 하게 만든다. 처음에 묘지 근처로 이사를 한 것은 묘지 근처에서 살면서 인간의 부귀영화와 빈부귀천 모든 것이 죽음에 이르는 것을 보고, 진정한 삶과 죽음을 배우게 한 것이라는 추측을 가능하게 한다. 이런 맥락에서 맹자의 말을 한번 음미해보자.

– 생선과 곰발바닥 중에서 한 가지만 선택하라고 한다면 당연히 곰발바닥을 선택할 것입니다. 그렇게 가치 있는 것으로 선택 하는 것이기에 삶과 의(義) 중에서 한가지만을 선택해야 한다면 마땅히 삶에 연연하지 않고 의를 선택하는 것입니다.

이는 그 유명한 사생취의(捨生取義:삶을 버리고 의를 지킨다)정신이다. 묘지에서 사는 동안 그는 인간이 누리고 있는 부귀영화가 얼마나 덧이 없는지 알게 되었을 것이다. 그래서 일시적으

로 사는 삶보다는 영원히 사는 의를 택하라고 설파할 수 있는
용기를 가졌을 지도 모른다.

또한, 왕도정치를 왕들에게 가르치면서 여민동락(與民同樂:백
성과 즐거움을 함께하다)을 강조했다. 공직자와 지도층은 호연지
기로서 공심(公心)을 가지고 업무를 수행해야 하며, 최고 지도
자는 백성들과 동고동락을 함께한다는 자세를 늘 잊지 않아
야 한다고 설파한 것도 인간의 빈부귀천(貧富貴賤) 모든 것이
결국 죽음 앞에서는 아무 소용이 없다는 것을 깨달은 묘지 근
처의 삶이 영향을 준 것은 아닐까. 현재 가지고 있는 것보다
는 가장 근본적인 것, 즉 본분에 충실하라고 가르칠 수 있는
용기는 바로 맹자의 어머니가 맹자를 묘지 근처에서 자라게
한 원인이 되었을 지도 모른다.

그런 후 시장에서는 상거래를 보면서 사람들이 흥정하고 고
민하는 모습을 보고, 산업과 경제가 공동체를 이어 가는데 절
대 필요한 것임을 깨달았을 것이다. 이처럼 인간 세계에 대한
근본적인 가르침을 얻게 한 후에 맹자의 어머니는 서당 근처
로 이사를 하여 학문에 정진하게 만든 것이다.

이와 같은 맥락에서 볼 때, 성인 맹자는 어머니의 세밀한 배
려심으로 만들어졌다고 할 수 있다. 그가 단지 글을 읽기만
했다면 가능한 일이었을까. 그런 추측이 가능하게 하는 맹자
의 말을 살펴보면 다음과 같다.

267

– 백성은 일정한 생업이 없으면 그로 말미암아 일정한 양심이 없게 된다. 현명한 임금은 백성들의 생업을 마련해 줌으로써 반드시 족히 부모를 섬기고, 처자를 양육하게 하며, 풍년에는 배불리 먹고 흉년이 들더라도 죽음을 면하도록 하여 주고, 그렇게 한 뒤에 그들을 이끌어 선한 길로 가야한다"는 것이다.

이처럼 백성을 무항산무항심(無恒産無恒心:일정한 생업이나 재산이 없으면 올바른 마음가짐이 없어짐)이라고 설파할 수 있었던 것은 시장에서 백성들의 생업현장을 보았기에 가능했을 것이다. 그런 현실적인 경험이 있었기에 산업경제를 중요시하고 백성의 삶을 어루만지는 왕도정치 철학이 탄생된 것이다.

좀 더 비약하자면, 맹자의 철학은 맹자의 어머니가 세 번이나 이사를 갈 계획을 세우는 순간, 태동된 것이다.

3) 사람을 살리는 어머니의 마음을 실천한 멜린다

1994년에 빌 게이츠가 자기 회사의 직원인 멜린다 프렌치(Melinda French)와 결혼했을 때 세상 사람들은 놀라움을 금치 못했다. 세계 최고의 부자가 선택한 여인이 외모도 평범하고 배경도 내세울만한 것이 없었기 때문이었다. 하지만 그녀의 진가는 결혼 후에 나타났다. 빌 게이츠가 사는 곳은 워싱턴 주 시애틀에 있는 대저택인데 그곳은 건평만 3,550평에 화장실

24개, 부엌이 6개, 그리고 120명이 함께 식사할 수 있는 식당과 실내 수영장 등이 구비되어 있는 곳이다. 하지만 멜린다는 혼자 잘 먹고 잘 사는 사람이 아니었다.

그녀는 2000년 제 3세계 빈민구호와 질병 퇴치를 위해 1백억 달러를 기부하며 '빌 & 멜린다 게이츠 재단'을 설립해 나눔을 실천하기 시작했다. 멜린다는 자신이 학창시절에 아주 힘들게 공부했기 때문에 처음에는 장학사업과 도서관 개설 등 미국의 교육개혁을 지원하는 사업을 하였다. 하지만 지금은 제 3세계 저개발 국가들의 헐벗고 굶주리는 사람들을 돕는 일에 더욱 매진하고 있다.

멜린다는 1993년 아프리카 여행에서 맨발로 흙먼지 이는 길을 걸어 채소를 팔러가는 아프리카 여성의 모습을 보고 난 후 그 아프리카의 아픈 현실이 자신과 빌의 삶을 송두리째 변화시켰다고 고백한다. 오늘날 멜린다는 나눔의 역사를 다시 쓰고 있다는 평을 받고 있다. 재단의 규모는 워렌 버핏이 310억 달러를 보태 자산이 659달러에 달한다고 한다. 이러한 막대한 재원이 있기에 멜린다가 추진하는 나눔 프로젝트의 규모는 가히 혁명적이라고 할 수 있다.

이 모든 것이 이 재단의 규모가 크다는 것에만 있지 않다. 워렌 버핏이 자신과 자녀들 명의의 재단이 있음에도 막대한 기부금을 멜린다 측에 쏟아 부은 것은 멜린다의 나눔 방식에 공감했기 때문이다. 멜린다는 게이츠 재단의 재원을 어떻게

269

사용할 것인가를 결정하기 전에 먼저 직접 수혜대상지역을 방문해서 거기 사는 사람들, 주로 배고픈 아이들과 힘겹게 살아가며 양육하는 엄마들을 직접 만나 그들과 함께 지낸다.

가난하고 힘겨운 삶의 현장에 직접 가보고 사람들을 만나 이야기를 듣다보면 그들을 어떻게 돕는 것이 진짜 돕는 것임을 알 수 있기 때문이다.

멜린다는 주체할 수 없을 만큼 많은 돈을 그저 좋은 일에 써 달라고 내맡기는 것이 나눔은 아니라고 강조한다. 그녀에게서 나눔은 그 자체가 새로운 세계와 마주하는 진지한 공부이고 새로운 것을 창조하는 아름다운 비즈니스이다. 질병 문제를 연구해서 에이즈나 말라리아에 대해서는 의학 전문가에 버금가는 해박한 지식을 가지고 있는 멜린다는 게이츠 재단을 통해 지금까지 잠비아 등 5개국에 말라리아 예방과 치료를 위해 약 8억 달러, 〈에이즈, 결핵, 말라리아 퇴치를 위한 글로벌 펀드〉에 6억 5천만 달러를 투입하였다. 이런 노력 덕분에 전 세계에서 70만 명 이상이 목숨을 구한 것으로 평가받는다.

이런 노력 덕분에 워렌 버핏 이외도 유럽연합에서 게이츠 재단의 적극적인 나눔활동에 자극을 받아서 개도국 어린이들의 질병예방을 위한 활동에 적극 나섰다. 결국 멜린다는 이 척박한 자본주의 세계에서 유례가 없었던 엄청난 규모의 획기적인 내용의 나눔의 바이러스를 퍼뜨리며 나눔을 새로운 창조로 승화시킨 것이다. 이 모든 것은 멜린다의 마음에 어머니의 자애로움과 헌신하는, 그리고 소통하는 리더십이 자리 잡고 있기 때문이다. 또한 현지를 방문하여 그들과 아픔을 함께하는 따스한 마음이 자리 잡고 있기에 모두가 인정하는 나눔을 실천하여 사람을 살리는 어머니의 마음을 실천한 것이지 않을까.

멜린다는 우리의 미래는 자식들을 가르치는 어머니의 태도와 마음에 있다는 것을 진즉에 깨달았는지도 모른다. 그러기에 그녀는 재단의 재원을 어디에 쓸 것인가 결정하기 전에 직접 수혜대상 지역의 어머니를 만나고, 그들과 함께 지내면서 그들에게 필요한 것이 무엇인지 알아낼 수 있었을 것이다. 세계의 모든 어머니에게 공통적으로 나타나는 현상 중의 하나가 그녀들의 눈은 현재보다는 미래에 맞추어져 있기 때문이다.

3. 진정한 어머니 리더십을 실천한 해평 윤씨

우리는 5장에서 해평 윤씨, 신사임당, 그리고 강빈의 삶을 살펴보았다. 모두가 그 시대에서 나름대로 한 여자로서, 그리고 어머니로써의 삶을 훌륭하게 산 사람들이다. 물론 내가 알지 못하는 수많은 어머니가 우리 역사에서 그 삶의 터전을 이루다가 사라져 갔을 것이다. 그 많은 어머니를 다 고찰한다는 것은 한계가 있기에 나는 이 세 사람을 가지고 작지만, 의미

271

있는 결론에 도달하려고 한다.

지금 우리 사회에서는 신사임당을 〈여성리더십〉의 대표적인 모델로 내세우면서 이에 대한 조명작업이 활발하게 진행되고 있는 것 같다. 나는 여기에 조그마한 이의조차 제기하고 싶은 생각이 전혀 없다.

신사임당이라는 어머니가 있었기에 이이라는 훌륭한 학자가 있지 않았을까. 이이에게 성리학은 단순한 사변적인 관상철학(觀想哲學)이 아니었다. 그는 성리학의 이론을 전개함에 있어서 시세(時勢)를 알아서 옳게 처리해야한다는 실공(實功)과 실효(實效)를 항상 강조하였다. 그는 〈만언봉사〉에서 정치는 시세를 아는 것이 중요하고 일에는 실지의 일을 힘쓰는 것이 중요한 것이니 정치를 하면서 시의(時宜)를 알지 못하고 일에 당해 실공을 힘쓰지 않는다면, 비록 성현이 서로 만난다 해도 다스림의 효과가 없을 것이라고 주장했다.

이이는 항상 위에서부터 바르게 하여 기강을 바로 잡고 실효를 거두며, 시의에 맞도록 폐법을 개혁해야 한다고 주장하였다. 또한, 그는 사화로 입은 선비들의 원을 풀어주고, 위훈(僞勳: 거짓 공)을 삭탈함으로써 정의를 밝히며, 붕당의 폐를 씻어서 화합할 것 등 구체적 사항을 논의하였다. 그렇게 함으로써 국기(國基)를 튼튼히 하고 국맥(國脈)을 바로잡을 수 있다고 본 것이다.

어쨌든 그는 1558년에 겨울의 별시에서 〈천도책(天道策)〉을

272

지어 장원한 이래, 전후 아홉 차례의 과거에 모두 장원하여 '구도장원공(九度壯元公)'이라는 불릴 정도로 천재였으며, 〈동호문답〉, 〈인심도심설〉, 〈김시습전〉, 〈만언봉사〉, 〈기자실기〉, 〈격몽요결〉, 〈성학집요〉라는 책을 남기기도 하였다. 또한 당대의 거두인 이황과 서경덕과 학문을 토론할 정도로 대유학자였으며, 현재까지도 그를 연구하는 학자가 많을 정도로 우리나라 역사상 불세출의 인물임에 틀림이 없다.

하지만 이이의 생애 중에서 눈여겨 봐야하는 대목이 있는데 바로 이이가 주로 외가 쪽에서 성장하였기 때문에 자연히 외할머니인 이씨 부인의 훈도를 받게 되었다는 것이다. 게다가 이씨 부인은 90세까지 장수하여 딸 사임당보다 18년이나 오래 살았기 때문에, 사임당 사후에는 이이의 어머니 구실까지 해냈던 것이다.

사임당이 별세할 때 이이는 나이가 16세인 소년이었다. 마음의 기둥인 어머니를 잃은 그에게 외할머니는 애정을 쏟아 그 빈자리를 채워주고자 헌신하였다. 이이는 뒷날 그러한 외할머니의 사랑을 못 잊어 여러 차례 관직을 사양하고 노후의 외할머니 봉양을 자원하였던 것이다. 한 마디로 대유학자인 이이가 있기까지는 신사임당의 공로도 있었지만 외할머니 공로 또한 무시할 수 없다는 것이다.

신사임당은 그녀의 자질을 인정해주고 아내의 말에 귀를 기울이는 남편을 만난 덕분에 시댁에서 생활하지 아니하고 친정

273

에서 많은 생활을 할 수 있었다. 그 덕에 현철(賢哲)한 어머니의 훈조를 마음껏 받을 수 있었으며, 일반 여성들이 겪는 시가(媤家)에서의 정신적 고통이나 육체적 분주함이 없었다는 것이다. 그녀가 만약 그런 환경에 처해 있지 않고 시집살이를 했더라면 그녀가 남긴 그 많은 예술작품이 가능했을까, 하고 생각해 볼 수 있는 것이다.

이에 비해 해평 윤씨의 삶은 보통의 여성보다 훨씬 더 어려운 삶이었다고 할 수 있다. 큰 아들 김만기가 다섯 살이고, 둘째 김만중이 뱃속에 있을 때 정축호란을 만나서 남편을 순국하는 바람에 미망인이 되었다. 피난길의 병선에서 유복자 김만중을 낳은 후에 친정살이를 시작하는 불행에 처해졌다.

즉 하루아침에 가문의 전통을 이어갈 두 아들을 성공적으로 키워내야 할 부모의 역할을 감당해야하는 난관에 부딪혔다. 이러한 어려움에도 불구하고, 윤씨 부인은 남성 중심의 유교 사회 속에서도 인고하면서 자신이 이룰 수 없는 소망과 가문의 번영을 위한 자녀 교육에 헌신적인 노력을 기울였다.

난리 직후인지라 어려운 생활임에도 불구하고 윤씨 부인은 두 아들을 위한 일이라면 어떤 일도 가리지 않았고, 자애로운 모친의 모습과 더불어 엄하면서도 해박한 지식을 갖춘 스승의 모습을 동시에 보여주면서 자식을 솔선수범으로 이끌어갔다.

이런 윤씨 부인의 자식에 대한 자애, 엄한 지도와 편달, 그리고 치열한 노력의 조화는 두 아들의 과거길과 벼슬길이 남다른 성과를 얻어내는 데 결정적인 힘으로 작용하였다. 윤씨 부인이 보여준 이러한 결의와 효율적인 실천은 남편이 없는 결손가정이기 때문에 그 책무를 자신이 대행한다는 의무감에서 나온 것이기도 하지만 윤씨 부인이 스스로 가지고 있는 총명함, 정혜옹주로부터 배운 초기의 덕성과 예절 교육에다가 스승이 될 만한 학문적 지식을 가지고 있었기 때문에 가능한 일이었다.

이렇게 볼 때, 신사임당보다 해평 윤씨가 오늘날 우리가 본받아야할 〈어머니 리더십〉의 전형이 아닐까 하는 생각을 해본다.

또 하나, 우리가 간과할 수 없는 것이 바로 소현세자 강빈의 삶이었다. 어쩌면 그녀의 삶은 오늘날 젊은 여성들이 본받고 싶어 하는 삶인지도 모른다. 자신의 주장을 적극적으로 하고, 시대의 흐름을 파악하여 부의 증진에 최선을 다하는 삶, 어쩌면 화려하고 당당한 삶의 전형일 지도 모른다. 그녀가 시대를 잘 못 태어났기에, 또한 아주 못되고 속이 좁은 시아버지를 만났기에 결국 남편도 죽고 자신의 아들마저도 모두 죽는 비운의 여인이었지만, 환경이 조금만 달랐어도 우리나라 역사에 길이 남는 영웅이 되었는지도 모른다. 하지만, 역사에는 가정이란 필요 없기에 더 이상 논의를 하는 것 자체가 무의미한 논쟁에 불과할지 모른다는 생각을 버릴 수가 없다.

오래 전부터 우리 사회는 '빈익빈부익부'라는 말이 광범위하

275

게 유포되고 있다. 비록 현실을 지나치게 단순화한 표현이기는 하지만 우리가 살고 있는 사회가 어떻게 움직이고 있는지에 대한 중요한 단서를 던져주는 말이다. 미국의 사회학자인 로버트 머튼은 이를 '마태 효과'라고 불렀다.

성경의 마태복음 13장 12절 〈무릇 있는 자는 받아 넉넉하게 되되 없는 자는 그 있는 것도 빼앗기리라〉라는 구절에서 빌려온 것이다. 우리 사회에서 마태 효과가 존재한다는 것은 명백하다. 불평등이란 일단 존재하게 되면 영속적이고 자기증식적인 특성을 발휘하게 되고, 외부의 힘이 개입하지 않는 이상 가진 자와 덜 가진 자 사이의 격차는 더 커지게 된다.

보통 우리는 선천적으로 타고나거나 이후 살아가면서 축적한 우위들이 모두 스스로 노력해 얻은 것이며 그것을 가질 자격이 있다고 믿고 싶어 한다. 한편, 극단적인 불평등은 비단 우리가 살고 있는 곳뿐만 아니라 세계 여러 곳에서 빈번하게 행해지고 있다. 우리가 진정 정직하다면 이 불평등한 체제로 인해 우리 중 일부가 개인적으로 혜택을 누리는 동안 누군가는 지금도 고통에 신음하고 있음을 인정해야 한다.

우리의 마음 한쪽에는 어쩌면 이런 문제에 대해 생각하는 것 자체를 아예 거부하고 싶을 것이다. 자신에게 불리한 대답이 나올 지도 모른다는 생각에 질문들을 덮어버리고 싶을 지도 모른다. 그러나 또 다른 측면에서는 우리는 타인의 안녕과 공익을 배려하려고 한다. 에이브러햄 링컨이 우리의 본성 중

276

에서 '더 착한 천사'라고 표현했던, 우리의 마음 한쪽은 마태 효과가 어떻게 작용하는지에 각별한 관심을 갖고 그 파괴적이고 치명적인 결과를 중화할 방법을 강구할 것이다.

그렇다. 최근에 길거리에서 '묻지마 살인'이 늘어나고 있다고 한다. 그만큼 우리 사회는 불안정하다. 왜 이렇게 된 것일까. 나는 우리들 마음속에 있던 어머니가 사라졌기 때문이라고 생각한다. 〈한쪽 눈이 없는 어머니〉, 〈해평 윤씨〉 같은 어머니가 우리들 주변에서 점차 사라지기 때문에 각박해지는 사회가 그 중화작용을 멈추어버린 것은 아닐까.

그런 어머니들을 품고 그리워하고 추모하는 사회적인 분위기가 사라져서 엉뚱하게 서양의 인물 중에서 여장부를 찾는 풍토가 오래토록 지속되다보니 경쟁에서 이기는 것만이 능사가 되어 버린 우리나라 현실이, 또 그 안에서 적응하다가 실패한 사람들이 사막같이 공허한 이 세상에서 참다운 어머니를 찾다가 끝내는 찾지 못해서 반항처럼 이 사회에 해꼬지를 하는 것은 아닐까.

늦었지만 우리는 〈해평 윤씨〉의 삶과 그녀가 두 아들과 가문에 쏟았던 열정과 헌신, 그리고 희생, 인내, 기다림을 배워야한다고 생각한다. 김만중이 선천 유배와 남해 유배시에 〈구운몽〉과 〈사씨남정기〉를 지어서 자신의 어머니에게 드렸다는 것은 바로 자식과 어머니가 이런저런 이야기를 나누면서 친밀한 애정을 나누었다는 것이고, 의사소통이 원활했다는 것이

277

다. 한마디로 모자간에 천륜으로 이루어진, 이 지구상에서 도무지 인공적으로 생성할 수 없는 따스한 사랑을 주고받았다는 것이다.

이는 어떠한 이론으로 설명할 수 없는 것이니 요즘 이야기하는 〈어머니 리더십〉의 전형이 바로 해평 윤씨라는 사실을 뒷받침하는 좋은 증거가 되는 것이다.

또한, 조선이라는 나라에서 어느 때보다 신권(臣權)과 왕권(王權)이 대립하던 시기에 숙종을 훈계하면서 자신의 주장을 펴서 신권정치를 주장했던 당당한 김만중의 뒤에는 해평 윤씨가 있었음을 알아야한다. 어떤 일이 일어나도, 무엇을 하더라도 치유하고 용기를 복돋아 주고, 자신감을 불어 넣어주는 어머니가 있기에 김만중은 그토록 당당하지 않았을까. 마치 칼끝처럼 다가오는 그 절묘한 논리를 조금도 물러서지 않고 펼치지 않았을까, 하고 상상해 본다. 죽음조차도 두렵지 않았던 칼끝에 선 날카로운 의리(義理). 그 의리를 알고 실천하는 것을 온전히 어머니에게서 배웠을 것이다.

아마도, 그 순간 김만중의 마음속에는 해평 윤씨의 이런 속삭임이 들렸을 지도 모른다.

 - 괜찮아, 너의 곁엔 어머니가 있잖아.

〈참고도서〉

1. 대통령의 어머니들, 도리스 페이버 지음, 박윤돈 옮김, 문지사, 2009

2. 재능을 키워준 나의 어머니, 안철수 외, JEI 재능아카데미, 2009

3. 서포 김만중의 생애와 문학, 김병국, 서울대학교출판부, 2002

4. 윤씨 부인의 삶과 그 정신, 설성경, 지식과 교양, 2011

5. 고마워요 엄마, 데이브 아이세이 지음, 권혁 옮김, 돋을 새김, 2011

6. 여성주의 리더십, 윤혜린 외, 이화여자대학출판부, 2007

7. 유배, 김만선, 겔리온, 2008

8. 정진홍의 사람공부, 21세기 북스, 2011

9. 한권으로 읽는 조선왕조실록, 웅진지식하우스, 2008

10. 고전문학사의 라이벌, 한겨레출판, 2009

11. 고전문학의 이해와 감상, (주)문원각, 2008

12. 서포만필, 김만중 지음, 홍인표 역주, 일지사, 2004

13. 나쁜 사회, 대니얼 리그너 지음, 박슬라 옮김, 21세기 북스, 2011

어머니는 언제나 당신만 바라봅니다

지은이 | 홍종화
펴낸날 | 2013년 5월 1일
펴낸이 | 최병식
펴낸곳 | 시타델 퍼블리싱
　　　　　서울특별시 서초구 강남대로 435
e-mail | juluesung@daum.net
TEL | 02-3481-1024(대표전화) · **FAX** | 02-3482-0656
www.juluesung.co.kr

값 12,000원

잘못된 책은 교환해 드립니다.

ISBN　978-89-91482-23-4　03810